초한지

9

오강烏江에 지다

楚漢志

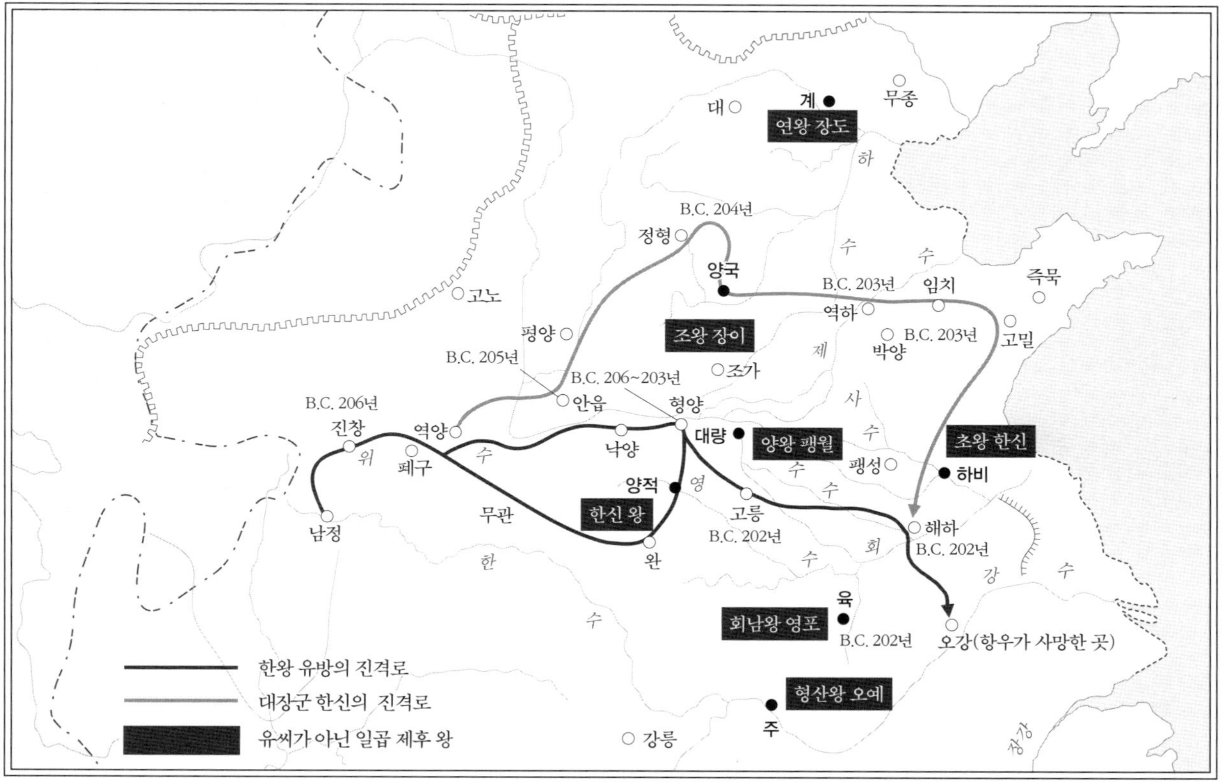

초한전쟁도(B.C. 206~202년)

차례

9

오강烏江에 지다

楚漢志

고릉의 헌책 9

한신과 팽월, 마침내 오다 31

해하의 결전 60

패왕별희(霸王別姬) 95

오강의 슬픈 노래 125

그 뒤 152

황제가 되어 174

도성을 장안으로 198

초왕에서 회음후로 226

평성의 수모 253

고릉의 헌책

고릉 벌판으로 한왕의 대군을 꾀어낸 그날, 패왕 항우는 분연히 떨치고 일어난 초나라 장졸을 강병, 맹장 삼아 한군을 앞뒤 좌우로 토막 낸 뒤 마음껏 짓밟았다. 굶주리고 지친 3만 군사를 분기시켜 10만이 넘는 대군을 여지없이 쳐부순 또 한 번의 빛나는 승리였다. 하지만 원래 노린 바대로 한왕을 잡아 죽이지 못하자 패왕은 또다시 다급해졌다.

"한왕은 어디로 갔느냐? 군사들을 모두 거둬들이고 한왕이 간 곳을 알아보라."

저마다 흩어져 한군을 쫓고 있는 장수들에게 전령을 보내 그렇게 명했다.

오래잖아 종리매와 환초, 항양, 정공 등이 각기 군사를 이끌고 패왕 항우 쪽으로 모여들었다. 가장 멀리 한왕을 뒤쫓았던 종리매가 아는 대로 말했다.

"한왕은 고성 북쪽으로 달아났습니다. 탐마가 알아본 바로는 여기서 20리쯤 되는 곳에 한군 진채가 있는데, 한왕이 그리로 들어가는 것을 보았다고 합니다."

"뭐? 여기서 20리밖에 안 되는 곳에 한군의 진채라고? 아니, 거기에 언제 그런 게 세워졌단 말인가?"

"대왕께서 여기에 매복계를 펼치는 동안에 한군 한 갈래가 몰래 얽은 것인 듯합니다. 하지만 오늘 싸움에 이리 지게 될 줄 알기라도 한 것처럼 높고 두터운 방벽과 보루까지 갖춘 성곽 같은 진채라고 합니다."

그 말을 듣자 패왕의 이맛살이 절로 찌푸려졌다. 지난 한 해 동안 붙잡혀 있던 광무산의 진채가 떠오른 까닭이었다. 동광무에서 금방이라도 서광무의 한군 진채를 짓밟고 한왕을 사로잡을 수 있을 것 같은 환상에 사로잡혀 에워싸고 있는 사이에 초나라 대군은 천천히 줄어들고 말라붙었다. 그리고 열 달이 지나자 마침내는 이편이 도리어 고단하고 외로운 신세가 되어 쫓기게 되고 말았다…….

"그곳도 광무간(廣武澗)처럼 깎아지른 듯한 벼랑이 있고 또 한편으로는 가파른 산비탈에 의지하였다던가?"

패왕은 일이 그렇게 된 것이 모두 종리매의 탓인 양 못마땅한 얼굴로 그렇게 목소리를 높였다. 종리매가 떨떠름한 얼굴이 되어 들은 대로 전했다.

"벼랑은 끼지 않았고, 진채가 의지한 산비탈도 녹각과 목책만 없으면 기마로 쳐 올라갈 수 있을 정도라고 합니다."

그러자 패왕의 얼굴이 활짝 펴졌다.

"유방이 드디어 거기서 죽기로 작정한 모양이로구나. 좋다. 이제부터 전군을 이끌고 그리로 달려가 그것들을 짓밟아 버리자. 여기 싸움에서 적어도 군사 절반을 잃었을 것이니, 그곳의 녹각과 목책만 불태워 버리면 여기서보다 쉽게 유방을 때려잡을 수 있다."

패왕이 그렇게 말하면서 군사들에게 쉴 틈도 주지 않고 한군 진채로 몰아갔다.

패왕이 한군 진채 앞에 이르러 보니 들은 대로 진채에는 녹각과 목책이 빽빽이 둘러쳐져 있었다. 집중과 속도를 바탕으로 적을 쪼개고 갈라 친 뒤, 사나운 장수와 굳센 사졸들로 한 덩어리가 된 초군 부대가 토막 나 쫓기는 적을 하나하나 망치처럼 쳐부수는 게 그때까지 패왕이 이겨 온 방식이었다. 그리고 그런 방식의 싸움은 언제나 기마대를 앞세운 돌격전의 형태로 시작되는데 녹각과 목책이 그것을 어렵게 만들었다.

"녹각과 목책을 불살라 버려라!"

패왕이 그렇게 명을 내리자 미리 섶과 장작 따위를 준비해 온 초나라 군사들이 그대로 따랐다. 젖은 밧줄로 묶은 섶단이나 기름 부은 장작에 불을 붙여 한군의 녹각과 목책에 내던졌다. 녹각과 목책만 불타 버리면 바로 기마대를 앞세워 짓밟아 버릴 작정이었다.

하지만 장량과 진평이 걱정하여 꼼꼼하게 대비한 것이 또한 그런 사태였다. 장량은 목책과 보루 뒤에 궁수들을 숨겨, 불붙은 섶단이나 장작을 들고 다가오는 초군에게 화살 비를 퍼붓게 했다. 용케 한두 군데 불타 버린 녹각 사이로 초군이 뛰어들어도 앞서 들판에서 싸울 때와는 달랐다. 방벽과 보루 뒤에 숨은 한군이 활과 쇠뇌를 쏘아붙이다가 가까이 다가가면 일시에 뛰쳐나와 맞받아쳤다.

녹각과 목책을 뚫고 지나느라 느려지고 흩어지게 된 초군은 방벽과 보루를 하나하나 넘는 동안에 더욱 속도가 느려지고 머릿수는 잘게 나뉘었다. 그런 초군을 숨어 있던 한군이 뛰쳐나와 일시에 들이치니 싸움의 양상은 거꾸로 뒤집혔다. 뭉쳐 숨어 있던 한군이, 나뉘어 느릿느릿 기어오르는 초군을 하나씩 쳐부수는 격이었다.

"징을 쳐서 군사를 거두어라. 채비를 갖추어 내일 다시 치도록 하자."

처음 한군의 진채로 뛰어든 만 명 가운데 절반 가까운 군사가 그대로 녹아 버린 듯 돌아 나오지 않자 사정을 짐작한 패왕이 그렇게 외쳤다. 날이 저문다는 핑계로 군사를 거둔 것이었으나, 그때 이미 패왕은 불길한 예감에 시달리고 있었다.

'이건 아니다. 일껏 이겨 놓은 싸움이 다시 꼬여 가는 것 아닌가. 유방, 이 흉측하고 교활한 늙은것이 여기다 무슨 수작을 부려 놓은 것인가.'

그날 밤 장졸들을 쉬게 한 패왕은 다음 날 다시 채비를 갖춰 한군 진채를 공격했다. 밤새 마련한 방패를 군사에게 넉넉하게 나눠 주고, 불화살을 쏘아붙일 망보기 수레[巢車]까지 지어 앞세웠지만, 한군 진채는 끄떡도 하지 않았다. 다시 군사만 몇 천 잃고 물러나게 되자 패왕은 광무산에서 그랬던 것처럼 알 수 없는 수렁에 빠져드는 것 같아 차츰 초조해졌다.

'또 전투에서는 이기고 전쟁에서는 지는 꼴이 나는 것은 아닌가. 어제 나는 굶주리고 쫓기던 우리 3만 군사로 한나라의 10만 대군을 쳐부수어 그 절반을 죽이거나 사로잡았다. 그리고 그 패잔병을 이 궁벽한 골짜기로 몰아넣었다고 믿었는데 도대체 어찌 된 셈이냐. 유방은 처음부터 짜고 나를 이리로 꾀어 들인 것처럼 태평스럽지 않느냐? 이 싸움을 길게 끌다가 또다시 우리만 외롭고 고단해지는 것은 아닌가. 이게 무슨 병법인지 도무지 알 수 없구나…….'

패왕이 그런 생각으로 불안해하고 있는데 다시 고성 마을에 남겨 둔 본진에서 놀라운 전갈이 날아들었다.

"한군 한 갈래가 고성 마을에 있는 우리 후군을 급습하여 군량을 불태우고 시양졸과 행궁의 사람들을 많이 해쳤습니다. 항장(項壯) 장군께서 남은 인마를 보호해 이리로 오고 있는데 추격이 자못 사납습니다. 대왕께 구원을 청합니다."

패왕은 한왕을 복격(伏擊)하러 떠날 때 항장에게 군사 5천을 주고 후군으로 남겨 고성 마을에 모아 둔 군량과 패왕의 집안 친지 및 행궁의 시중들과 잡일꾼들을 지키게 했다. 말할 것도 없이 그들 가운데는 남장을 한 우(虞) 미인도 섞여 있었다. 그런데 그 후진이 한군의 기습을 받은 것이었다.

지난 한 해 광무산에서의 뼈저린 경험으로 군량의 중요함을 배운 패왕은 그 뜻밖의 소식에 적지 아니 기가 꺾였다. 거기다가 드러내 놓고 묻지는 못해도 우 미인의 안위 또한 걱정이었다. 얼른 정공에게 한 갈래 군사를 나눠 주며 항장부터 구원하게 했다.

오래잖아 정공이 항장의 후군을 구해 돌아왔다. 다행히도 우 미인은 터럭 하나 다치지 않고 시양졸 사이에 섞여 있었다. 패왕이 안도하는 낯빛을 감추며 항장에게 물었다.

"한군은 모두 저기 저 진채에 들어앉아 있는데 누가 그리로 가서 분탕질을 친 것이냐?"

"왕릉과 옹치가 이끄는 군사들이었습니다. 아마도 우리 군중의 사정을 잘 아는 옹치가 꼬드겨 일을 낸 것 같습니다. 우리 군량을 태우고도 남은 기세로 급박하게 우리를 뒤쫓는 척하다가 슬며시 사라져 버렸습니다."

불탄 것은 초군이 고릉에 들면서 인근 민가의 곡식을 털다시피 해서 모아 둔 며칠분의 군량이었다. 당장 3만이나 되는 군사의 다음 끼가 걱정이 아닐 수 없었다. 광무산에서 배운 대로라면 패왕은 거기서 군사를 물리고 서초로 돌아가는 길을 재촉해야 했다.

"적은 이미 마음먹고 방벽을 쌓고 보루를 높여 진채를 굳건히 했습니다. 하루 이틀 싸움으로 뺏을 수 있는 진채가 아닙니다. 군량도 없이 날을 끌며 에워싸고 있다가 광무산에서와 같은 낭패를 되풀이할까 걱정됩니다. 우선 팽성으로 돌아가 기력을 회복한 뒤에 다시 유방을 잡도록 하시지요."

항양, 항장 같은 피붙이들도 그렇게 패왕에게 권했다. 하지만 패왕은 그 말을 듣지 않았다. 모처럼 한왕 유방을 벌판으로 끌어냈고, 또 한바탕 복격전으로 여지없이 때려눕힌 뒤였다. 이제 한 칼만 내뻗어 숨통을 끊어 버리면 모든 일이 끝날 것 같은데, 다시 놓아 보낼 수는 없었다.

"여기는 광무산이 아니다. 한군 진채는 벼랑 위에 세워지지도 않았고, 또 우리 땅 서초도 여기서 멀지 않다. 우리가 군량이 없으면 우리에게 에워싸여 있는 저들은 더욱 궁색할 것이다. 하늘이 주는 것을 받지 않으면 오히려 재앙이 이른다 했다. 이번에 또 유방을 놓아 보내면 하늘도 나를 버릴 것이다. 날랜 말을 팽성에 있는 계포에게 보내 군량과 군사를 보내오게 하라. 그리고 당장의 군량은 군사 5백 명을 서초로 들여보내 가까운 곳에서 긁어모아 보게 하라. 한신이나 팽월의 원병이 오기 전에 여기서 유방을 끝장내야 한다."

패왕은 그렇게 우기면서 고집스레 한군 진채를 에워싼 채 풀어 주지 않았다. 그리고 한편으로는 팽성으로 유성마를 띄우고 다른 한편으로는 군사를 풀어 성보(城父) 쪽에서 군량을 긁어모으게 했다.

다시 고릉의 진채를 두고 한군과 초군 사이에 며칠이나 치열한 쟁탈전이 벌어졌다. 하지만 어차피 오래가지는 못할 싸움이었다. 떠난 지 사흘도 안 돼 돌아온 유성마가 패왕에게 기막힌 소식을 전했다.

"팽성이 떨어지고 성을 지키던 주국 항타는 관영에게 사로잡혔습니다. 관영은 그 기세를 타고 패현, 설읍, 유현을 차례로 휩쓴 뒤에 소성을 떨어뜨리고 상현으로 향했다고 합니다."

그 말대로라면 서초의 심장부가 그대로 쑥밭이 된 것이나 다름없었다. 패왕이 너무도 뜻밖이라 넋 나간 사람처럼 물었다.

"과인이 보낸 계포는 어찌 되었느냐? 광무산에서 떠난 지 벌써 보름이 넘었는데 아직 팽성에 이르지 않았단 말이냐?"

"계포 장군은 우현에서 한나라 상국 조참이 이끄는 대군을 만나 힘을 다해 싸웠으나 뜻 같지 못했습니다. 일진을 크게 지고 근처의 작은 산성에 들어 농성 중이라고 합니다."

하지만 패왕은 그 말도 도무지 믿을 수가 없었다. 이제 막 한왕 유방의 숨통을 끊어 놓으려고 하고 있는데 누가 감히 자신의 도성을 치고 봉지를 휩쓸고 다닌단 말인가. 도대체 그런 일이 어떻게 일어날 수 있단 말인가. 비굴하고 천박한 데다 교활하기까지 한 유방 같은 자를 주인으로 모시는 하찮은 것들이, 감히.

그런데 다음 날 다시 군량을 거두러 성보 쪽으로 갔던 군사들이 돌아와 패왕에게 더욱 기막힌 소식을 전했다.

"한나라 기장 관영의 군사들이 벌써 성보로 밀고 들어왔습니다. 그 기세가 하도 사나워 감히 그곳에서 곡식을 거두어들일 엄두도 내지 못하고 쫓겨 왔습니다."

하지만 전날과 마찬가지로 패왕은 그 말을 믿을 수가 없었다.

"이게 도대체 무슨 소리냐? 어제는 주국 항타가 10만 군민과 더불어 지키던 팽성이 한낱 비단 장수였던 유방의 기장에게 떨어지고, 계포 같은 대장이 옥지기에 지나지 않았던 조참에게 크게 져서 작은 산성에 갇혀 있다더니, 오늘은 또 서초의 가슴 같고 배 같은 땅이 그새 모두 그 비단 장수 관영에게 넘어갔다는 것이냐? 과인이 남겨 둔 여러 성읍의 수장들은 머리가 몇 개나 있는 놈들이냐? 과인이 맡긴 땅과 백성을 잃고도 그 머리가 어깨 위에 성하게 붙어 있기를 바란단 말이냐? 그들과 더불어 성읍을 지키던 군민들도 그렇다. 어떻게 되찾은 초나라 땅인데 그리 쉽게 내어준단 말이냐?"

그렇게 소리치며 분을 못 이겨 몸까지 떨었다. 그 바람에 초군의 고단한 처지는 장졸들에게 더욱 널리 알려져 고릉 싸움으로 치솟았던 사기를 여지없이 꺾어 놓았다. 보다 못한 종리매가 나서서 패왕을 말렸다.

"대왕께서 그리 노하신다 하여 이미 일어난 일을 돌이킬 수는 없습니다. 고정하시고 앞날을 헤아려 대세를 만회할 계책부터 세우십시오."

"이미 도읍인 팽성이 떨어지고 산동과 서초의 심장부가 적군의 손에 모두 들어갔는데 앞날은 무슨 앞날이냐? 이제부터 전군을 들어 한군을 치고 정히 힘이 모자라면 저 산기슭을 베개 삼아 죽는 길뿐이다!"

"그렇지 않습니다. 지금 일시 우리 초나라가 몰리고 대왕께서 고단하시나 앞날은 다릅니다. 잠시 물러나 군사를 기르고 기력을 회복하신 뒤에 유방과 싸워도 늦지 않습니다. 대왕의 초절한 무용과 우리 초나라 용사들의 매서운 기세가 되살아나 합쳐지면, 진나라를 쳐 없애고 천하를 호령하던 영광을 되살릴 수 있을 것입니다."

종리매가 그렇게 간곡히 말하자 패왕도 조금 진정했다. 이윽고 깊은 한숨과 함께 종리매에게 물었다.

"그럼 이제 어떻게 했으면 좋겠는가?"

"먼저 군사를 물려 진성으로 옮기십시오. 진성은 지난날 진왕(陳王, 진승)의 장초(張楚)가 도읍을 삼았던 곳으로 그리로 가면 당분간 군사들을 먹일 곡식을 얻을 수 있고, 또 그 든든한 성벽에 의지해 군사를 쉬게 할 수도 있을 것입니다. 그리하여 먼 길을 갈 만큼 군사들의 기력이 회복되면 우선 회수를 건너 구강 땅으로 가는 게 좋겠습니다. 경포가 분탕질을 치기는 하지만 구강 땅 대부분은 아직 대사마 주은(周殷)이 잘 지켜 내고 있습니다. 거기에 자리 잡으신 뒤 오중에 사람을 보내 쓸 만한 강동의 자제들을 몇 만 명 더 모아 오면, 우리 초군이 옛날의 기세를 되찾기는 어렵지 않습니다."

그런 종리매의 말에 패왕은 그답지 않게 깊이 생각하는 얼굴이 되었다. 한참이나 말없이 눈을 감고 있다가 이윽고 눈을 떠서 말했다.

"좋다. 그럼 우선 진성으로 가자. 군사들을 물려 진성으로 가되, 적이 뒤쫓아 오면 언제든 맞받아칠 수 있도록 하라."

그렇게 되자 꺼지기 전에 한 번 빛나는 촛불처럼 세차게 타올

랐던 기세는 급작스레 사그라지고 초군은 다시 쫓기는 느낌으로 진성을 향했다.

그 무렵 한왕 유방은 고릉 북쪽 진채 안에서 어렵게 하루하루를 버텨 가고 있었다. 한신과 팽월은 오지 않는데 패왕의 공격이 길어지니 무엇보다도 군량이 걱정이었다. 오창을 끼고 있던 광무산과는 달리, 진채 안에 갇힌 채 며칠이 지나자 갈무리된 곡식이 넉넉하지 않기는 한군도 초군과 크게 다르지 않았다.

진채도 서광무에 비하면 못 미덥기 짝이 없었다. 녹각과 목책을 두르고 다시 두터운 방벽과 든든한 보루를 쌓았다고는 하지만, 광무간의 벼랑이나 광무산 서록(西麓)의 가파른 비탈과는 견줄 바가 아니었다. 언제 패왕이 눈에 불을 켜고 뛰어들지 알 수 없었다.

그런데 방벽 안에서 버틴 지 엿새째인가 이레째가 되는 날이었다. 갑자기 초나라 진채가 웅성거리더니 다음 날이 되자 초나라 군사들이 차례로 진채를 버리고 남쪽으로 물러나기 시작했다. 번쾌가 달려와 말했다.

"적이 달아나는 것 같습니다. 군사를 내어 뒤쫓아야 하지 않겠습니까?"

"가볍게 움직이지 말라. 이는 틀림없이 항왕이 우리 장졸들을 진채 밖으로 꾀어내려는 수작이다."

한번 데어 본 아이가 불을 두려워하듯 한왕이 그렇게 말하며 번쾌가 뒤쫓는 것을 허락하지 않았다. 그때 마침 한왕을 찾아온 장량이 번쾌를 거들듯 말했다.

"적은 우리를 꾀어내기 위해서가 아니고 정말로 물러나는 것입니다."

"그게 무슨 소리요?"

한왕이 알 수 없다는 듯 장량을 바라보며 물었다. 장량이 조심스레 말했다.

"그젯밤 우리 군사 한 갈래가 가만히 산을 내려가 고릉에 있는 적의 후군을 들이치고 그 군량을 태워 버렸습니다. 적은 당장 다음 끼니가 없을 것입니다."

"그런 일을 어찌 과인에게 말하지 않았소? 누가 그런 큰일을 했소?"

"오래 항왕 밑에 있어 초나라 군중의 정황을 잘 아는 옹치가 그 꾀를 냈고, 왕릉이 늘 이끌던 군사를 데리고 그대로 해냈습니다. 대왕께서 옹치를 못마땅히 여겨 허락하지 않으실까 아뢰지 못했을 뿐입니다."

옹치란 이름을 듣자 이맛살부터 찌푸린 한왕이 그 일은 더 따지지 않고 말머리를 돌렸다.

"과인이 여러 번 겪어 보아 잘 알지만, 항왕은 병장기를 휘두르고 군사를 부리는 일만 싸움의 전부인 줄 아는 위인이오. 까짓 군량 좀 잃었다고 군사를 물릴 리가 없소이다. 틀림없이 우리 군사를 유인해 내려는 계책일 것이오."

"항왕도 지난 한 해 광무산에서 군량의 소중함을 뼈저리게 느꼈을 것입니다. 잃은 군량 때문에 물러났을 수도 있습니다. 하지만 신도 대왕께서 급하게 군사를 내어 항왕을 뒤쫓는 일은 말리고 싶습니다. 섣불리 뒤쫓다가 항왕에게 다시 반격의 기회를 주어서는 아니 됩니다. 잠시 기다려 세력을 크게 모은 뒤에 뒤쫓아도 늦지 않을 것입니다."

그때 마치 장량의 말을 뒷받침하려는 듯 탐마가 달려와서 알렸다.

"동쪽에서 대군이 달려오고 있습니다. 붉은 깃발로 보아 우리 편 같습니다."

"그렇다면 제왕 한신이 온 것이로구나. 과인이 몸소 나가 맞아야겠다."

한왕이 반가운 얼굴로 자리에서 일어났다. 그리고 장량을 돌아보며 이제 다 알았다는 듯 말했다.

"항왕이 저렇게 물러나는 것은 군량을 잃었기 때문이 아니라 한신이 오는 것을 알았기 때문일 것이오. 용저가 죽는 걸 보고 천하의 항우도 두려움을 배운 것 같소."

그런 다음 한왕 유방은 하후영을 불러 황옥거를 내게 했다. 그리고 급히 뒤따라 나선 장수들과 함께 한신을 마중 나가려는데, 한왕이 진문을 나서기도 전에 저편에서 먼저 전령이 달려와 알렸다.

"우승상 조참이 삼가 대왕께 문후 여쭈라 하셨습니다. 우승상께서는 한 식경이면 2만 군사와 더불어 이곳 진중으로 들게 될 것입니다."

"과인은 우승상이 아직 산동을 평정하고 있는 줄 알았다. 그런데 어떻게 이처럼 갑자기 오게 되었는가?”

조참이 온 게 뜻밖이라 한왕이 놀라며 물었다. 전령이 자랑스레 대답했다.

“지난해 교동(膠東)에서 제나라 장수 전기(田旣)를 잡아 죽인 우승상께서는 그 뒤 제북으로 가서 남은 전씨 일족의 세력을 모두 쓸어 없앴습니다. 그러다가 대왕께서 광무산에서 어려움을 겪고 계신단 소문을 듣고 지난 6월에 이미 광무산으로 떠났습니다다마는 산동을 가로지르는 동안에 다시 여러 달을 지체하게 되었습니다. 곳곳에서 항우가 남겨 놓은 수장들이 길을 가로막은 탓입니다.

우승상께서는 산동의 초나라 세력을 쓸어버리는 것도 팽월이 양 땅에서 양도를 끊는 것과 마찬가지로 광무산의 대왕을 돕는 일이라 보아 싸우기를 마다하지 않으셨습니다. 항보, 창읍을 거쳐 정도에 이르는 동안에 열한 성읍을 쳐부수거나 항복받고, 다시 안양을 거쳐 우현에서 계포가 이끄는 초나라 군사를 크게 무찔렀습니다. 그런데 문득 한나라와 초나라가 화평을 맺었다는 소문과 함께 대왕의 사자가 달려와 우승상은 그대로 산동에 남아 초나라 세력을 쓸어버리라 하셨습니다.

이에 우승상께서는 군사를 율현으로 옮겨 그 현성을 치고 있는데, 다시 대왕께서 초군을 뒤쫓다가 고릉에서 크게 낭패를 보았다는 소문이 들려왔습니다. 우승상께서는 그 소문을 듣자 급한 김에 대왕의 부르심을 기다리지 못하고 군사를 돌리셨습니다. 율현을 버려두고 밤낮 없이 인마를 몰아 이렇게 달려오는 길입니다.”

다음 날도 비슷한 일이 있었다. 동쪽에서 탐마가 돌아와 또 다른 원병이 다가오고 있다고 하기에 한왕은 이번에도 한신이나 팽월인가 여겼으나 그게 아니었다. 그날 달려온 것은 관영이었다. 본대에 앞서 달려온 전령이 알렸다.

"관영 장군이 기마 5천에 정병 만 명을 재촉하여 달려오고 있습니다. 조금 전에 이향을 지났으니 오래잖아 이곳에 이를 것입니다."

관영 역시도 한창 팽성을 치고 있을 줄 알았는데 그렇게 갑자기 나타나니 반가움보다는 궁금함이 앞섰다. 한왕이 그 경위를 묻자 전령이 기세 좋게 말했다.

"관영 장군은 이레 전에 팽성을 떨어뜨리고 그곳을 지키던 초나라 주국 항타를 사로잡았습니다. 그 뒤 하루도 군사를 쉬게 하지 않고 곧장 서쪽으로 달려, 소성, 상현을 떨어뜨리고 성보에 이르렀습니다. 거기서 갑자기 대왕께서 고릉에서 낭패를 당하셨다는 소문을 듣자 이렇게 서둘러 달려온 것입니다."

말할 것도 없이 한왕은 조참과 관영이 그렇게 와 준 것이 반가웠다. 하지만 그 반가움만큼이나 큰 것이 그때까지도 올 줄 모르는 한신과 팽월 때문에 생긴 걱정이었다.

"과인은 자방의 말을 듣고 항왕을 뒤쫓고 있으나, 애초에 이 일은 과인 혼자 힘만으로는 될 일이 아니었소. 제왕 한신과 위나라 상국 팽월 같은 제후들이 대군을 이끌고 과인을 도와야만 초군을 쳐부수고 항왕을 이길 수 있소. 그런데 한신과 팽월이 약조를 어기고 오지 않으니 실로 걱정이오. 이번 고릉의 싸움에서 낭패를 본 것도 우리 힘만으로 항왕을 이기려다 이리된 것이오."

한왕이 장량을 불러 놓고 푸념처럼 그렇게 말했다. 장량이 담담하게 받았다.

"우리가 초나라에 한 싸움을 내준 것은 사실이나, 대왕께서는 너무 걱정하지 마십시오. 그래도 평지와 크게 다르지 않은 곳에서 급하게 얽은 진채에 의지해 항왕의 강습을 물리쳤으니, 그 일만 해도 지난 일 년 광무산에서 겪은 궁색함과는 비할 바가 아닙니다. 거기다가 싸움에 져 흩어졌던 군사들이 다시 찾아오고, 어제 오늘 우승상 조참과 어사대부 관영의 군사가 보태져 우리 한군은 다시 10만 군세를 회복했습니다. 그러나 정작 우리를 이긴 초군은 곡식 한 톨 없이 추운 겨울 들판을 헤매며 의지할 곳을 찾고 있습니다. 이대로 버려두어도 초군은 머지않아 무너지고 말 것입니다."

"그런데도 제후들이 약조를 따르지 않으니 어찌하면 좋겠소?"

딴청을 부리는 것 같은 장량의 말에 한왕이 답답한 듯 다시 물었다. 그제야 장량이 한왕의 물음을 정색으로 받았다.

"초군이 곧 무너지려 하는데도 한신과 팽월이 오지 않는 데는 까닭이 있습니다."

"그게 무엇이오?"

형세가 궁박하다 여긴 한왕이 전에 없이 자세를 낮춰 물었다. 장량이 기다렸다는 듯 목소리를 가다듬어 말했다.

"대왕께서는 일찍이 한신을 제나라 왕으로 세우셨으나, 궁박한 처지에 몰려 마지못해 그리하셨을 뿐 대왕께서 원래 뜻하신 바는 아니었습니다. 그때 신을 보내 한신에게 내리신 것도 제나라 왕의 인수(印綬)와 의장뿐이었고, 도적(圖籍)과 명부를 내리고 땅을 갈라 주지는 않으셨습니다. 그런 데다가 한신이 제 힘으로 차지한 땅도 아직은 그 다스림이 굳건하게 뿌리내리지 못했는데 어찌 대군을 이끌고 달려올 마음이 나겠습니까?

또 팽월은 벌써 세 해째 양 땅을 치달으며 항왕의 양도를 끊고 초군의 뒤를 시끄럽게 하여 대왕을 도왔으나, 위나라 상국이란 허울뿐 제후로서 대왕께로부터 땅 한 뙈기 얻은 바 없습니다. 원래 대왕께서 팽월을 위나라 왕으로 삼지 못한 것은 위표(魏豹) 때문이었습니다. 하지만 이미 위표는 죽었고, 팽월도 오래전부터 그가 차지한 양 땅의 왕이 되기를 바랐으나, 대왕께서는 아직도 그 바람을 들어주지 않고 계십니다. 그런데 팽월이 무슨 신명으로 대군을 모아 먼 길을 달려오려 하겠습니까?

만약 대왕께서 천하를 그들과 함께 나눌 수만 있으시다면 지금이라도 당장 한신과 팽월을 이리로 불러들이실 수 있을 것입니다. 이제 수양 북쪽으로부터 곡성에 이르는 땅을 갈라 팽월을 그곳 왕으로 삼으시고, 제왕 한신에게는 진현에서 동쪽으로 바닷가까지 그 봉지를 정해 주십시오. 특히 제왕 한신은 집이 초나라에 있어 고향을 되찾으려는 간절한 뜻이 있을 것입니다.

대왕께서 신이 말한 그 땅들을 갈라 한신과 팽월에게 내주기를 허락하실 수 있으면, 당장이라도 두 사람을 불러올 수 있을 것이나, 그러실 수 없다면 앞일을 예측하기 어렵습니다. 바라건대 대왕께서는 그 두 사람에게 땅을 내리시어 각기 스스로를 위해서 싸우게 하십시오. 그리하시면 초나라를 무찌르는 일도 어렵지 않을 것입니다."

진작부터 먹은 마음이 있어 마련해 둔 듯한 대답이었다.

3년 전 수수의 싸움에서 크게 지고 쫓기던 한왕이 하읍에서 말안장에 기대 천하를 아우를 대공을 함께할 인재를 묻자 장량은 경포와 팽월과 한신을 일러 준 적이 있었다. 그때 한왕은 이미 한신과 팽월을 거둬들인 뒤였고, 오래잖아 수하를 시켜 경포까지 제 사람으로 끌어들였으나 아직은 그저 명목뿐이었다. 그런데 이제 그들 가운데 둘을 실질적인 손발로 부릴 계책을 장량이 다시 일러 준 셈이었다.

장량이 군막을 나간 뒤 한왕 유방은 곰곰이 그의 헌책(獻策)을 곱씹어 보았다. 땅과 왕호로 한신과 팽월의 충성을 산다는 게 떨떠름했지만 당장은 그렇게 하는 수밖에 없을 것 같았다. 그런데 그때 다시 장량이 권한 말을 뒷받침해 주기라도 하듯 팽월이 보낸 사자가 달려왔다. 지난번 팽월이 군량 10만 곡을 보내왔을 때 사자를 보내 다시 출병을 재촉한 적이 있는데, 그 회답이 온 듯했다.

'신이 어렵게 위나라를 평정하였으나 날이 오래되지 않아 아직은 이 땅의 형세가 안정되지 못했습니다. 신에게 성읍을 빼앗긴 초나라의 장졸들이 여기저기 몰려다니고 있어 언제 다시 치고 들지 모릅니다. 함부로 이 땅을 비워 두고 멀리 군사를 낼 수가 없사오니, 대왕께서는 부디 헤아려 주옵소서.'

팽월이 사자를 시켜 전해 온 말은 대강 그랬다. 왠지 구차하게 핑계를 대고 있는 것 같아 한왕에게 다시 한번 장량이 한 말을 떠올리게 했다. 제왕 한신이 움직이지 않고 있는 까닭도 팽월과 마찬가지로 장량이 헤아린 대로일 듯했다. 이에 한왕은 결정을 미루어 좋을 게 하나도 없다고 여겨, 그날로 한신과 팽월에게 사자를 보내게 하였다.

'과인도 양 땅의 형세가 안정되지 못한 줄 아나 더 급한 일은 이곳의 싸움이다. 위 상국 팽월은 이 글이 이르는 대로 대군을 이끌고 과인에게로 달려오라. 과인과 더불어 항우를 사로잡고 천하를 평정하면 상국을 양왕(梁王)으로 올려세우고 수양 북쪽에서 곡성까지의 땅을 모두 내려 그 봉지로 삼게 할 것이다.'

먼저 팽월의 사자에게 그런 글을 주어 보내고 다시 한신에게도 비마를 띄웠다.

'지금 항우는 막다른 구석으로 내몰린 쥐가 고양이를 무는 격으로 천명에 맞서고 있으나 그날은 멀지 않다. 제왕은 어서 대군을 이끌고 남하하여 과인과 더불어 서초를 쳐 없애고 항우를 사로잡도록 하라. 사해가 다시 하나가 되고 천명이 우리 대한(大漢)에 이르는 날이면, 과인은 진현에서 동해에 이르는 땅을 베어 모두 제왕에게 내릴 것이며, 아울러 왕호를 고치고 봉지를 보태어 고향 초나라를 잊지 못하는 그 간절한 정을 달래 줄 것이다.'

사자가 달려가 그렇게 한왕의 뜻을 전하자 한신과 팽월 모두 기뻐하며 한 입에서 나온 듯한 소리로 대답했다.

"삼가 대왕의 뜻을 받들겠습니다. 정히 위급하시다면 당장이라도 군사를 내겠습니다."

며칠 안 돼 되돌아온 사자가 그렇게 두 사람의 대답을 전하자 한왕 유방은 반가워 환히 웃으면서도 이마에 한 가닥 어둡고 깊은 주름이 접혔다 펴졌다. 어떤 이는 그때 이미 뒷날의 무자비한 제후 억멸책(抑滅策)이 한왕의 머릿속에서 싹트고 있었다고도 한다.

한신과 팽월이 대군을 이끌고 오고 있다는 소문에 고릉의 싸움으로 말이 아니던 한군의 사기가 크게 되살아날 무렵이었다. 말없이 기다리던 한왕 유방이 어느 날 갑자기 생각난 듯 좌우를 돌아보고 물었다.

"항우는 지금 어디에 있는가?"

간세를 풀고 탐마를 내어 언제나 일을 훤히 꿰고 있는 장량이 대답했다.

"항왕은 지금 진성에 들어 있습니다. 성안을 뒤지듯 곡식을 거두고 백성들을 끌어내어 줄어든 군세를 부풀리고 있다고 합니다."

"그럼 지금 당장 장졸들을 일으켜 다시 한번 진성을 들이쳐 보는 것이 어떻겠소?"

한왕이 벌떡 몸을 일으키며 장량에게 그렇게 말했다. 실로 종잡을 수 없는 한왕의 위축과 분발이었다. 며칠 전만 해도 당장 죽을 듯 엄살떨던 일을 까맣게 잊은 사람처럼 그렇게 호기를 부리고 나섰다. 그런데 알 수 없는 것은 장량이었다. 한군의 형편이 전보다 크게 나아진 것이 없는데도 이번에는 전혀 말리는 기색이 없었다. 오히려 어딘가 빙글거리는 말투로 한왕을 떠보듯 물었다.

"이곳에서 가만히 기다리다가 제왕과 팽 상국의 대군이 이르면 힘을 합쳐 진성을 쳐도 늦지 않을 것입니다. 그런데 대왕께서는 무엇 때문에 우리 군사만으로 서둘러 싸우려고 하십니까?"

"우리가 여기에 웅크리고 있으면 한신과 팽월도 형세를 살피고 또 살피면서 천천히 움직일 것이오. 그러나 힘들더라도 한 번 항왕을 꺾어 우리 힘을 보여 준다면 저들도 닫기를 배로 하여 과인과 합세하려 들 것이외다. 거기다가 전과는 달리 우리에게는 조참과 관영이 돌아왔으니 한번 해 볼 만한 일이 아니겠소?"

그러자 한왕이 옳은 답을 바로 맞혔다는 듯 장량이 가볍게 손뼉까지 치며 웃고 말하였다.

"역시 천하의 주인이 되실 만한 헤아림이십니다. 한신과 팽월의 출병을 재촉하는 계책으로 그보다 더 나은 수는 없을 것입니다. 또 항왕도 외로운 진성에서 오래 버티려고 하지는 않을 것이니, 우리가 힘을 다해 들이치면 못 이길 바도 없습니다. 그런 다음 천천히 우리 전군을 모아들여 크게 몰이를 할 수 있는 궁지로 초군을 몰아넣으면, 항왕을 사로잡는 일도 그리 어렵지 않을 것입니다."

장량의 칭송을 듣자 한왕은 더욱 기세가 살아났다. 다시 싸움은 혼자 아는 양 장수들을 불러 모아 놓고 소리쳤다.

"이제부터 항우가 틀어박혀 있는 진성을 친다. 우리가 먼저 항우를 쳐부수어 강함을 보여야 한신도 팽월도 그만큼 빨리 달려올 것이다. 모두 있는 힘을 다해 진성을 쳐라!"

이에 한군은 오랜만에 진채를 나와 진성으로 쳐들어갈 준비를 했다.

한신과 팽월, 마침내 오다

진성(陳城)은 고릉에서 백 리 길이 안 됐다. 다음 날 일찍 길을 떠난 한군은 짧은 겨울 해가 지기도 전에 진성 북쪽 30리쯤 되는 곳에 이를 수 있었다. 한왕은 새로 도착한 조참과 관영의 군사들을 진성 북쪽 20리 되는 골짜기에 숨겨 놓고, 나머지는 밤새 진성 아래 벌판으로 옮겨 진채를 세우게 했다.

한편 진성으로 물러난 패왕 항우는 성안의 곡식을 거두어 주린 군사들을 먹이고 민가를 비워 여러 날의 싸움에 지친 몸을 쉬게 했다. 며칠 안 돼 초나라 군사들은 날카로운 기세를 되찾았으나 곡식을 뺏기고 제집에서 쫓겨난 성안의 인심은 말이 아니었다. 원래도 별로 좋지 않던 초군의 평판은 한층 엉망이 되고, 창칼이 무서워 머리를 수그린 백성들도 속으로는 저마다 패왕과 초군에게 이를 갈았다.

고릉 북쪽의 진채를 빠져나온 한나라 대군이 진성 밖 벌판에 다시 진세를 벌인 것은 패왕이 이끈 초군 3만이 그 성안으로 든 지 이레 만이었다. 해 질 무렵, 성 북쪽 들판이 수런거리는 것 같더니 성벽 위에서 망을 보던 이졸이 달려와 알렸다.

"한나라 대군이 뒤따라온 듯합니다. 북문 쪽 벌판에 크게 진채를 벌이고 있습니다."

그 말을 들은 패왕은 뛰듯이 북문 문루 위로 올라 성 밖을 내다보았다. 이졸의 말대로 어느새 밀려온 한나라 군사들이 저물어 오는 성 밖 들판을 뒤덮고 있었다. 하지만 자세히 살펴보니 군세는 처음 고릉으로 밀려들 때의 절반밖에 안 돼 보였다.

"이것들이 나를 너무 작게 보는구나. 바로 며칠 전에 이 곱절의 대군으로도 한 싸움에 깨진 질그릇 꼴이 나 놓고 이제 그 절반의 군사로 우리를 뒤쫓으려 하다니. 이번에는 모조리 때려잡아 갑옷 한 조각 찾아가지 못하도록 만들어 놓아야겠다."

울컥 화가 치민 패왕이 그대로 전군을 몰고 나가 한군을 짓밟아 버릴까 하면서도 한 번 더 주변을 살폈다. 눈여겨보니 북쪽 하늘로 엷은 먼지가 치솟으며 은은한 살기가 뻗치고 있었다. 본능과도 같은 패왕의 전투 감각에 잡힌 병진의 기운이었다.

'그사이에 적의 원군이 이르렀구나. 저 능구렁이 같은 유방이 원군을 감춰 두고 나를 꾀어내려고 수작을 부리고 있음에 틀림이 없다. 함부로 성문을 열고 나갔다가는 뜻밖의 낭패를 당할 수도 있다. 거기다가 벌써 날도 저물어 오지 않는가…….'

여러 번 한왕 유방의 계책 같지도 않은 계책에 말려 어려움을 겪은 뒤라 패왕도 적잖이 신중해졌다. 그런 헤아림으로 앞뒤 없이 치솟는 울화를 억누르며 잠시 생각에 잠겼다.

"장수들을 모두 과인의 군막으로 들게 하라."

이윽고 패왕이 좌우를 돌아보며 그렇게 시켰다. 그리고 장수들이 모두 모이자 평소의 그답지 않게 차분한 목소리로 말했다.

"드디어 진성을 떠날 때가 온 것 같다. 원래부터 오래 머물려고 우리가 이 성에 든 것은 아니다. 이제 군사들은 충분히 쉬었고, 성 안팎에서 긁어모은 군량도 당분간은 버틸 만하다. 하지만 우리가 이대로 성을 빠져나가면 적은 더욱 기세가 올라 오히려 그 추격을 벗어나기 어려울 것이다. 또 한 번 여지없이 적을 쳐부수어 우리를 뒤쫓을 엄두가 나지 않게 만들어야만 강동으로 돌아가는 남은 길이 편안할 것이다."

그런 다음 패왕은 종제인 항장을 불러 명을 내렸다.

"네게 군사 3천을 줄 터이니 너는 싸움에 보탬이 되지 않는 노약자들과 군중의 전곡을 보존하여 내일 새벽 먼저 동쪽으로 떠나도록 하라. 남문으로 나가 성보로 가되, 과인이 뒤따라 잡기 전에 성안으로 들지는 말라."

항장이 명을 받고 물러나자 패왕은 이어 다른 장수들을 돌아보았다.

"그대들은 내일 해가 뜨는 대로 과인과 함께 성을 나가 적을 친다. 모두 각자의 군막으로 돌아가 군사들로 하여금 내일 있을 한바탕 모진 싸움을 채비하게 하라. 먼저 군사들에게 술과 고기를 배불리 먹이고, 오늘 밤은 초경부터 잠자리에 들게 해 넉넉히 쉬도록 해야 한다. 그리고 내일 아침에는 보기(步騎)를 가리지 않고 되도록 몸을 가볍게 하여 성을 나가게 하라. 벼락처럼 치고 들었다 바람처럼 빠져나갈 수 있어야 한다."

그리고 그날 밤은 자신도 일찍 군막에 들어 태평스레 잠들었다.

다음 날이 밝았다. 새벽에 항장이 군중의 재물과 곡식을 수레에 싣고 노약자를 보호해 가만히 남문을 빠져나갔다. 그 노약자 속에는 남장한 우 미인도 섞여 있었다. 그사이 남은 초나라 장졸들도 일찍부터 그날 있을 싸움을 채비했다. 패왕이 주력을 이끌고 북문을 나갈 작정이다 보니 그쪽이 수런거려 한군의 주의는 절로 북문 쪽으로만 쏠렸다.

이윽고 아침 해가 떠오르면서 진성의 북문이 열렸다. 성문을 나서기 전에 패왕은 마지막으로 한 번 더 장졸들을 모아 놓고 다짐하듯 일러 주었다.

"적은 따로 한 갈래를 숨겨 놓고 거짓으로 진 척 우리를 그리로 꾀어 가려 할 것이다. 하지만 우리는 일당백의 정예이고 적은 까마귀 떼나 다름없다. 복병이 일더라도 두려워할 것이 없다. 먼저 성 밖의 적진을 쓸어버리고, 속은 척 뒤쫓다가 적의 복병이 나오거든 힘을 다해 들이쳐라. 그 복병마저 꺾어 놓아야 우리가 돌아가는 길이 편해진다."

초나라 장졸들이 함성을 질러 그런 패왕을 향한 믿음을 드러냈다. 그리고 성난 물결과 같은 기세로 패왕을 따라 북문을 나왔다. 번쩍이는 갑옷투구로 몸을 싼 패왕 항우가 오추마에 높이 올라 앞장을 서고, 종리매와 환초를 비롯한 여러 장수가 옆으로 늘어선 뒤로 3만 대군이 쏟아져 나오는데, 그 어디에도 밀리고 쫓기는 군사 같은 티는 전혀 보이지 않았다.

저만치 한군의 원문이 보이는 곳에 이르자 패왕 항우가 범이 울부짖듯 큰 소리로 한왕 유방을 불러냈다.

"한왕은 어디 있느냐? 아직 목이 붙어 있거든 나와서 과인의 말을 들어라!"

그러자 기다렸다는 듯 원문이 열리며 태복(太僕)의 복색을 갖춘 하후영이 모는 수레 한 채가 느릿느릿 모습을 드러냈다. 누른 비단 덮개를 하고 휘장을 드리운 것으로 보아 한왕이 탄 황옥거였다.

그 황옥거 곁으로는 한다 하는 한나라의 맹장들이 말을 타고 펼쳐 서 있었다. 큰 칼을 든 번쾌와 강한 활을 안장에 건 주발을 비롯해 왕릉, 역상, 주창, 근흡, 시무 등이 말 위에 높이 올라 앉아 있는데, 관영과 조참을 빼고는 한나라의 장수 모두가 나선 듯했다.

"초왕은 무슨 일로 과인을 찾는가? 이제라도 항복하여 천명을 따르려는가?"

한왕이 황옥거의 휘장을 걷고 얼굴을 내밀며 그렇게 능청을 떨었다. 그 소리에 벌써 패왕의 눈이 뒤집혔다. 한왕을 충동질해 보려다 제 속이 먼저 뒤집혀 목소리를 높였다.

"네놈은 두더지처럼 방벽과 참호 안에 숨어 비루한 목숨이나 보존하는 것이 마땅하거늘, 또 무슨 요행을 바라고 여기까지 과인을 쫓아왔느냐? 기어이 그 늙은 머리를 과인에게 바치러 여기까지 왔느냐?"

그러자 한왕 유방도 안색을 바꾸었다.

"이놈, 미련한 항우야. 그래도 한때 과인과 말머리를 나란히 하고 싸운 정이 있어 스스로 깨닫기를 바랐더니, 아무래도 너는 목에 시퍼런 칼날이 떨어져야 비로소 네가 죽는 줄을 알겠구나. 일이 이 지경에 이르렀는데도 하늘의 호생지덕(好生之德)을 빌기는 커녕 오히려 이 무슨 방자한 헛소리냐? 하늘에 죄를 지으면 빌 곳이 없느니라."

그렇게 갑자기 사람이 바뀐 듯 엄하게 패왕을 꾸짖는데 묘하게도 전에 없던 위엄이 넘쳐흘렀다. 하지만 그 소리를 들은 패왕은 더 참지 못했다. 한왕의 말은 대답할 가치도 없다는 듯 좌우를 돌아보며 소리쳤다.

"가자. 내 오늘 저 주둥아리만 살아 있는 늙은 장돌뱅이 놈을 죽이지 못하면 결코 초나라로 돌아가지 않으리라!"

그러고는 전군을 휘몰아 한군을 덮쳤다. 전처럼 3만이 한 덩어리가 되어 한왕을 노리며 벼락 치듯 쪼개고 드는 방식이었다.

하도 여러 번 되풀이당해 온 전법이라 한군도 대비가 없었던 것은 아니었다. 말을 마치기 무섭게 한왕이 탄 수레는 뒤로 빠지고 철기(鐵騎)와 보갑(步甲)을 이끈 한나라 장수들이 겹겹이 막아섰다. 그러자 한군의 전면은 그야말로 철벽이 가로막은 듯하였다.

하지만 성난 패왕이 벼락같은 고함과 불길이 뚝뚝 듣는 듯한 눈길로 앞장을 선 데다, 살아 고향으로 돌아가기 위해 그 어느 때보다 매섭게 전의를 다진 초나라 장졸들이 한 덩어리가 되어 그 뒤를 받치니 아무리 철벽이라도 소용이 없었다. 대쪽이 쪼개지듯 이내 한군 한가운데가 큰 길이라도 난 듯 갈라졌다. 놀란 한나라 장수들이 저마다 군사를 꾸짖어 패왕의 앞길을 가로막아 보려 했으나 그저 그 닫는 속도를 조금 늦출 수 있을 뿐이었다.

오래잖아 패왕이 이끄는 초군 선봉에게 아직 싸움터를 빠져나가지 못한 한왕의 수레가 저만치 보였다. 패왕이 다시 벼락같은 호통으로 근처에 있는 한군의 얼을 빼놓았다.

"유방은 어디로 달아나느냐? 어서 그 늙은 목을 내놓지 못하겠느냐?"

그러자 얼마 전까지만 해도 머릿수만 믿고 기세를 올리던 한군은 한층 더 겁먹고 어지러워졌다. 숱한 한나라의 맹장들도 초군의 매서운 공세에 몰리다 이리저리 흩어져 더는 한왕의 방패가 되지 못했다. 거기다가 뒤를 가려 주는 군사도 엷어 자칫하면 한왕의 수레가 패왕의 오추마에게 따라잡힐 판이었다.

싸움을 거기까지 몰아간 패왕 항우는 더욱 힘이 솟았다. 잘되면 바로 한왕 유방을 잡아 죽여 모든 일을 끝낼 수도 있을 것 같았다. 70근 철극을 부젓가락 놀리듯 휘두르며 누런 덮개를 씌운 한왕의 수레를 뒤쫓았다.

하지만 그 싸움에서 패왕이 바로 헤아리지 못한 게 하나 있었다. 한왕이 진성 북쪽에 남겨 둔 관영과 조참의 군사가 그랬다. 그 3만은 패왕이 짐작한 것처럼 그곳에 매복하고 있으면서 초군이 유인책에 말려들기를 기다리는 군사들이 아니었다. 패왕의 전법을 오랫동안 살펴 온 장량이 바로 그렇게 한군이 몰리게 되는 때를 위해 남겨 두도록 권한 병력이었다.

"바로 지금이오. 어서 가서 적을 맞받아치시오. 항우가 아무리 날뛰어도 결코 밀려서는 아니 되오. 두 분 장군께서 급한 물머리를 막아 주지 않으면 우리 한군은 모두 초군의 흉흉한 기세에 휩쓸려 무너져 내리고 말 것이오."

초군과 한군이 어울린 지 얼마 되지 않아 진평과 함께 뒤처져 있던 장량이 그렇게 관영과 조참을 재촉해 내보냈다. 관영이 이끌고 있던 군사는 낭중기병으로 이루어진 기마대가 주력이었고, 조참의 군사도 변화에 재빨리 대응하기 위해 한껏 몸을 가볍게 하고 있던 정병들이었다. 머물고 있던 곳에서 뛰쳐나가 너무 늦지 않게 싸움터에 이르렀다.

관영과 조참이 이끈 두 갈래 군사가 갑자기 뒤에서 치고 나오자 기세 좋게 밀고 들던 초나라 장졸들도 잠시 움찔했다. 하지만 이미 그들이 있다는 것을 패왕에게 들어 알고 있어서인지 겁먹거나 움츠러들지는 않았다. 밀고 나오던 기세 그대로 관영과 조참이 이끈 군사를 맞았다.

관영과 조참 모두가 불같은 전투력으로 이름을 얻은 장수들이었다. 거기다가 장량의 당부까지 듣고 싸움에 나선 터라 그 기세들이 여간 매섭지 않았다. 패왕이 몸소 이끈 초나라 선봉과 맞닥뜨리고도 두려움을 몰랐다. 성난 외침으로 군사들을 휘몰아 맞부딪쳐 갔다.

곧 여러 해에 걸친 한나라와 초나라의 쟁패전에서 가장 처절한 싸움이 진성 북쪽 성벽 아래에서 벌어졌다. 어느 쪽도 가볍게 물러설 수 있는 처지가 못 되었다. 이제는 기세로 밀고 밀리는 싸움이 아니라, 그야말로 피가 튀고 살과 뼈가 흩어지는 피투성이 난전이 되어 갔다. 하지만 서로가 그렇게 팽팽하게 맞서자 차츰 한군의 머릿수가 힘을 쓰기 시작했다. 패왕과 초군의 일격을 받고 흩어졌던 한나라 장수들이 다시 군사를 수습해 관영과 조참을 거들면서 군사가 적은 초나라 쪽이 몰리는 기색을 드러냈다.

패왕의 본능적인 전투 감각도 곧 자기편의 비세(非勢)를 알아차렸다.

'한왕이 이끈 대군과 북쪽에 매복하고 있던 대군을 하나씩 따로 쳐부수려 했는데, 오히려 한꺼번에 불러낸 꼴이 돼 우리가 거꾸로 몰리게 되고 말았구나. 크게 잘못되었다…….'

패왕은 속으로 혀를 차면서 재빨리 싸움터를 둘러보았다. 그사이 대오를 수습해 되몰려든 한군들로 3만도 안 되는 초군은 차츰 외로운 섬처럼 에워싸여 갔다. 그걸 보자 패왕은 좌우를 돌아보며 미련 없이 소리쳤다.

"이제 이곳을 빠져나간다. 그러나 돌아서는 것이 아니고 앞을 막은 적을 뚫고 나간다. 과인이 앞설 터이니, 죽기로 싸워 길을 열라. 결코 적에게 등을 보여서는 안 된다."

그리고 앞을 가로막는 한군 속으로 성난 범처럼 뛰어들었다.

오직 살기 위한 길을 열려는 싸움이 되자 초나라 장졸들의 기세도 이전과 견줄 바가 아니었다. 군신, 장졸이 한 덩어리가 되어 맹렬하게 치고 드니 힘을 다해 버티던 관영과 조참의 군사들도 흠칫했다. 그들이 자신도 모르게 한쪽으로 밀리며 내준 길로 패왕 항우가 이끈 초나라 군사들이 바람처럼 빠져나갔다. 애초부터 그런 때를 위해 한껏 몸을 가볍게 한 초군들이라 빠져나가는 기세가 마치 매섭고 빠른 회오리 같았다.

어렵게 북쪽으로 뚫고 나간 패왕은 곧 군사들을 남쪽으로 몰아 새벽에 먼저 떠나보낸 항장의 뒤를 좇게 했다. 하지만 관영에게는 날랜 기마 5천이 있었다. 그들이 악착같이 뒤쫓으며 몰아치니 아무리 패왕이 이끈 정병이라 해도 희생과 손실이 없을 수 없었다.

가까스로 한군의 추격을 뿌리친 패왕이 군사를 수습해 보니 그사이에 입은 손실이 만만치 않았다. 초나라를 편들어 싸우던 누번(樓煩) 장수 두 명이 목숨을 잃고, 기장 여덟 명이 관영의 군사들에게 사로잡혀 갔다. 군사도 5천 넘게 줄어 있었다.

'그래도 오늘 싸움으로 유방은 다시 한번 간담이 서늘하였을 것이다. 이제는 함부로 우리를 뒤쫓지 못하리라.'

패왕은 그렇게 스스로를 위로하며 동쪽으로 길을 잡았다.

해 질 무렵 항장의 군사들을 따라잡은 패왕은 그들에게서 다시 분통 터지는 소리를 들었다. 진현 현령으로 세워 진성에 남겨둔 초나라 장수 이기(利機)가 싸움 한번 해보지 않고 한왕에게 항복해 버린 일이었다. 농성전으로 며칠이라도 한군의 발목을 잡아 줄 줄 알았는데, 싸움 한번 없이 성문을 열고 한군을 맞아들여 버리자 초군은 더욱 뒤가 허전해졌다. 밤길을 재촉해 한 발자국이라도 멀리 진성에서 벗어나지 않을 수 없었다.

패왕이 군사를 쉬게 한 것은 성보에 이른 다음이었다. 관영이 급히 한왕에게로 돌아가느라 비워 두다시피 한 그 성을 차지하고 나서야 비로소 초군은 하룻밤 다리 뻗고 잘 수가 있었다. 그런데 이기의 일로 심기가 흔들린 탓일까, 아니면 밤새 모여든 서초의 패군들로 불어난 군세 때문일까? 다음 날 패왕은 갑자기 마음이 바뀐 듯 말했다.

"어찌 되었든 먼저 팽성으로 가 보자. 팽성을 되찾고 흩어진 군사들을 모아 서초를 다시 일으켜 보자. 그게 정히 아니 되면 그때 강동으로 돌아간다."

그러고는 전날 진성을 나설 때 한 말과는 달리 군사들을 내처 동쪽으로 몰았다. 패왕의 몰락을 점점 돌이킬 수 없는 국면으로 몰아가는 결정이었다.

한편 관영과 조참의 분전으로 또 한 번의 참패를 면한 한나라 장수들은 패왕이 길을 앗아 달아나자 비로소 기세를 되찾았다. 뒤늦게 한왕을 찾아가 전군을 들어 패왕을 뒤쫓자고 졸라 댔다. 패왕의 무시무시한 투지와 엄청난 돌파력에 다시 한번 질렸는지 한왕이 무겁게 고개를 가로저으며 말했다.

"됐다. 우리가 이겼다는 소문만으로 넉넉하다. 이 소문이 귀에 들어가면 한신과 팽월은 시각을 다투어 과인의 군막으로 달려올 것이다. 호랑이 사냥은 그때 다시 시작하자. 전력을 모아 한 싸움으로 항우의 숨통을 끊어 놓아야 한다."

그러고는 술과 고기를 내어 장졸들을 먹인 뒤 편히 쉬며 한신과 팽월이 대군을 이끌고 찾아오기를 기다렸다. 그때 멀리 회남에서 노관과 유가가 보낸 사자가 이르렀다.

> 신 노관과 유가는 회수를 건너 수춘을 에워싸고 있고, 회남왕 경포는 육현을 치고 있으나, 구강 땅을 평정하는 일은 뜻같지가 못합니다. 특히 초나라의 대사마 주은(周殷)이 대군을 이끌고 서현에 머물러 있어 언제 그 사나운 이빨과 발톱을 드러낼지 알 수가 없습니다. 다만 주은이 지금까지 움직이지 않고 있는 것으로 보아 그곳 싸움의 승패를 살피고 있는 듯하니, 형세가 나은 대왕께서 사자를 보내 그를 한번 달래 보시는 것이 어떨는지요.

회남에서 보내온 글의 뜻은 대강 그랬다.

그때 한왕은 사람을 끌어들여 제 편을 늘리는 일에 한창 재미를 붙이고 있었다. 특히 적을 꾀어 제 편을 만드는 것은 꾀어 들인 세력의 두 배를 얻는 것과 마찬가지라, 어디든 틈만 보이면 비집고 들 때였다. 노관과 유가가 보내온 글을 읽자마자 막빈들을 모두 불러 모아 놓고 물었다.

"누가 구강으로 가서 주은을 과인에게로 이끌어 보겠는가? 주은을 달래 항우에게서 받은 창끝을 되레 항우에게로 돌리게 할 수 있겠는가?"

그러자 한왕의 군중에 머물며 때를 기다리던 한 빈객이 선뜻 일어나 구강으로 가기를 자청했다. 한왕은 그 빈객에게 귀한 예물을 갖춰 주며 서현으로 달려가게 했다. 주은이 귀순하면 내리겠다고 약조한 봉작(封爵) 또한 엄청났음은 말할 나위도 없었다.

그 무렵 팽월은 패왕 항우가 한왕에게 끌려다니느라 비워 둔 양 땅으로 다시 돌아와 크게 세력을 떨치고 있었다. 수양에서 대량에 이르기까지 스무 개가 넘는 성을 빼앗고 널리 군사를 긁어모아 그 위세가 옛적 위왕(魏王)에 못지않았다. 그러나 한왕의 간곡한 부름을 따르지 않고, 무리와 더불어 대량에 머물면서 그 어느 때보다 차분하게 천하의 형세를 살피고 있었다.

팽월이 한왕 유방이 내린 관작을 받고 그를 주인으로 받들게 된 것은 누구에게도 속하지 않고 떠돌면서 받은 설움 때문이었다. 팽월이 보기에는 별것 아닌 것들이 패왕의 눈에 들어 왕이니 제후니 하는 동안에도 만 명이 넘는 정병을 거느린 팽월은 여전히 이름 없는 도둑 떼의 우두머리에 지나지 않았다. 이에 한왕이 일곱 제후 왕의 군사를 휘몰아 팽성으로 내려올 때 스스로 그 밑에 들어 그 뒤 곧 없어지고 마는 위나라의 상국이 되었다.

그러나 한왕 아래 든 뒤에도 오래 야도(野盜)와 수적(水賊)의 우두머리 노릇을 하며 늙어 오는 동안 팽월의 몸에 밴 습성은 누구에게 얽매이는 것을 쉽게 받아들이려 하지 않았다. 명분만 한왕과 군신으로 해 놓고 언제나 홀로 떨어져 나가 겉돌았다. 그때껏 한 번도 자신의 군사를 이끌고 한왕 밑에 들어 한나라 깃발 아래서 싸워 본 적이 없었다.

한왕의 잦은 군사적 패배도 팽월이 진심으로 그 밑에 드는 것을 망설이게 만들었을 것이다. 애송이 위표를 왕으로 받드는 허울만의 관작을 받은 뒤로 팽월은 한 번도 한군이 통쾌하게 초나라를 이겼다는 소리를 듣지 못했다. 한왕에게서 달려오는 사자마다 죽는 소리요, 도와달라는 당부뿐이었다. 초나라의 양도(糧道)를 끊어 달라, 패왕의 뒤를 유격(遊擊)해 다오, 양 땅을 어지럽게 만들어라……. 따라서 이미 여러 해 패왕 항우를 괴롭혀 온 터라 결코 그와는 손잡을 수 있는 처지가 아닌데도, 팽월은 선뜻 전군을 들어 한왕 밑으로 들어가지 못하고 멀리서 살피기만 했다.

그 무렵도 그랬다. 팽월은 마지못해 한왕의 본진에 군량 10만 곡을 보내 준 걸로 체면치레만 하고는, 아직도 잘 가늠이 되지 않는 승패의 향방을 주의 깊게 헤아리고 있었다. 그런데 다시 고릉 싸움에서 크게 진 한왕이 팽월에게 사람을 보내 출병을 재촉해 왔다. 이번에도 팽월은 위나라가 아직 안정되지 못했다는 구차한 핑계로 출병하지 않고 버텼으나 왠지 마음이 편치 못했다.

그때 다시 한왕 유방이 수양 북쪽에서 곡성까지의 넓고 기름진 땅과 양왕(梁王)의 봉호를 걸고 팽월을 불렀다. 그제야 마음이 움직인 팽월은 한왕의 사자에게 그 자리에서 출병을 다짐했으나 막상 군사를 내려 하니 아직도 망설여지는 데가 있었다. 그래서 남쪽으로 데려갈 인마를 정돈하면서도 더욱 세심하게 변화를 살피게 하고 있는데, 갑자기 유성마가 달려와 알렸다.

"진성 아래 싸움에서 한군이 마침내 초군을 무찔렀습니다. 항우가 몸소 앞장서 용맹을 떨쳤으나 한나라 장수들이 모두 달려 나와 그 돌진을 막아 냈다고 합니다. 특히 관영과 조참은 기우는 전세를 역전시켰을 뿐만 아니라, 달아나는 초군을 뒤쫓아 적지 않은 장졸들을 사로잡기까지 했다는 소문입니다."

하지만 팽월은 그 말을 얼른 믿을 수가 없었다. 다시 사람을 풀어 자세히 알아보게 하고 있는데, 제왕(齊王)이었던 전횡(田橫)이 찾아왔다. 전횡은 한신에게 제나라를 빼앗긴 뒤로 따르는 무리 수천과 더불어 팽월의 군중에서 식객 아닌 식객 노릇을 하고 있었다.

"이제 상국과 작별할 때가 된 듯하오. 허나 막상 떠나려 하니 그동안의 두터운 보살핌을 어떻게 감사드려야 할지 모르겠소."

전횡이 무거운 목소리로 그렇게 말했다. 갑작스러운 말이라 팽월이 놀란 눈길로 물었다.

"제왕께서는 그 무슨 말씀이오? 가신다니 어디로 가신다는 말씀이오?"

"과인도 들었소. 드디어 한왕이 혼자 힘으로 항우를 꺾었다지요? 그렇다면 상국도 이제 더는 한왕의 부름에 따르기를 미룰 수 없을 것이오. 더 늦기 전에 대군을 모아 한왕에게로 달려가도록 하시오. 과인은 우리 산동의 지사(志士)들과 더불어 멀리 동해 바닷가에 가서 숨으려 하오."

그제야 팽월은 전횡이 왜 그러는지 짐작이 갔다. 그러나 아직도 궁금한 게 남아 있어 그것부터 먼저 물었다.

"더 늦기 전에라니, 그건 또 무슨 말씀이오?"

"이 소문이 귀에 들어가면 한신은 틀림없이 대군을 이끌고 길을 재촉해 한왕에게로 달려갈 것이오. 그때 만일 상국이 한신보다 늦으면 틀림없이 한왕의 의심을 사리다. 그리하여 한왕과 한신이 항우를 이기고 나면 그다음은 누구보다 먼저 상국을 칠 것이오. 만일 상국이 혼자 힘으로 그들을 당해 낼 수 있다면 모르거니와, 그렇지 않다면 하루라도 빨리 한왕에게로 달려가야 하오. 늦기 전에 한왕의 믿음을 사서 그가 약조한 땅과 왕위를 상국의 것으로 굳히도록 하시오."

전횡이 담담한 얼굴로 그렇게 일러 주었다. 팽월이 그 말을 못 알아들을 사람이 아니었다. 가벼운 한숨과 함께 고개를 끄덕이다가 다시 어두운 표정으로 전횡의 말을 받았다.

"이 늙은이가 한왕에게로 갈 때는 제왕도 당연히 함께 가는 것으로 알았소. 내가 알기로 한왕은 너그러운 사람이오. 거기다가 제왕께서 맞선 것은 군왕의 뜻을 어기고 갑자기 군사를 낸 한신이지 한왕이 아니지 않소? 차라리 제왕도 나와 함께 한왕에게로 갑시다."

"설령 한왕이 과인을 너그럽게 받아들인다 해도 한신은 어찌할 것이오? 그는 여전히 한왕의 으뜸가는 공신이니, 그와 나란히 서서 한왕을 받드는 것이 과연 쉬운 일이겠소? 거기다가 대장군 역상(酈商)도 있소. 그 형 역이기를 가마솥에 삶아 죽여 놓고 어찌 한 주인을 섬기며 살기를 바라겠소? 차라리 동해 바닷가로 가 숨느니만 못할 것이오."

"옛말에 이르기를 '하늘 아래 땅치고 왕의 땅이 아닌 곳이 있으라[普天之下 莫非王土].'라 하였으니, 만일 천하가 한왕에게로 돌아간다면 동해 바닷가에 숨는다 해서 그 다스림을 피할 수 있겠소?"

팽월이 그런 말로 전횡을 넌지시 붙잡아 보았다. 하지만 전횡은 이미 뜻을 굳힌 듯했다.

"동해 바닷가로 나가면 관부의 손이 닿지 않는 이름 없는 섬들이 많이 있다 하오. 뜻 맞는 이들 몇과 그곳에 조용히 숨어 살면이 한 몸 곱게 늙어 죽을 수는 있을 것이오."

제왕 전횡이 여전히 담담한 얼굴로 그렇게 말을 받더니 갑자기 떨리는 목소리로 덧붙였다.

"하지만 마지막으로 상국에게 당부할 일이 하나 있소. 들어주시겠소?"

"무엇이든 말씀하시오."

팽월이 그렇게 받자 전횡이 눈시울까지 붉히며 말했다.

"지난해 과인이 상국께로 의탁해 올 때 과인을 따라온 제나라 장졸이 5천 명이 넘었소. 그러나 이제 과인이 가려는 동해 바닷가 외로운 섬까지 그들을 데려갈 수는 없소. 그중에서 우리 전씨 족중(族中)과 함께 죽겠다고 따라나서는 몇 명만 데려갈 작정이니, 나머지는 상국께서 거두어 주시오. 오랫동안 과인을 믿고 싸워 온 용사들이오."

그 말을 듣자 팽월도 알지 못할 강개(慷慨)에 젖었다. 하지만 당장은 전횡의 당부를 기꺼이 들어주는 것 외에 달리 할 수 있는 일이 없었다.

"알겠소. 내 중군에 거두어 대택(大澤)에서부터 나를 따라온 젊은이들과 다름없이 보살필 것이니 마음 놓으시오."

하지만 전횡이 제나라의 장졸을 모아 놓고 그들의 뜻을 묻자 놀랍게도 모두가 전횡을 따라 동해 바닷가로 가려 했다. 다시는 부모처자에게로 돌아올 수 없는 길임을 내세워 그들을 달랬으나 소용이 없었다. 이에 전횡은 그날 밤 몰래 그들 중 5백 명만 골라 팽월의 진채를 빠져나갔다.

팽월은 전횡이 떠난 다음 날로 정병 5만을 모아 한왕이 머물고 있는 진성으로 내려갔다. 한왕이 크게 기뻐하며 팽월을 양왕(梁王)에 임시로 봉하고 그가 이끌고 온 군사를 한군 본진의 나래로 삼았다. 그때 이미 10만을 넘어서고 있던 한군은 팽월의 대군이 더해지자 한층 기세가 치솟았다. 장수들이 다시 한왕에게로 몰려가 그 기세를 타고 패왕 항우를 뒤쫓자고 우겨 댔다. 그래도 한왕은 여전히 움직이려 하지 않았다.

"호랑이가 토끼를 잡을 때도 온힘을 다한다고 한다. 하물며 항우 같은 맹장을 잡으려는 우리겠느냐? 제왕 한신이 대군을 이끌고 이를 때까지 기다려라."

그렇게 장수들을 말리며 한신의 대군이 마저 이르기를 기다렸다.

제왕 한신이 가려 뽑은 군사 5만을 이끌고 달려온 것은 팽월이 한왕의 군중으로 든 날로부터 사흘 뒤였다. 한신은 팽월보다 며칠 늦은 대신 곱절의 대군을 이끌고 온 것으로 낯을 세웠다.

"10만 대군을 일으키느라 늦었습니다. 남은 5만은 부장 공희(孔熙)와 진하(陳賀)가 이끌고 산동에서 내려오고 있습니다. 어디든 항우를 잡을 싸움터가 정해지면 늦지 않게 우리 군중에 닿을 것입니다."

그래 놓고는 다시 지나가는 말처럼 덧붙였다.

"다만 우승상 조참은 거느린 장졸들과 함께 산동으로 돌아가 봐야겠습니다. 아직도 꺾이려 들지 않는 전씨 일족이 남아 있어, 이 몇 해 산동을 휩쓸고 다닌 우승상이 아니면 억센 그들을 제압하기 어려울 것입니다."

마침내 한신까지 대군을 이끌고 오자 한왕은 비로소 군사를 움직일 채비를 했다. 먼저 한신과 팽월, 장량, 진평 등을 불러 모아 놓고 물었다.

"회남왕 경포가 이미 노관, 유가와 더불어 구강 땅을 치고 있는 데다, 다시 제왕과 양왕이 대군을 이끌고 과인의 군중에 이르렀으니, 이는 천하의 모든 제후가 모인 것이나 다름없다. 이제 과인은 크게 군사를 내어 초나라를 쳐 없애고 항왕을 사로잡아 오랜 전란의 시대를 끝내고자 한다. 그 뜻을 이루자면 먼저 어떻게 해야 좋겠는가?"

그러자 제왕 한신이 나와 말했다.

"대왕께서 뜻을 이루심이 쉬워지고 어려워짐은 항왕이 장차 어떤 계책을 고르는가에 달려 있습니다. 만일 항왕이 남은 대군을 이끌고 강동으로 돌아가 거기서 재기를 도모한다면, 이는 상책을 고른 것으로서 대왕께서 뜻을 이루시기는 아주 어려워집니다. 항왕이 강수(江水)에 의지해 지키며 오월(吳越)의 인재와 물산(物産)을 밑천 삼아 다시 힘을 기르면, 대왕께서 천하를 하나로 아우르는 날은 쉬이 기약할 수 없습니다. 그다음으로 항왕이 남쪽 회수 가로 내려가, 지키기도 좋고 나아가기도 편한 요해처에 자리 잡고 흩어진 초나라 장졸들을 모아들인다면 이는 중책이 됩니다. 그래도 한때 천하를 호령했던 서초의 대군이라, 쪼개져 흩어졌다 해도 항왕이 굳건히 자리 잡고 모아들이면 그 세력이 만만찮을 것입니다. 따라서 또다시 한바탕 천하를 건 힘든 싸움을 치르고 적지 않은 군사와 물력(物力)을 소모해야만 대왕의 뜻을 이루실 수 있습니다. 마지막으로 남은 하책은 항왕이 아직도 자신의 처지를 깨닫지 못하고 팽성으로 달려가 그곳을 근거로 다시 서초를 일으켜 보려고 하는 것입니다. 팽성은 사방으로 열려 있는 땅이라, 설령 항왕이 쉽게 회복한다 해도 기대할 뒷날이 없습니다. 이미 산동과 서초 땅 거의가 우리 세력 아래 들어 있어 항왕의 군사는 외로운 섬처럼 우리 대군에게 에워싸여 있다가 끝내는 제대로 싸워 보지도 못하고 스러져 갈 것입니다."

"지금 항왕은 어디에 있소?"

한신의 말을 듣고 마음이 급해진 한왕이 군중에 앉아서도 그런 일을 꿰고 있는 장량에게 물었다. 장량이 가만히 웃으며 대답했다.

"제왕의 말씀대로라면 대왕께는 다행스럽게도 항왕은 하책을 고른 것 같습니다. 듣기로 항왕이 이끄는 군사는 동쪽으로 달려갔다고 합니다. 자세한 것은 탐마가 돌아와 보아야 알 수 있으나 아마도 항왕은 먼저 팽성을 되찾고 거기서 다시 세력을 모아 보려는 뜻 같습니다."

그 말에 가슴을 쓸어내리던 한왕이 갑자기 서두르기 시작했다.

"어서 모든 군사를 움직여 항우를 뒤쫓도록 하시오. 항우가 이끈 군사는 달리 도우러 올 우군이 없는 외로운 군대[孤軍]요. 팽성에 가둬 놓고 먼저 우리 30만 대군으로 에워싼 뒤에 천하 제후의 군사들을 모두 불러 모으면, 항우는 날개가 있다 해도 거기서 벗어날 길이 없을 것이오!"

그러면서 장수들을 재촉해 군사를 움직이게 했다. 이에 다음 날로 진현성 밖에 모여 있던 한왕의 세 갈래 군사는 팽성 쪽으로 길을 잡았다. 합쳐 20만이 훨씬 넘는 대군이 한꺼번에 움직이는 것이라 마치 거센 홍수가 동쪽으로 휩쓸고 밀려오는 듯했다.

그사이 고릉과 진성, 두 번의 큰 싸움으로 불같은 한(漢) 5년 10월이 지나고 동짓달이 되었다. 한왕 유방은 세 갈래 군마 30만 대군을 이끌고 진성을 떠나 동쪽으로 패왕 항우를 뒤쫓았다. 그런 한군이 워낙 대군이라 움직임이 느려 겨우 엿새가 지나도록 수양 남쪽에도 이르지 못하고 있는데, 갑자기 회남왕 경포가 보낸 사자가 달려왔다. 한왕은 경포가 아직 구강 땅에 머무르고 있는 줄 알았으나, 뜻밖에도 성보에서 온 사자였다.

신 영포(英布)는 노관, 유가 등과 더불어 대왕께 아룁니다.

초나라의 대사마 주은이 대왕의 뜻을 받들어 한나라에 귀순

해 왔습니다. 주은은 서현의 군사들을 이끌고 구원하러 온 척하며 신이 치고 있던 육현성 안으로 들어가, 성을 지키던 초나라 군민을 모두 죽이고 성문을 열어 신을 영접하였습니다. 그 바람에 힘들이지 않고 도성 육(六)을 회복한 신은 주은과 군사를 합쳐 노관과 유가가 에워싸고 있는 수춘성으로 달려갔습니다. 노관과 유가의 군사도 당하지 못해 성문을 닫아걸고 지키기만 하던 성안 군민들은 신과 주은이 대군을 몰고 가자 더 싸울 마음을 버리고 성문을 열어 항복했습니다.

대사마 주은이 한나라로 귀순한 데다 육성이 떨어지고 수춘이 항복하니 인근의 다른 성읍들도 다투어 항복해 와 구강은 이미 평정된 것이나 다름이 없습니다. 이에 신은 구강을 잠시 장수들에게 맡겨 지키게 하고, 노관, 유가와 함께 회수를 건너 진성으로 달려갔습니다. 항우를 잡으시려는 대왕의 손톱과 이빨[爪牙]이 되고자 함이었으나, 대왕께서 이미 동쪽으로 떠나신 뒤였습니다. 도중에 그 소식을 들은 저희들은 길을 바꾸어 대왕을 뒤따르다가 성보를 지나게 되었습니다.

성보는 대왕께 져서 쫓기던 항왕이 동쪽으로 달아나는 중에 잠시 거두어 머문 적이 있는 성입니다. 항왕이 떠나면서 따로 장졸 약간을 남겨 지키게 한 곳인데, 그것들이 높고 든든한 성벽만 믿고 감히 저희들의 길을 막으려 했습니다. 신은 노관, 유가와 더불어 하룻밤, 하루 낮의 싸움으로 성보를 떨어뜨리고 성안에서 우리 군사에게 맞선 초나라 군민들을 모조리 죽여 인근 성읍에 매운 본보기를 보였습니다. 이제 다시 군사를 진발하여 왕사(王師)를 따라잡게 하면서, 간략하게 그간의 경과를 아룀과 아울러 저희가 반드시 이르러야 할 곳과 때를 듣고자 합니다.

경포가 보낸 글은 대강 그랬다. 읽기를 마친 한왕은 연신 터져 나오는 기쁜 웃음을 감추지 못하며 말했다.

"제왕과 양왕이 온 데다 이제 구강이 평정되어 회남왕까지 과인에게로 오고 있다면 천하대세는 이미 정해진 거나 다름없다."

하지만 마냥 기뻐할 소식만 있는 것은 아니었다. 아직 경포의 사자에게 답을 주어 보내기도 전에 동쪽으로 갔던 탐마가 다시 새로운 소문을 듣고 왔다.

"줄곧 팽성을 향해 내닫던 항왕이 갑자기 군사를 돌려 길을 남쪽으로 잡았습니다. 지금 기현 쪽으로 내려가고 있는데, 끝내 어디로 가려고 하는지는 알 수가 없다고 합니다."

그 말을 들은 한왕은 자신도 모르게 낯빛이 흐려졌다. 며칠 전 제왕 한신이 한 말 때문이었다. 그 자리에 있는 한신을 돌아보며 걱정스레 물었다.

"항왕이 스스로 하책임을 깨닫고 길을 바꾼 것은 아니오?"

"그렇지는 않을 듯합니다. 항왕은 타고난 무골로 한 싸움, 한 싸움에 대한 날카로운 감각뿐 길게 보고 계책을 짜낼 머리가 없습니다. 방금도 팽성에 가까워지면서 점차 강해지는 저항에 본능적으로 불리함을 감지하고 길을 바꾼 듯합니다. 곧 뜻밖으로 완강하게 버티는 우리 수장들과 뒤쫓아 오는 대왕의 대군에게 앞뒤로 협격(挾擊)당하는 게 싫어서 잠깐 비켜선 것입니다."

제왕 한신이 그렇게 별로 걱정하는 기색 없이 한왕의 말을 받았다. 한왕이 그래도 마음이 놓이지 않는 표정으로 물었다.

"만약 항왕이 회수를 건넌 뒤 다시 동으로 강수를 건너 강동으로 돌아가게 되면 이는 바로 제왕이 말한 상책을 고르는 셈이 되오. 그리되면 어찌하겠소?"

"그 일은 막아야지요. 대왕께서는 추격의 완급을 조절하시어 항왕으로 하여금 중책을 고르도록 몰아가셔야 합니다."

"어떻게 하면 항왕을 회북(淮北)에 잡아 둘 수 있겠소?"

"먼저 대왕께서는 되도록이면 군사를 천천히 몰아 항왕에게 흩어진 서초의 군사들을 다시 모아들일 틈을 주셔야 합니다. 그 다음에 회남왕을 시켜 구강에 남은 군사들로 하여금 강동으로 가는 길목이 되는 회수 나루를 막게 하십시오. 그러면 세력이 불어난 항왕은 구태여 회수를 건너지 않고 회북에서 싸우기 좋은 땅을 골라 한 번 더 대왕과 결판을 내려 할 것입니다. 그때 대왕께서는 대군을 쪼개 여러 길로 나누어 천천히 그곳으로 다가들게 하십시오. 그러다가 그곳에 이르러 재빠르게 에워싸게 하면 항왕은 자기도 모르는 사이에 우리 대군이 친 그물 한가운데에 놓이게 될 것입니다."

그렇게 대답하는 제왕 한신의 목소리는 조금도 흔들림이 없었다. 한왕은 팽성 부근에서 패왕 항우를 협격하지 못하게 된 게 못내 아쉬웠으나, 이미 일이 그렇게 된 마당에는 달리 어찌하는 수가 없었다. 한신의 계책을 따르기로 하고 그날로 경포가 보낸 사자에게 답신을 주어 보냈다.

회남왕은 구강에 급히 사람을 보내 강동으로 돌아가는 길목이 되는 회수 나루를 막게 하라. 나루마다 높은 곳에 군막과 깃발을 벌려 세워 대군이 지키는 것처럼 보이게 하고, 배를 거두어 남북으로 오가는 뱃길을 끊어 버려라. 회북에 있는 회남왕의 군사가 이르러야 할 곳과 때는 일후 다시 사람을 보내 일러 줄 것이다.

이어 한왕은 하루 행군 거리를 절반으로 줄여 대군을 천천히 동쪽으로 나아가게 하면서 패왕 항우의 움직임을 살폈다. 다시 열흘이 지나자 기다리던 소식이 왔다.

"팽성 남쪽에서 흩어진 초군을 모아 세력을 불린 패왕 항우는 남쪽으로 내려가 해하(垓下)에 자리 잡았습니다. 인근의 낡은 성곽을 고치는 한편 그 남쪽에 높은 방벽과 든든한 보루를 두른 진채를 세우는 것으로 보아, 그 두 곳으로 기각지세(掎角之勢)를 이루어 한바탕 크게 싸워 볼 작정인 듯합니다."

탐마로부터 그와 같은 말을 들은 한왕은 한신의 다음 계책을 따랐다. 먼저 대군을 다시 나누어 자신과 한신, 팽월이 각기 한 갈래를 이끌고 동, 북, 서 삼면으로 가만히 다가가 해하를 에워싸기로 했다. 그리고 경포에게도 사람을 보내 기현 남쪽 길로 해하에 이르게 했다.

그런데 두고두고 뒷사람들에게 논란거리가 되는 것은 진성을 떠난 패왕 항우가 잡은 행군로와 해하에 이른 뒤의 그 한 달 행적이다.

『사기』나 『한서(漢書)』의 본기는 말할 것도 없고 『자치통감(資治通鑑)』에조차 고릉을 떠나 해하에 이를 때까지의 초군의 퇴각로는 전혀 나오지 않는다. 다만 『사기』의 번쾌, 하후영, 관영의 열전(列傳)에서만 진성의 싸움이 나올 뿐, 어떻게 하여 패왕이 해하까지 가게 되었는지는 알 길이 없다. 해하의 싸움이 있기 전에 해하는 「항우본기(項羽本紀)」에 앞뒤 없이 패왕이 방벽을 구축한 곳으로만 나오고, 「회음후열전(淮陰侯列傳)」에서 한왕과 한신이 만난 곳으로만 나와 있다.

또 해하에 이르러서도 한 달이 넘는 그 긴박한 기간에 패왕이 무엇을 했는지 거의 알려진 게 없다. 패왕이 방벽 속에 들어가[入壁] 싸웠다던가, 한신이 대군으로 포위하고 있으면서도 쉽게 깨뜨리지 못해 '사면초가(四面楚歌)'의 계책까지 동원한 것으로 보아, 패왕이 거기에 쌓은 방벽이 매우 든든했으며, 진성에서 패퇴했을 때보다는 더 많은 군사를 모아 있었다는 것을 짐작할 뿐이다.

이 때문에 세상에는 그 일에 대해 두 가지 상반된 가정이 남아 전하게 되었다.

그 하나는 『서한연의(西漢演義)』를 쓴 종산거사(終山居士)의 가정이다. 『서한연의』에는 항우가 팽성으로 돌아가 크게 세력을 떨치다가 광무군 이좌거의 유인책에 걸려 해하로 대군을 이끌고 가는 것으로 되어 있다. 하지만 시간과 장소가 너무나 맞지 않아 그야말로 일없는 서생이 책상머리에 앉아 상상한 것에 지나지 않아 보인다.

초한 양군이 싸움을 그치고 광무산을 내려온 것은 일러도 8월 중순이 된다. 북맥(北貊)과 연나라의 효기(梟騎)가 한군을 도우러 광무산에 온 것도 8월이고, 한왕이 자신을 위해 죽은 병사와 장수들을 위해 여러 가지 위로와 원호(援護)를 베풀었던 것도 8월이기 때문이다. 한왕이 후공(侯公)을 패왕에게 보낸 것은 그 뒤가 되니, 그 교섭이 끝나 양군이 산을 내려가게 되는 것은 아무리 빨라도 8월 중순은 되어야 한다.

그에 비해 고릉의 싸움은 아무리 늦게 잡아도 10월 초순이다. 고릉의 싸움에서 진 한왕이 팽월과 한신에게 사자를 보내고, 그들이 거기에 호응해 대군을 모아 진성에 이르는 데는 한껏 서둘러도 스무날은 걸린다. 그런데 『자치통감』은 한신과 팽월의 도착을 10월로 밝히고 있으니, 고릉의 싸움은 아무리 늦어도 10월 초순을 넘길 수가 없다.

그 달포 남짓한 사이 모든 사서는 한왕 유방이 장량과 진평의 계책을 받아들여 패왕 항우를 추적하고 있었고, 패왕은 양하 등지에서 쫓기며 퇴각하였던 것으로 기록하고 있다. 다시 말해 고릉의 싸움은 쫓기던 초군의 반격전이며, 패왕은 『서한연의』에서 말하고 있는 것처럼 팽성으로 돌아갈 겨를이 없었다.

광무에서 팽성까지는 1천5백 리가 넘는 길, 경장보병으로 달려가도 스무날은 걸린다. 그리고 팽성에서 고릉까지가 다시 천

리 길, 날랜 군사를 밤낮으로 휘몰아 가도 또한 보름은 걸리는 길이다. 거기다가 「관영열전(灌嬰列傳)」에 따르면 그 전에 팽성은 이미 관영의 손에 떨어졌고, 팽성을 지키던 주국 항타는 관영에게 항복한 뒤였다. 만약 패왕이 팽성으로 돌아갔다면 열흘 안에 팽성과 그 인근의 여러 성을 되찾고 서초의 영토를 안돈시킨 뒤, 한군을 압도할 만한 대군을 긁어모아 곧바로 고릉으로 나와야 한다.

다른 지리(地理)도 마찬가지, 만약 고릉의 싸움이 팽성에서 세력을 회복한 패왕이 대군을 내어 이긴 것이라면, 구태여 2백 리 넘게 남쪽으로 처져 있는 해하로 내려가 궁벽한 지형에 보루를 쌓고 방벽을 세울 까닭이 없었다. 『서한연의』에서는 그걸 설명하기 위해 광무군 이좌거의 유인책이 필요했겠지만, 너무도 지리에 맞지 않는 설정이다. 또 해하 싸움에서 십면매복(十面埋伏)을 했다는 구리산(九里山)은 해하에서 2백 리 넘게 북쪽에 떨어져 있는 팽성 인근의 산이다.

결국 그와 같은 종산거사의 가정은 이야기의 진진함을 위한 '세 푼의 허구'로 보아 넘기기에도 지나친 데가 있다. 그렇게 강력한 초군을 여지없이 쳐부순 한신의 절묘한 병법을 과장하거나 천명이 그런 패왕을 이겨 낸 한왕 유방에게 있었음을 드러내는 데는 도움이 될지 모르나, 역사의 진상을 너무 심하게 비틀었다는 비난은 면하기 어려울 것이다.

이에 비해 어떤 역사학자들은 전혀 다른 가정으로 고릉에서 해하에 이르는 패왕의 행군로와 해하의 싸움을 설명하려 한다.

곧 진성 싸움에서 밀린 패왕이 팽성 부근까지 돌아가 상당한 군세를 회복했다가, 제나라에서 남하한 한신의 대군과 소성(蕭城) 인근에서 격돌하여 괴멸적인 타격을 입고 해하로 쫓겨 내려갔다고 본다. 이에 한신이 진성에 있던 한왕 유방의 군사까지 불러들여 해하를 에워싸고 마지막 섬멸전을 펼친 것이 해하 싸움이었다.

그런데도 해하 싸움만 그토록 화려하게 기록에 남고 다른 싸움이 소홀하게 취급된 것은 뒷날 한신이 모반의 죄목으로 죽었기 때문이라고 본다. 곧 모반자 한신을 폄하하려다 보니 그가 공을 세운 싸움은 흐지부지 묻어 버리고, 대신 일방적인 섬멸전이라도 한왕 유방이 가담한 해하 싸움은 초나라와 한나라의 결전이라도 된 양 과장되었다. 그리고 뒤이은 추격전을 상세하게 기록하면서 한신의 이름을 한왕 유방 뒤에 묻히게 함으로써 그의 눈부신 전공까지 묻어 버렸다고 본다.

하지만 그 주장도 이 모든 역사의 일차적 사료(史料)를 제공한 태사공의 꼿꼿한 붓끝을 떠올리면, 무턱대고 다 받아들이기에는 어려운 데가 있다. 특히 그토록 삼엄한 한(漢) 무제의 시절에 씌었는데도 「항우본기」와 「회음후열전」 군데군데에 묻어나는 태사공의 항우를 향한 연민과 동정을 돌이켜 보면.

해하의 결전

패왕 항우가 해하(垓下)에 자리 잡은 지도 한 달, 어느새 동짓달이 다하고 한(漢) 5년 섣달이 되었다. 그해따라 추위가 길어 절기로는 이미 늦겨울에 접어들었는데도 방벽과 보루를 쌓고 참호를 파는 초나라 군사들에게는 아직 한겨울이었다. 하지만 몸소 돌과 통나무를 나르며 군사들을 다그치는 패왕의 질타는 그런 날씨보다 더 엄중하고 혹독했다. 조바심과 울화 때문이었다.

숙부 항량을 따라 오중을 떠난 지 8년째, 패왕은 언제나 앞서 내달으며 대군을 휘몰아 자신을 만나기만 하면 놀란 쥐새끼처럼 흩어져 달아나는 적을 뒤쫓아 왔다. 보루나 방벽 뒤에 숨어 구더기들처럼 굼실거리는 적들을 비질하듯 쓸어 없애고, 쉬파리 떼처럼 성곽 안에 모여들어 왱왱거리는 것들을 한 싸움으로 쳐부수어 흩어 버렸다. 그런데 이제는 패왕 자신이 오히려 쫓기고 보루와 방벽을 쌓아 지켜야 하는 고약한 처지에 떨어지고 말았다. 한왕의 대군에 에워싸여 천천히 말라죽지 않으려면 급급히 사람을 풀어 사방으로 흩어진 서초의 군사들을 모아들여야 했다.

'하지만 거록에서는 유민군 5만으로 왕리가 이끄는 진나라 대군 20만을 오래된 기왓장 부수듯 쳐부수었고, 수수 가에서는 정병 3만으로 한왕이 이끄는 다섯 제후의 56만 대군을 깨뜨려 그 시체로 강물을 막은 나다. 두 달 전 고릉에서도 3만이 못 되는 군사로 유방의 10만 대군을 깨뜨려 유방으로 하여금 두더지처럼 땅을 파고 숨지 않을 수 없게 만들었다. 거기다가 지금 내게는 5만 대군이 있다. 오너라. 얼마든지 오너라. 모조리 때려잡아 그간에 쌓인 울분을 한꺼번에 풀어 보겠다.'

패왕은 속으로 그렇게 벼르며 보루와 방벽을 쌓고 있는 군사들을 몰아댔지만 마음은 왠지 무겁기만 했다.

한 달 전 진성(陣城) 아래에서 처음으로 한군에게 한 싸움을 내준 패왕은 성보에서 하루를 쉰 뒤 곧장 팽성으로 달려갔다. 진성에서는 다급한 김에 바로 강동으로 돌아가려 했으나 성보에서 하룻밤을 쉬고 난 뒤 갑자기 마음이 달라진 까닭이었다. 진성을 맡긴 이기(利機)가 싸움 한번 않고 한왕에게 항복한 일로 심기가 상한 데다, 한군에게 성을 잃고 떠돌다가 소문을 듣고 모여든 서초의 패잔병들로 다시 3만의 군세를 회복하게 된 것이 패왕의 전의를 되살려 낸 듯했다.

'서초 땅으로 들어가면 더 많은 우리 장졸들이 관영과 조참에게 성을 뺏기고 의지가지없이 떠돌고 있을 것이다. 그들만 거두어들여도 금세 우리 군세를 키울 수 있다. 그들을 휘몰아 팽성을 되찾고 그곳에 머물면서, 용저(龍且)가 죽은 뒤에 이리저리 흩어진 군세까지 모아들이면, 다시 한번 패업을 되살릴 수 있을 것이다. 멀리 강동까지 물러나지 않고도 까마귀 떼 같은 한군을 한 싸움에 쳐부수고 유방을 잡아 죽일 수 있을지 모른다.'

그때 패왕이 마음속으로 헤아린 바는 그랬다.

하지만 점점 팽성에 가까워지면서 패왕은 전에 겪지 못한 강한 저항과 반발을 느끼기 시작했다. 제나라를 차지한 한신은 그 사이 조참과 관영을 앞세워 서초 땅인 산동 남쪽까지 세력을 떨치고 있었다. 한신의 별장처럼 그 일을 해낸 관영과 조참도 그냥 서초의 심장부를 가로질러 한왕에게로 돌아간 것은 아니었다. 둘 모두 소박한 대로 점령 정책을 펴 곳곳에 제법 완강한 수비 세력을 남겨 놓고 있었다.

알아보게 변한 천하의 민심도 서초 땅을 점령하고 있는 한나라 세력에 못지않게 강한 저항과 반발로 느껴져 패왕을 섬뜩하게 만들었다. 그때까지 패왕이 한왕 유방과의 싸움에서 진 것은 진성 아래에서 단 한 번뿐이었고, 그것도 보기에 따라서는 반드시 진 것이라고 할 수도 없었다. 그런데도 무엇 때문인지 천하의 민심은 끝내 한나라가 이길 것이라는 믿음 위에서 움직였으며, 심지어는 서초 땅의 백성들까지도 패왕이 돌이킬 수 없게 몰리고 있다고 여기는 눈치였다. 모두가 패왕이 되돌아오기를 기다리기보다는 이기고 있는 한나라 쪽에 붙어 살아남을 길을 찾기에 바쁜 듯했다.

그런 민심을 느끼자 패왕은 갑자기 팽성이 한군의 철옹성(鐵甕城)이라도 되는 듯 떨어뜨릴 자신이 없어졌다.

'아니 되겠다. 자칫하면 제나라 쪽에서 내려온 한나라 세력과 진성에서 뒤쫓아 오는 한왕의 대군 사이에 끼어 낭패를 당할 수도 있다. 차라리 군사를 남쪽으로 빼내 등 뒤의 걱정이라도 더는 것만 못하다. 팽성 남쪽에서 지키기도 좋고 나아가기도 좋은 땅을 골라 그곳을 근거지로 삼고 세력을 키워 보자. 시간을 벌고 지리(地利)를 얻은 뒤에 한왕의 대군을 그리로 불러들여 결판을 내는 것도 좋은 계책이 될 것이다.'

그렇게 마음을 바꾸고 유심히 지세를 살피다가 해하(垓下)를 그 알맞은 땅으로 골랐다.

해하는 패군 효현에 있는 큰 읍락(邑落, 취읍)이다. 해(垓)는 제방(堤)의 이름이라고도 하나 어떤 이는 깎아지른 듯한 바위로 이루어진 높은 언덕[高岡絶巖]의 이름이라고 한다. 그 언덕 곁으로 읍락이 펼쳐지고 제방이 나 있어 부근 땅 이름이 '제방 아래' 곧 해하(垓下)가 되었다는 기록도 있다.

해하는 남쪽으로 회수가 멀지 않아 등 뒤에서 강한 적이 나타나는 것을 걱정할 일이 없을뿐더러, 몰리는 군사들에게는 오히려 배수(背水)의 각오를 다지게 할 수도 있었다. 또 서초에서 강동으로 빠져나가는 길목이면서 한편으로는 강동에서 서초로 밀고 드는 발판이 될 수도 있는 땅이었다. 거기다가 인근에는 넓은 벌판이 있어 대군이 회전(會戰)할 수도 있고, 허물어졌지만 고치면 쓸 만한 성곽과 방벽이나 보루를 쌓으면 적은 군사로 지키기에 좋은 지세도 있었다.

해하에 자리 잡은 패왕은 낡은 성곽을 고치고 사방에서 오는 적을 막기에 좋은 곳에 든든한 진지를 세우게 했다. 특히 그 진채는 두터운 방벽을 두르고 높은 보루를 쌓아 웬만한 성채에 못지않게 만들었다. 초군의 형세가 클 때는 고친 성곽과 더불어 기각지세를 이루며 적의 대군과 맞서고, 형세가 불리할 때는 그 진채 안으로 들어가 굳게 지키는 데 쓰기 위함이었다.

그런데 여기서 다시 한번 살펴볼 것은 패왕이 그렇게 해하에서 버티기로 한 것을 안타까워하는 뒷사람들의 논의이다. 곧 그와 같은 결정이 바로 패왕이 그때껏 떨치던 기세에 비해 너무도 급속하고 허망하게 패배에 이르게 된 원인이 되었다고 하는 주장이 그러하다.

그들은, 패왕은 이미 팽성이 떨어졌을 때 강동으로 물러났어야 했다고 말한다. 그리고 강수(江水, 양자강)를 방벽 삼아 지키면서 세력을 회복해 다시 북벌에 나섰으면 천하 쟁패의 향방은 달라졌을 거라고 한다.

패왕이 진작 여음에서 회수를 건너 육현으로 가는 것이 옳았다고 하는 사람도 있다. 그때는 아직도 대사마 주은이 한나라에 항복하지 않은 때라 그와 더불어 경포를 물리치고 육현을 구했으면 구강(九江)을 지킬 수 있었을 것이라고 한다. 그 뒤 한왕의 대군이 회수를 건너느라 시일을 끄는 동안 동쪽으로 강동과 연결하여 세력을 키우고 맞섰으면, 넉넉히 한왕을 물리칠 수 있었을 것이라는 게 그들이 안타까워하는 까닭이다.

처음부터 패왕에게는 달리 선택이 없었다고 주장하는 사람들도 있다. 곧 진성의 싸움 뒤로 줄곧 몰리다가 해하에서 한나라 대군에게 포착되어 섬멸당했을 뿐이라고 보는 사람들이다. 『자치통감』이나 『사기』의 「항우본기」로만 본다면 '해하의 결전' 같은 것이 없었다고 하는 이들이 옳은 듯도 하다. 양쪽 모두 패왕은 '군사가 적고 먹을 것이 떨어져[兵少食盡]' 해하 진채의 방벽(防壁) 안으로 쫓겨 들어갔다가 이내 돌이킬 수 없는 파국으로 치닫게 되는 것처럼 기록되어 있다. 하지만 사기의 「고조본기」나 「회음후열전」은 또 다르다. 그 싸움의 자세한 경과와 거기서 쓰인 전략 전술까지 기록하고 있어 해하에서 치열한 결전이 있었음을 전해 준다.

거기다가 패왕 항우의 성품으로 미루어 보아도 해하를 결전의 장소로 삼은 것은 그의 선택이었음에 틀림없는 것 같다. 불같고 직선적인 패왕의 성품에 지구전이나 장기적이고 정밀한 전략은 맞지 않는다. 설령 그의 본능적인 전투 감각이 그 유리함을 감지했다 해도 그대로 따르기는 어려웠을 것이다.

너무 급작스러운 형세의 역전도 냉철한 퇴각 결정을 막았을 것으로 보인다. 비세(非勢)로 몰린 게 어이없을 만큼 갑작스러운 데다 아직 그리 오래되지 않아, 패왕은 그 비세를 실감하기는커녕 인정하기조차 어려웠을 것이다. 따라서 그런 패왕에게 중원을 버려두고 강동으로 물러나 뒷날을 기약하기를 바랄 수는 없었다.

그리하여 해하에 자리 잡은 패왕이 사방에 사람을 풀어 흩어진 서초의 군사들을 거두어들이게 하자 초군의 세력은 급속하게 불어났다. 보름도 안 돼 여기저기서 찾아든 장졸이 2만이 넘어 어느새 패왕의 군세는 5만을 헤아리게 되었다. 그게 다시 패왕의 자신감을 키워 해하를 반격의 거점으로 삼는다는 결정을 더욱 흔들림 없는 것으로 만들었다.

그런데 그날 다시 패왕과 초나라 군사들의 기세를 크게 드높여 준 일이 생겼다. 몸소 방벽 쌓는 일을 도우며 군사들을 다잡던 패왕이 군막으로 돌아와 쉬려 할 때였다. 멀리 북쪽을 살피러 나갔던 탐마가 급하게 돌아와 들뜬 목소리로 알렸다.

"대왕, 기뻐하십시오. 계포 장군이 3만 군사를 모아 돌아오고 계십니다. 지금 30리 밖에서 군사들을 쉬게 하면서 먼저 대왕께 소식 전하라 이르셨습니다."

광무산을 떠날 때 패왕은 계포에게 군사 만 명을 갈라 주며 관영의 공격을 받고 있는 팽성을 구하라고 먼저 보냈다. 그러나 계포는 산동 남쪽을 지나는 중에 조참의 대군을 만나 한 싸움을 크게 지고 우현 부근의 작은 산성에 갇혀 있다고 듣고 있었다. 그 계포가 원래보다 몇 배나 되는 대군을 이끌고 적지나 다름없는 몇 백 리를 돌파해 패왕을 찾아왔으니 반갑고 기쁘지 않을 수 없었다.

하지만 계포에게는 그렇게 돌아온 것이 결코 자랑일 수만은 없었다.

"우현의 한 산성에 들어 조참의 예봉을 피한 신은 어렵게 적진을 헤치고 팽성에 이르렀으나 그때는 이미 모든 것이 늦어 버린 뒤였습니다. 팽성을 지키던 항타는 관영에게 항복하여 한왕에게로 끌려가고, 그가 거느리던 대군은 흩어져 팽성 부근을 떠돌고 있었습니다. 이에 신은 그중에서 2만을 거두어 대왕께로 데리고 왔습니다만, 팽성을 구하라는 군명을 받들지 못한 죄는 면하기 어려울 것입니다."

오래잖아 진채에 이른 계포가 부끄러워하는 낯빛으로 그렇게 죄를 빌었다. 그러나 패왕은 전과 달리 그런 계포를 별로 꾸짖지 않았다. 오히려 그가 이끌고 온 3만 군사를 둘러보며 추어주듯 말했다.

"그래도 이렇게 돌아왔으니 됐다. 그대가 이끌고 온 군마는 과인에게 큰 힘이 될 것이다. 이제는 우리도 10만 대군을 일컫게 되었으니, 설령 유방이 백만 대군을 이끌고 온다 해도 두려울 것 없다. 여기서 이겨 그동안 잃은 것을 한꺼번에 모두 되찾도록 하자."

그러고는 술과 고기를 내어 계포와 그가 이끌고 온 군사들을 위로했다.

한편 한왕 유방과 제왕 한신, 회남왕 경포, 양왕 팽월이 이끄는 30만 대군은 그 무렵 천천히 해하를 에워싸고 있었다. 수양 남쪽에서 네 갈래로 길을 나누어 헤어진 지 스무날 만이었다. 그들 모두가 되도록 세력을 감추고 움직임을 조용히 하여 해하로 다가들다 보니 행군이 더딜 수밖에 없었다.

그들 가운데서 가장 먼저 해하에 이른 것은 한신이 이끈 제나라 군사들이었다. 한왕과 헤어진 한신은 5만 장졸과 함께 가만히 서초를 가로질러 팽성 동쪽에서 장군 공희(孔熙)와 진하(陳賀)를 만났다. 따로 제나라에서 군사 5만을 이끌고 산동으로 내려오던 한신의 두 부장이었다. 그들을 거두어 10만 대군으로 불어난 한신은 그제야 길을 재촉해 해하로 내려갔다. 그리고 그 동북쪽을 멀리서 에워싸듯 진채를 내린 뒤 한왕의 본진이 이르기를 기다렸다.

그다음에 해하로 온 것은 팽월의 군사들이었다. 한왕과 헤어진 팽월은 곧장 수양으로 올라가 군사 만 명을 더 보탠 뒤에 다시 남쪽으로 향했다. 그리고 해하 서북쪽 50리 되는 곳을 지그시 내리누르듯 진채를 내린 뒤에, 조용히 군사들을 쉬게 하며 또한 한왕의 본진이 해하에 이르기를 기다렸다.

경포는 회수를 따라 동쪽으로 가다가 대택향 동쪽에 진채를 내려 초군이 강동으로 돌아가는 길을 끊는 형국을 취했다. 그러나 때가 되면 한나절로 해하에 이를 수 있어 경포 역시 남쪽으로 해하를 에워쌌다고 보는 편이 옳았다. 거기다가 그동안 구강에서 급히 모아 온 군사 2만이 더해져 패왕이라 해도 곧 만만하게 볼 수 있는 세력이 아니었다.

기현에 느긋이 머물며 멀리 관중에 있는 소하에게서 군사와 곡식을 끌어와 한층 세력을 키운 한왕 유방이 마침내 해하 서쪽 70리쯤 되는 곳에 이른 것은 한 5년 12월 중순으로 접어들 때였다. 미리 와서 해하 인근의 지세를 샅샅이 살핀 한신이 가만히 한왕에게 사자를 보내 말하였다.

"해하 서북쪽 30리 되는 벌판에 대군을 펼쳐 크게 싸워 볼 만한 땅이 있습니다. 대왕께서는 그리로 본진을 옮기십시오."

그리고 팽월과 경포에게도 사람을 보내 그 벌판으로 군사를 이끌고 오게 했다.

며칠 안 돼 해하 서북쪽 벌판에는 30만이 넘는 대군이 한나라의 깃발 아래 모였다. 크게 나누어 한왕이 몸소 이끄는 한군이 10여 만에 한신이 이끄는 제군(齊軍) 10만, 그리고 팽월과 경포가 이끄는 두 갈래 군사가 합쳐 10여 만이었다. 머릿수로만 본다면 그래도 3년 전 한왕이 다섯 제후를 모아 팽성을 칠 때의 56만에는 크게 못 미쳤으나 실제의 전력으로는 그때와 견줄 바가 아니었다. 그때는 마구잡이로 끌어모아 머릿수만 부풀린 잡동사니 군대였으나 이번에는 달랐다.

한왕이 이끈 10여 만은 태반이 여러 해에 걸쳐 한왕을 따라다니며 크고 작은 싸움으로 단련된 군사들이었다. 거기다가 관영과 조참을 따라다니며 더욱 단련된 3만과 소하가 오래 조련해 보낸 관중의 장정들이 더해져 10만 정병이라 일컬어도 지나치지 않았다.

다른 세 갈래 군사도 정예하기는 한왕의 본진에 뒤지지 않았다. 한신의 10만은 예부터 인재가 많고 물자가 풍부한 땅으로 알려진 제나라에서 뽑은 장정과 물자로 짜인 군사였다. 거기다가 그 대부분은 당대 제일의 병가인 한신 밑에서 한 해 가깝게 단련을 받아 이제 한창 싸울 만했다.

팽월의 군사는 대택에서 따라나선 젊은이들을 뼈대로 하는 만 명에다 양(梁) 땅 스무남은 성에서 가려 뽑은 장정들로 이루어진 4만을 보태어 5만이었다. 나중에 기른 4만은 들쭉날쭉한 데가 있었으나, 그래도 벌써 이태째나 팽월을 따라 초나라 군사를 유격하며 떠도는 동안에 제법 쓸 만한 정병으로 자라 있었다.

이끄는 장수의 갈래가 잡다한 데다 갑자기 군사로 뽑힌 생짜가 많기로는 경포의 군사 5만이 심했다. 주은이 데리고 온 초나라 항병이 만 명이요, 노관과 유가가 이끄는 한군이 만 명에, 경포가 이끄는 구강병 3만도 그중 2만이 새로 뽑은 군사였다. 하지만 맹장 밑에 약졸이 없는 법, 천하의 경포가 그 세 갈래 군사를 모두 틀어쥐고 몰아가니 그 기세는 누구도 감히 얕볼 수 없었다.

전군이 모두 진채를 내리자 한왕 유방이 세 제후와 여러 대장들을 모두 자신의 군막 안으로 불러들였다. 군례가 끝나고 각기 자리를 정해 늘어서기 바쁘게 한왕이 제왕 한신을 보며 물었다.

"우리가 네 갈래로 군사를 나눠 천천히 온 것은 가만히 해하를 에워싸 초군의 퇴로를 끊은 다음 일시에 힘을 모아 항왕을 사로잡기 위해서였소. 그런데 이렇게 드러내 놓고 대군을 한 군데 모으니 과인은 제왕의 뜻이 어디에 있는지 모르겠소. 항우가 놀라 강동으로 달아나면 어찌할 작정이오?"

"신이 사람을 풀어 알아보니 항왕은 벌써 한 달 전에 이리로 와 낡은 성곽을 고치는 한편 새로 진채를 세워 두터운 방벽과 든든한 보루를 둘렀다 합니다. 거기다가 그동안 흩어져 떠돌던 초나라 군사들을 모아들이고 계포가 다시 3만 대군을 모아 와 이제는 군세도 10만을 일컫게 되었습니다. 항왕의 성품으로 미루어 강동으로 달아날 까닭이 없습니다. 지금은 군세를 둘로 갈라 읍성과 진채에 나누어 들어 있는데, 우리가 이른 줄 알면 오히려 먼저 치고 나올 기세입니다."

한신이 그렇게 대답했다. 그래도 한왕은 못내 알 수 없다는 눈치였다.

"항우도 눈과 귀가 있으니 우리 군세가 얼마나 큰지를 알 것이오. 거기다가 제왕과 회남왕 그리고 양왕이 각기 정병을 이끌고 이른 줄 알면 아무리 무서움을 모르는 항우라도 움찔하지 않을 수 없을 것이외다. 또 계포와 종리매가 아직 항우 곁에 붙어 있는 것도 마음이 놓이지 않는 일이오. 초나라 군중에서는 그래도 지모가 있는 자들이라 항우를 달래 강동으로 물러나게 할 수도 있지 않소?"

한왕이 그렇게 말하며 응원을 구하듯 좌우를 둘러보았다. 장량이 나서서 한신을 바라보며 말했다.

"항왕은 계포와 종리매에게 5만을 주어 옛 성곽 안으로 들게 하고, 자신은 정병 3만과 더불어 새로 세운 진채의 방벽 안에 자리 잡았다고 합니다. 그것으로 미루어 보아 항왕도 전과 달리 신중해진 듯합니다. 이는 성곽과 진채가 기각지세를 이루게 하려는 것으로서, 나아가 싸우기보다는 물러나 지키기를 중시하는 포진입니다.

반드시 제왕께서 잘못 보신 것은 아닌 듯하나, 밤이 길면 꿈자리도 사나워지는 법, 차라리 항왕에게 견주고 헤아릴 겨를을 주지 말고 하루빨리 결판을 내도록 하는 것이 어떻겠습니까? 전서(戰書)를 보내 항왕을 격동하면 우리가 원하는 때 원하는 곳으로 초나라 군사를 끌어낼 수 있을 것입니다."

장량까지 나서 슬며시 한왕을 거들자 한신도 제 고집대로만 하려고 들지는 않았다. 장량이 하는 말을 가만히 듣고 있다가 고개를 끄덕이며 받았다.

"듣고 보니 자방 선생의 말씀도 옳습니다. 우리는 멀리서 온 대군입니다. 아무리 병참이 좋고 치중이 잘 뒷받침한다 해도 30만이 넘는 대군을 이끌고 먼 길을 와 싸우면서 날짜를 끌어 좋을 게 하나도 없습니다. 싸움 날을 받는 대로 항왕에게 전서를 띄워 되도록 빨리 결전으로 이끌어 보겠습니다."

그러고는 한왕을 올려다보며 물었다.

"대왕께서는 언제쯤 항왕과 결전을 치르는 게 좋으시겠습니까?"

한왕이 두 손까지 저어 보이며 엄숙하게 말했다.

"그대는 산동으로 물러나 제나라를 다스릴 때는 제왕이지만, 과인의 군중에 들어오면 아직도 한나라의 대장군이오. 무릇 위로 하늘에 이르는 자도 아래로 못[淵]에 이르는 자도 싸움터에서는 우두머리 되는 장수의 뜻을 따라야 한다고 들었소. 싸움터를 고르는 것도 싸울 날을 받는 것도 대장군의 할 일이니 알아서 정하시오."

그러면서 싸울 때는 늘 그래 왔듯 모든 것을 한신에게 맡겨 버렸다. 이에 한신은 장수들과 의논 끝에 사흘 뒤로 싸울 날을 잡고, 곧 글을 닦아 패왕 항우에게 전서를 보냈다.

내 하늘의 호생지덕(好生之德)을 본받아 광무산에서 너를 놓아 보냈으면, 길을 재촉해 강동으로 돌아가 남은 목숨이나 보존했어야 하거늘, 이 무슨 방자하고 해괴한 짓이냐. 버마재비가 수레바퀴를 이기려 하고 달걀로 바위를 쳐도 유분수지, 싸움에 지고 흩어져 쫓겨 다니던 잡군 몇 만을 긁어모았다 해서 과인의 백만 정병에 맞서려는 것이냐…….

한왕 유방의 이름으로 띄워진 전서는 먼저 그렇게 시작해 패왕의 부아를 건드렸다. 그리고 다시 그의 별난 자부심을 건들 말만 골라 패왕을 이판사판의 싸움터로 끌어내려 했다.

지난날 너는 과인과 마주치기만 하면 대장부답게 맞서 싸워 당당하게 승패를 가르자고 졸랐다. 과인은 그때마다 터무니없는 군세로 요행을 바라고 기승(奇勝)을 노리는 네 잔꾀에 말려들기 싫어 노여움을 억누르며 마구잡이 난전을 피해 왔다. 그런데 이제 들으니 너는 10만의 대군을 거느리고 또 먼저 지리를 차지하여 과인과 대적할 만한 세력을 키웠다고 한다. 그러면서 과인의 대군이 이르렀는데도 당당히 나와 맞을 줄 모르니 이 어찌 된 셈이냐? 보잘것없는 성곽과 진채에 기대 한 뼘 땅을 지키며 도둑 떼의 우두머리 노릇에 만족하려느냐? 아니면 강동으로 달아나 겁만 남은 그 목숨이나 건질 궁리에 바쁜 것이냐?

과인이 돌아보니 해하 서북쪽에 백만 대군을 풀어 장쾌하게 천하 쟁패의 대전을 벌일 만한 땅이 있다 한다. 천하 뭇 백성이 과인과 너로 하여 전란에 시달린 지 벌써 5년째, 이제야말로 우리 둘이 한바탕 당당하게 맞붙어 결판을 짓고 그들을 괴로움과 슬픔에서 풀어 줄 때가 아니냐? 이에 날을 정해 전서를 띄우나니, 네 진정 초나라 명장 항연(項燕)의 핏줄이요 한때 천하를 호령한 패왕 항(項) 아무개라면, 두렵고 겁난다 하여 숨거나 달아나지 말라. 전군을 이끌고 해하 벌로 나와 과인의 대군과 건곤일척(乾坤一擲)의 싸움으로 자웅을 가려 보자.

그 무렵 패왕 항우는 해하의 낡은 성곽을 다 고치고 진채를 방벽과 보루로 둘러 한숨을 돌리고 있었다. 그런데 갑자기 한군이 사방에서 소리 소문 없이 몰려들었다. 서쪽으로 한왕이 이끄는 군사만 바라보고 있던 패왕은 한신과 팽월, 경포까지 대군을 이끌고 왔다는 말을 듣자 은근히 놀랐다. 종리매와 계포에게 5만을 주어 성곽 안으로 들게 하고, 자신은 3만 정병으로 진채를 지켜 양쪽이 서로 의지하는 형세를 이룬 뒤에, 사람을 풀어 한군의 움직임을 면밀하게 살폈다.

패왕이 먼저 걱정한 것은 진채에 붙박여 싸우면서 하염없이 시일을 끌게 되는 일이었다. 광무산에서 그랬던 것처럼 영문도 모르고 대군이 말라 시드는 꼴을 해하에서까지 다시 보고 싶지는 않았다. 그런데 며칠 안 돼 반가운 전갈이 왔다.

"남쪽에 있는 경포의 군사들을 빼고 한군은 모두 해하 서북의 벌판으로 몰리고 있습니다. 30만 대군이 진세를 펼치니 실로 장관이라 합니다."

그렇다면 한왕의 뜻이 초군을 에워싸고 싸움을 길게 끌고 가겠다는 것은 아닌 듯했다. 은근히 한시름 놓고 있는데 다시 한왕에게서 뜻밖에도 스스로 싸움을 재촉하는 전서가 왔다.

"유방 이놈, 이 늙은 겁쟁이 장돌뱅이가……."

구절구절 부아를 지르는 문면 때문에 패왕은 다 읽기 바쁘기 전서를 내팽개치며 그렇게 욕을 퍼부었지만 속으로는 오히려 기뻤다. 한왕과의 싸움에서 패왕이 늘 속상해한 것은 한 번도 한왕의 본진을 마음껏 짓밟아 보지 못한 일이었다. 언제나 멀찌감치 숨어서 바라보며 사람의 화나 돋우다가 정작 쫓아가면 잽싸게 머리를 싸쥐고 달아나는 게 한왕 유방이었다.

'좋다. 이번에는 반드시 그 늙은 목을 잘라 놓겠다. 30만이 아니라 백만 대군이라 해도 이 전서에 적힌 대로 유방이 나오기만 하면 주머니 속에서 물건 꺼내듯 그 목을 잘라 단번에 전세를 결정하겠다.'

패왕이 그렇게 중얼거리면서 장수들을 불러 모으게 했다.

오래잖아 장수들이 패왕의 군막으로 몰려들었다. 패왕이 내준 전서를 읽어 본 계포가 이맛살을 찌푸리며 말했다.

"문면이 어쩐지 수상쩍습니다. 곳곳에서 일부러 대왕의 심기를 건드려 우리 전군을 그 싸움터로 끌어내려는 속셈이 훤히 보입니다."

종리매도 못마땅해하는 얼굴로 계포를 거들어 말했다.

"신이 탐마를 풀어 알아본 바로 적은 30만이나 되는 데다 그 어느 때보다 정병이라고 합니다. 한왕이 봉지와 왕위로 달래 한신과 팽월은 각기 제나라와 양 땅에서 골라 뽑은 장정들만 데려왔고, 한왕이 몸소 이끄는 10만도 모두가 산동과 관중에서 가려 뽑아 단련한 지 오래된 군사들입니다. 그 날카로운 기세를 얕보아서는 아니 됩니다. 거기다가 적은 모두 먼 길을 온 군사라 오래 시일을 끌수록 불리해집니다. 그래서 싸움을 서두르는 것이니 대왕께서는 깊이 살펴 방책을 정하십시오."

"허나 우리도 시간을 끌어 이로울 일은 없다. 이제 더는 팽성 부근에서 거두어들일 군사도 없는 성싶고, 멀리서 달려와 도와줄 제후도 없다. 거기다가 군량마저 넉넉하지 못한데 싸움을 질질 끌어 무슨 이득이 있겠는가?"

패왕이 알 수 없다는 듯한 얼굴로 그렇게 받았다. 계포가 조심스러워하면서도 한 번 더 패왕을 말렸다.

"비록 도성인 팽성을 잃고 많은 땅을 적군에게 짓밟혔지만 그래도 우리는 아직 우리 근거지인 서초 땅에서 싸우고 있습니다. 거둬들인 군량이 넉넉하지 않다고 하나, 30만이 넘는 대군을 몰고 천 리 길을 달려온 한나라 군사보다야 못하겠습니까? 거기다가 고쳐 쌓은 성곽과 새로 세운 진채의 방벽과 보루도 든든하기 짝이 없습니다. 그 두 곳이 서로 의지하는 형세를 이루며 굳게 지키면, 적이 아무리 대군이고 정병이라도 얼마든지 버텨 낼 수 있습니다. 그러다가 적이 고단하고 지치기를 기다려 들이치면 거록이나 수수의 대승을 다시 한번 기약할 수도 있을 것입니다."

그러자 패왕이 갑자기 험하게 일그러진 얼굴로 계포와 종리매를 번갈아 쏘아보다가 목소리를 높여 자르듯 말했다.

"거록이나 수수의 승리는 우리가 참고 기다려 얻어 낸 것이 아니다. 성나 떨쳐 일어나 죽기로 싸운 값이요, 하나가 백을 당할 기백으로 겁 없이 내달은 값이다. 오히려 우리가 진채에 엎드려 참고 기다리다가 얻은 것이 있다면 저 광무산에서의 낭패뿐이다. 과인은 이제 두 번 다시 까닭도 모르게 대군의 예기가 꺾이고 세력이 시들어 가는 것을 속수무책으로 바라보고만 있고 싶지는 않다."

그러고는 그날로 진채를 나와 전군을 이끌고 전서에서 일러 준 싸움터로 달려갔다. 성곽과 진지에 각각 약간의 군사를 남겨 급할 때는 돌아와 의지할 수 있게 해 둔 것이 계포와 종리매의 뜻을 감안한 유일한 조치였다.

한신은 패왕이 전군을 이끌고 정한 싸움터로 달려오자 기쁜 기색을 감추지 못했다. 이내 제왕에서 한나라의 대장군으로 돌아가 장수들을 한왕의 군막으로 불러 모으게 했다. 장수들이 모두 모이자 한신이 스스로 윗자리에 앉더니 먼저 한왕을 우러러보며 말했다.

"대왕께서는 패왕 항우가 초나라 군사를 분발시키고 그 세력을 한군데로 집중시키는 표적이 될 뿐만 아니라, 혹시라도 그 집중된 초군의 기세를 당해 내지 못해 쫓기시게 되면 그대로 우리 전체의 군심을 어지럽힐 수도 있습니다. 내일 싸움에서는 후면에 멀찌감치 계시면서 저희들이 싸우는 것을 바라보기만 하십시오."

한나라 대장군으로서 내리는 군령이라 위엄을 세워 주고 싶어서인지 한왕이 짐짓 엄숙한 얼굴로 한신의 말을 받았다.

"알겠소. 대장군의 뜻을 따르리다."

그러자 한신은 다시 조참과 관영을 불러 군령을 내렸다.

"나는 5만 군사를 이끌고 전군이 되어 항우의 본진과 마주 보는 곳에 진세를 펼칠 것이다. 그때 장군 주발과 기장 관영은 각기 1만 군사를 거느리고 내가 이끄는 전군의 선봉이 된다. 가장 먼저 항우의 예봉(銳鋒)을 받게 될 것이니, 장졸 모두 남다른 각오와 다짐이 있어야 할 것이다."

이어 한신은 자신의 부장인 공희와 진하를 불러냈다.

"공 장군은 3만 군사를 거느리고 내 전군 본진 왼편에 진을 치고 진 장군은 3만 군사로 내 본진 오른편에 진을 친다. 형세를 보아 들고 나되, 특히 전군 본진의 위급에 구응(救應)하는 것이 그대들 두 장군의 막중한 임무이다."

그런 다음 번쾌와 역상을 불렀다.

"장군 번쾌와 역상은 날랜 군사 3만을 이끌고 대왕의 중군 앞에 포진하라. 한편으로는 내가 이끄는 전군의 뒤를 받쳐 주고, 다른 한편으로는 거기까지 뚫고 들어오는 적군으로부터 대왕의 본진을 지켜야 한다. 우리 30만 대군의 허리와도 같은 막중한 임무이니 터럭만큼이라도 소홀함이 있어서는 아니 된다."

역상에게는 그 형 역이기를 삶겨 죽게 한 미안함이 있을 법도

하였으나 한신의 군령은 매섭기만 했다. 번쾌와 역상이 군령을 받고 물러나자 한신은 다시 근흡과 시무를 불렀다.

"장군 근흡과 시무는 각기 1만 군사를 이끌고 대왕의 중군 뒤편에 진을 치고 후군이 된다. 대왕의 중군을 뒤에서 받칠 뿐만 아니라, 있을지 모르는 적 기병(奇兵)의 강습에서 대왕을 지켜 드려야 한다."

그런 다음 태복 하후영을 비롯한 나머지 한왕의 부장들은 3만 군사와 함께 모두 중군에 남겨 겹겹이 한왕을 에워싸고 지키게 하였다.

"대왕의 중군이 흔들리면 그대로 우리 대군의 사기가 꺾이고 만다. 항우가 빠른 속도와 집중된 힘으로 뚫고 들더라도 결코 흔들려서는 아니 된다."

그게 한신이 그들에게 특별히 한 당부였다. 그렇게 되자 한나라 대군은 열 갈래로 나뉘어 그물을 치고 패왕 항우가 걸려들기만을 기다리는 셈이 되었다. 뒷날 '구리산(九里山) 십면매복(十面埋伏)'이란 전설이 나돌게 한 한신의 포진이었다. 얘기를 지어내기 즐기는 사람들은 그 계책의 성사에 광무군 이좌거(李左車)를 끌어대기도 한다. 그때도 한신의 막빈으로 있었던 만큼 이좌거가 그 계책에 관여했을 수도 있으나, 적어도 정사에는 그가 패왕을 유인해 들였다는 기록이 없다.

후군 좌우를 맡을 장수까지 정한 한신이 잠시 숨을 고르는데 갑자기 군막 한구석에서 으르렁거리듯 외쳐 묻는 사람이 있었다.

"대장군께서는 어찌하여 이 팽 아무개를 빼놓으시는 것이오?"

모든 장수가 놀라 바라보니 양왕(梁王)으로 가임(假任)된 팽월이었다. 한신이 다른 장수들은 다 쓰면서 자신만 따돌리는 데 성이 났는지 희끗한 턱수염이 빳빳이 서 있었다. 한신이 갑자기 껄껄 웃으며 팽월의 말을 받았다.

"내가 양왕을 어찌 빼놓겠소? 다만 맡길 일이 너무 어렵고 힘들어 미루었을 뿐이오."

"그게 무엇이오?"

팽월이 그래도 얼른 속이 풀리지 않는지 퉁명스레 물었다. 한신이 웃음기를 거두고 차분히 달래듯 말했다.

"우리 대왕에게 항왕보다 나은 점이 있다면 그것은 무엇보다도 양왕처럼 유격에 뛰어난 지장(智將)을 한편으로 두신 일일 것이오. 초군의 양도를 끊어 항왕의 무시무시한 전투력을 소용없게 만든 양왕이 아니었더라면 한군이 어떻게 광무산에서의 역전을 이루어 낼 수 있었겠소? 이번에도 양왕께서는 본부 인마를 이끌고 유군(遊軍)이 되어 이 싸움의 흐름을 우리에게 유리하게 이끌어 주시오."

"넓디넓은 벌판에서 수십만의 대군이 진세를 벌이고 맞부딪치는데 5만이나 되는 유군을 어떻게 쓴다는 것이오?"

팽월이 조금 수그러든 말투로 그렇게 물었다. 한신이 다시 목소리를 대장군의 군령으로 바꾸어 말했다.

"양왕께서는 높은 곳에서 싸움터를 내려다보시다가, 우리 편이 몰리는 곳이 있으면 그곳을 구하고, 적군의 집중이 지나치면 그곳을 들이쳐 흩어 버리시오. 특히 종리매와 계포가 이끄는 초군을 눈여겨보시다가, 그들이 패왕의 본진과 갈라지면 곧바로 그 틈을 치고 들어 두 번 다시는 본진으로 돌아갈 수 없게 해야 하오. 이는 싸움의 흐름을 잘 살피고, 승패의 기미에 밝은 지장만이 할 수 있는 일이오. 이번 싸움이 이대로 마지막 싸움이 되느냐, 한나라가 항우를 잡기 위해 다시 수고롭게 대군을 일으켜야 하느냐는 양왕께서 하시기에 달렸다 해도 지나친 말이 아닐 것이외다."

평생을 치고 빠지는 싸움으로 늙어 온 팽월이 그런 한신의 말을 알아듣지 못할 리 없었다.

"삼가 대장군의 군령을 받들겠습니다."

완연히 풀린 얼굴로 그렇게 한신의 말을 받으며 머리까지 가볍게 수그렸다.

팽월을 마지막으로 대장군 한신의 군령이 다하자 장수들은 각기 이끄는 장졸들을 데리고 받은 군령대로 진세를 벌였다. 삼군(三軍) 사이를 그리 넓게 벌리지 않아도 30만 대군을 모두 펼쳐 놓고 보니 해하 서북의 벌판은 한군의 깃발로 온통 시뻘겋게 뒤덮였다.

그와 같은 한군에 맞선 초군의 진세도 만만치 않았다. 그새 패왕 항우의 군사적 자부심과 자신감이 옮은 것일까? 초나라 사람 특유의 열광과 투지를 되살린 초군의 기세는 세 곱절이 넘는 한군을 눈앞에 두고도 움츠러들 줄 몰랐다. 패왕은 아직도 살아 있는 전신(戰神)이었으며 그들 자신은 모두가 한 번도 싸움에 진

적이 없는 강동의 용사들이었다.

양군 모두 진세를 벌이는 동안에 날이 저물고 밤이 왔다. 선달 중순의 길고 추운 밤이라 양쪽 진채에서 피어오르는 화톳불로 해하의 하늘이 훤할 지경이었다. 그러나 모처럼 격식을 갖춘 대회전(大會戰)이어서인지 양군 모두 자잘한 야습 걱정 없이 편히 쉬었다.

이윽고 결전의 날이 밝았다. 먼저 싸움을 돋운 것은 패왕 항우 쪽이었다. 마지막 판돈을 건 노름꾼이 받아 쥔 패를 서둘러 깨듯 패왕도 자신의 운명에 조급해져 있었는지도 모를 일이었다. 새벽같이 군사들을 깨워 아침을 먹인 패왕은 해가 뜨기 바쁘게 진문을 열고 나가 한왕을 찾았다.

"한왕은 어디 있는가? 어서 나와 과인의 말을 들으라!"

패왕이 그렇게 소리치자 기다렸다는 듯 한군의 진문이 열리며 한 떼의 인마가 나왔다. 번쩍이는 갑옷투구에 요란한 기치를 앞세우고 있었으나 한왕의 황옥거는 보이지 않았다. 한왕이 보이지 않는 것만으로도 벌써 패왕의 눈길이 실쭉해 있는데, 그들 가운데 한 장수가 나와 채찍으로 패왕을 가리키며 비웃었다.

"거기 있는 것은 하늘도 몰라보고 땅도 몰라보고 사람도 몰라보는 갓 쓴 원숭이[沐猴而冠]가 아닌가? 무슨 일로 우리 대왕을 찾는가?"

'갓 쓴 원숭이'란 말은 패왕이 일껏 차지한 함양과 관중을 버리고 팽성을 도읍 삼아 초나라로 돌아가려 하자 그걸 말리다 안 된 어떤 서생이 패왕을 가리켜 한 말이다. 패왕은 분김에 그 서생을 삶아 죽이고 말았지만 그러고도 가장 듣기 싫어하는 말이 '갓 쓴 원숭이'란 조롱이었다. 하지만 그보다 더 패왕의 속을 뒤집어 놓은 것은 그렇게 외치는 장수가 바로 한신이라는 점이었다. 아무리 금은보석을 아로새긴 갑옷투구를 걸치고 은 안장을 놓은 백마에 높이 올라앉아 있어도 한 해 넘게 곁에 두고 집극랑으로 부린 한신을 패왕이 알아보지 못할 리 없었다.

"너는 전에 과인의 창이나 들고 다니던 종놈 아니냐? 너같이 천한 것과는 입 섞어 말하고 싶지 않으니 네 주인 유방더러 어서 나오라고 하여라."

패왕이 대뜸 목소리를 높여 한신을 꾸짖듯 그렇게 말했다. 그러나 한신은 조금도 흔들리지 않았다. 짐짓 차분한 목소리로 한 번 더 패왕의 속을 뒤집어 놓았다.

"그래서 세상이 너를 갓 쓴 원숭이라고 욕하는 것이다. 하지만 땅을 몰라보아 천하의 도성 함양과 비옥한 관중을 버리고, 사람을 몰라보아 범증의 충의와 내 재주를 받아 주지 않은 것은 좋으나, 하늘을 몰라보아서는 아니 된다. 우리 대왕은 하늘이 천하를 맡기려 하시는 분이니 그분이 곧 하늘이다. 네 어찌 하늘을 몰라보고 함부로 오라 가라 하느냐?"

한신의 그와 같은 말에 패왕의 얼굴이 시뻘겋게 달아올랐다. 그러나 패왕은 애써 화를 억누르며 목소리만 한층 높였다.

"명색 한 나라의 군왕으로서 전서를 내어 싸움을 청했으면 마땅히 유방이 진두에 나와 과인을 맞아야 하지 않겠느냐? 그런데 천한 종놈을 대신 내보내고 군중 깊이 숨어 있으니 아무리 겁 많은 장돌뱅이라도 너무 심하구나."

그래도 한신은 얼굴색 한번 변하지 않고 듣고 있다가 다시 이죽거리듯 패왕의 말을 받았다.

"전에 대왕께서 이미 가르치신 바 있다고 들었는데, 네 어찌도 그리 말귀가 어두우냐? 대왕께서 이르시기를, 너를 죽이는 일이라면 감옥 대신 군역(軍役)을 치르는 죄수[刑餘罪人] 하나만으로도 된다 하셨다. 그런데 대왕께서 무엇 때문에 너와 싸우자고 전서까지 내겠느냐? 이는 모두 대장군인 내가 너를 머리 없는 귀신으로 만들기 위해 꾸민 일이다. 그러니 여기 없는 우리 대왕을 내놓으라고 떼쓰지 말고, 네 어깨 위에 남아 있어 봤자 세상만 시끄러워지는 그 머리나 내놓아라!"

그러자 참고 참던 패왕도 더는 그냥 있지 못했다. 불이 철철 흐르는 듯한 눈길로 한신을 노려보며 무섭게 소리쳤다.

"내 오늘 너를 사로잡아 그 간사한 혀를 뽑지 못하면 천하의 항우도 패왕도 아니다!"

그러고는 안장에서 긴 철극을 뽑아 꼬나 잡으며 좌우를 돌아보고 소리쳤다.

"저 천한 종놈에게 속지 말라. 틀림없이 유방은 저 안에 있다. 나를 따르라. 오늘은 반드시 유방을 잡아 죽이고 서초의 천하를 되찾자!"

그 목소리가 얼마나 컸던지 마치 빈 들을 울리는 천둥소리 같았다. 그러자 한신은 뒤도 돌아보지 않고 진문 안으로 들고, 대신 관영의 기마대와 주발의 보갑대(步甲隊)가 두텁게 진 앞을 막아섰다. 여러 해 별동대로 격전을 치르고 떠돌면서 단련된 한군의 정예였다. 거기다가 이미 진성 아래의 싸움에서 패왕에게 처음으로 패배의 쓴맛을 보여 준 적도 있었다.

그러나 패왕은 조금도 망설임 없이 군사를 휘몰아 한신의 전군을 덮쳐 갔다. 가려 뽑은 정병을 커다란 도끼로 삼고 스스로 그 도끼의 날이 되어 가로막는 적군을 단숨에 쪼개 놓고 보는 전법이었다. 그런 다음 패왕은 양 날개를 펼치듯 좌우로 군사를 내어 적의 대군을 가로세로 토막 내고, 쫓기는 짐승 몰듯 짓밟아 버리는 것으로 싸움을 마무리했다.

패왕의 그와 같은 전법은 군사적 책략이라기보다는 그 자신의 개인적인 무용(武勇)과 패기에 의지한 전투력 또는 돌파력에 가까웠다. 어지러운 시대의 유민군이나 망해 가는 나라가 급조한 토벌대를 상대로 싸울 때는 위력이 있었으나, 체제와 규율을 갖추고 잘 조련된 정규군을 만나면 돌이키기 어려운 난국에 떨어질 수도 있었다. 그 첫 경험이 지난번 진성 아래에서의 싸움이었다.

거기다가 패왕이 헤아리지 않고 있는 것은 자신이 되풀이해서 같은 전법을 쓰고 있다는 점이었다. 지혜로운 장수는 같은 적과 두 번 싸우는 것도 피한다고 한다. 그런데도 패왕은 한군이나 한왕을 돕는 제후의 군사들과 수십 번이나 싸우면서 줄곧 집중과 충격, 그리고 속도를 위주로 한 그 방식으로 상대를 이겨 왔다.

하지만 해하의 싸움에서 초군을 더욱 참담한 수렁으로 밀어넣은 것은 그 전투에 뛰어드는 패왕의 마음가짐이었다. 그때 패왕에게 필요했던 것은 장수(漳水)를 건널 때 보여 주었던 불귀(不歸)의 각오 또는 거록의 혈전을 치를 때 초군을 이끌었던 필사의 결의였다. 그런데 불행히도 패왕은 아직 함곡관을 깨뜨릴 때의 득의, 수수에서 이겼을 때의 자부와 자만에 차 있었다. 따라서 일이 잘못되었을 때를 위한 배려와 조처가 없었고, 그렇다고 그대로 싸우다 죽을 채비가 되어 있지도 않았다.

그래도 처음 한동안 패왕 항우가 앞선 3만 초군의 돌격은 이전이나 다름없는 위력을 나타냈다. 한번 패왕의 기세를 꺾어 본 적이 있는 관영과 조참이 장졸들을 격려하며 패왕과 마주쳐 나갔으나 달포 전의 진성 아래서와는 달랐다. 5만 전군을 등 뒤로 한군의 2만 정병이 힘을 다해 막아도 위기감으로 달아오른 초군의 거센 공격을 오래 버텨 내지는 못했다.

관영과 주발이 이끌던 선봉이 무너지자 저절로 뚫린 한나라 전군 진문 속으로 3만의 초군이 패왕과 함께 뛰어들었다. 오래잖아 한군이 좌우로 점점 넓게 갈라지며 그 사이로 훤한 길 같은 것이 열렸다. 그 길을 대쪽을 쪼개는 듯한 기세로 내닫는 저희 편 군사의 뒷모습을 바라보던 종리매와 계포가 각기 목소리를 높여 이끌고 있는 군사들을 휘몰았다.

"무엇들 하는가? 우리도 모두 대왕을 따라 한군을 토막 내고 짓밟아 버리자. 이번에는 반드시 한왕 유방을 사로잡아 우리 대왕의 걱정거리를 덜어 드리자!"

그러자 남아 있던 초군 5만이 두 갈래로 나뉘어 다시 한나라 전군 속으로 뛰어들었다. 패왕을 뒤쫓아 적진 한가운데에 이른 뒤 좌우로 방향을 바꾸어 치고 나갈 작정이었다. 그리되면 패왕 때문에 좌우로 갈라진 한나라 전군은 다시 전후로 쪼개져 결과적으로는 네 토막이 나게 된다. 그렇게 잘게 토막 난 한군을 토끼 몰듯 하나하나 짓밟아 가다 보면 싸움의 형세는 그대로 결판나기 마련이었다.

몰리던 적의 전군은 저희 중군에게로 달아나게 되고, 그들의 겁과 혼란도 고스란히 중군에게로 옮아 간다. 그리하여 중군마저 무너지게 되면 그때는 아무리 두터운 후군이 있다 해도 대세를 돌이키기는 어려워진다. 잘해야 사람과 물자를 덜 잃고 패군을 수습하는 것이 이미 패왕에게 전군과 중군이 무너진 뒤의 상대편 후군이 할 수 있는 가장 나은 일이었다.

그날 해하의 싸움도 처음 한동안은 그렇게 발전해 가는 듯했다. 주발과 관영이 이끌던 선봉이 무너지고 패왕에게 진문이 돌파당하자 또다시 수수의 참패를 되풀이하게 되는가 싶어 한신도 가슴이 섬뜩했다. 이끌고 있던 장수들을 모조리 불러내 패왕의 돌진을 가로막게 하며, 부장 공희와 진하가 이끄는 좌우군이 초군의 옆구리를 찌르고 나오기를 기다렸다.

그런데 한신이 기다리는 좌우군보다 종리매와 계포가 이끈 초군이 먼저 한나라 전군 속으로 뛰어들었다. 후군처럼 남아 있던 둘이 패왕의 승세를 알아보고 남은 5만 군사를 모두 휘몰아 패왕을 뒤따른 것이었다. 그러자 패왕을 따라 한군을 쪼개 가고 있던 초나라 장졸들은 더욱 기세가 올라 전보다 사납게 한군을 밀어붙였다.

'잘못되었구나. 무언가 아퀴가 잘 맞지 않는다. 자칫하면 크게 낭패를 보겠구나…….'

앞뒤가 서로를 북돋아 가며 8만의 초군이 한 덩어리가 되다시피 밀고 드는 것을 보고 한신은 잠시 눈앞이 아뜩했다. 절로 터져 나오는 탄식을 애써 억누르며 장졸들을 호령해 어느새 눈앞으로 밀려든 초군을 맞이하게 했다.

하지만 한풀 기세가 꺾여서인지 한군은 차츰 허둥대며 밀리기 시작했다. 그대로 가면 오래잖아 전군이 돌파당해 패왕이 중군으로 뛰어들 길을 내줄 판이었다. 그럴 때 토막 나 내몰리던 한나라 전군이 중군으로 쫓겨 들며 공포와 혼란을 옮기게 되면, 싸움은 초군의 승리로 끝날 수밖에 없었다. 그런데 갑자기 한신이 기다리던 변화가 왔다.

패왕이 한신의 전군을 쪼개고 열어 놓은 길로 거침없이 쏟아져 들어온 종리매와 계포의 군사들은 전군 가운데쯤에 이르자 각기 좌우로 방향을 바꾸었다. 패왕 때문에 좌우 두 쪽으로 나누어진 한군을 다시 앞뒤로 갈라 내 네 토막을 내놓기 위함이었다. 그들이 다시 기세 좋게 한군을 앞뒤로 갈라 가는데, 한나라 전군 좌우에 진세를 벌이고 있던 한신의 부장 공희와 진하가 군사를 이끌고 달려 나왔다.

그때까지만 해도 종리매와 계포의 기세에 은근히 내몰리고 있던 한군이 반갑게 길을 열어 공희와 진하의 구원을 받아들였다. 그 두 장수가 각기 3만 명을 이끌고 좌우에서 함성을 지르며 들이닥치자 오히려 움찔한 것은 종리매와 계포가 이끌던 초나라 군사들이었다. 무인지경 가듯 마음 놓고 내닫다가 만나게 된 적의 원병이라 그런지, 그 군세가 실제보다 몇 배나 크게 느껴졌다.

서로 정해 놓은 방향이 있어 종리매가 이끄는 초군은 공희가 이끌고 온 한나라 전군 좌익(左翼)과 뒤엉키고, 계포는 진하가 이끌고 달려온 한나라 전군 우익(右翼)과 맞붙었다. 이끌고 있는 군사는 양편이 비슷했으나 기세는 처음부터 갑자기 공세에서 수세로 바뀌게 된 초군 쪽이 밀렸다. 거기다가 자기들이 싸우고 있는 곳이 한군의 진세 안이라는 것을 차츰 깨닫게 되면서 초군의 열세는 더욱 뚜렷해졌다.

그와 같은 형세의 역전은 한신이 어렵게 버티고 있는 전군 본진 쪽에서도 일어났다.

패왕의 등 뒤를 밀어 주던 종리매와 계포가 각기 좌우로 길을 달리 잡자 한신의 본진을 쪼개려 드는 패왕의 압력은 많이 줄어들었다. 하지만 워낙 무섭게 치고 들던 기세가 있어 한신이 안간힘을 다해 버텨도 패왕은 점점 더 깊숙이 밀고 들어왔다. 그러다가 이대로 가면 한나라 전군이 둘로 쪼개지고 마는 게 아닌가 싶을 때, 홀연 한신의 등 뒤에서 들려온 외침이 있었다.

"대장군, 우리가 왔습니다. 항우는 우리에게 맡기십시오."

한신이 반갑게 돌아보니 한왕이 있는 중군 전부를 맡고 있던 번쾌와 역상이었다. 한신이 짐짓 놀란 척 물었다.

"그대들은 대왕이 계신 중군의 방패와 갑주다. 대왕의 어가는 어찌하고 이렇게 왔는가?"

"대왕의 명을 받고 달려왔습니다. 대왕께서 말씀하시기를 전군이 없으면 중군도 없다 하였습니다."

입을 모아 그렇게 대답한 두 사람은 이끌고 온 군사를 휘몰아 패왕과 마주쳐 갔다. 그러자 줄곧 밀리기만 하던 전군 장졸들도 함성으로 스스로를 북돋우며 되돌아서 패왕의 군사들과 맞섰다.

번쾌와 역상이 함께 패왕의 철극을 받아 내며 길을 막아서자 비로소 패왕의 전진은 멈춰지고 한동안 우열을 분간할 수 없는 혼전이 벌어졌다. 패왕이 성난 범처럼 길길이 뛰며 눈부신 무용을 펼쳤으나, 거기까지 오는 동안의 대쪽을 쪼개는 듯한 기세는 끝내 되살려 내지 못했다. 번쾌와 역상이 분전하는 동안 전의를 가다듬고 몰려온 한나라 장수들이 수레바퀴 돌듯 돌아가며 싸워 패왕을 한곳에 묶어 두었다.

싸움의 양상이 그렇게 바뀌면서 해하에서도 진성 아래서와 같은 일이 되풀이하여 벌어졌다. 패왕의 군사들이 적에게 회복할 수 없는 충격을 주지 못하고 집중과 속도부터 잃어버리자 한군의 머릿수가 다시 위력을 되찾기 시작했다.

먼저 패퇴하여 스러진 것은 종리매가 이끌던 2만 5천 명의 초군이었다. 패왕의 본진에서 떨어져 나와 공희의 3만 군사에게 발목이 잡힐 때부터 그들은 불길한 예감으로 허둥대기 시작했다. 그러다가 정신을 차린 한나라 중군이 가세해 자신들보다 몇 배나 많은 적병에게 에워싸이게 되자, 종리매의 군사들은 이제 이기기 위해서가 아니라 살아남기 위해서 싸워야 했다. 그들은 갈수록 늘어나는 한군의 포위 속에서 반나절이나 분전했으나 끝내 살아서 빠져나간 것은 겨우 3천 명 남짓이었다.

계포가 이끈 초군의 처지는 종리매 쪽보다 훨씬 더 험했다. 진하에게 길이 막힐 때부터 계포는 길을 앗아 달아날 궁리만 했으나, 해 질 무렵 겨우 에움을 벗어나 헤아려 보니 따르는 군사는 보기(步騎) 합쳐 2천을 채우지 못했다. 한군 본진의 두터움이 펼친 위력에 계포가 이끌던 2만 5천은 열에 하나도 제대로 살아 나오지 못한 셈이 되었다.

종리매와 계포는 그래도 에움을 벗어나는 대로 패왕을 찾아가려 했다. 초군이 고쳐 쌓은 성곽이나 방벽과 보루로 두른 진채를 찾아가면 다시 패왕과 세력을 합칠 수도 있을 것 같았다. 그러나 어떻게 알았는지 한군 본진의 외곽을 돌며 유격을 맡고 있던 팽월이 군사를 풀어 길을 막는 바람에 둘 모두 패왕에게로 돌아갈 수가 없었다. 뒷날 패왕을 찾아가기로 하고 우선은 한군의 추격을 피해 각기 길을 나누어 멀찌감치 달아났다.

한편 패왕 항우는 종리매와 계포가 남은 군사를 모두 이끌고 합세해 왔을 때 그날의 승리를 자신하였다. 좌우로 나뉘어 한군을 쪼개고 나간 둘이 한군의 기치에 가려 보이지 않을 때도 그들이 그렇게 속도를 잃고 에움에 빠졌을 줄은 상상도 하지 못했다. 그래서 수레바퀴 돌듯 번갈아 덤비는 한나라 장수들을 상대로 불꽃 튀기는 싸움을 벌이면서도 걱정하거나 두려워할 줄 몰랐다. 종리매와 계포가 토막 난 한군을 짓밟으며 되돌아와 다시 자신의 뒤를 받쳐 주기만을 기다렸다.

하지만 한 식경이 지나도 종리매와 계포가 돌아오지 않고, 그들이 간 쪽에서 몰이꾼의 그것과 같은 불길한 함성만 연신 들려오자 패왕도 퍼뜩 정신이 들었다. 갑자기 진성 아래서의 악몽이 떠오르고, 진여 같은 현사(賢士)와 용저 같은 맹장을 한 싸움으로 잡아 죽인 한신의 병략도 뜬소문이 아니라 무슨 섬뜩한 위협처럼 다가왔다.

"종리매와 계포가 어찌 되었는지 알아보아라."

한바탕 위맹한 공격으로 몰려든 한나라 장수들을 물리친 패왕이 곁에 있는 젊은 부장에게 물었다. 한참 만에 피투성이가 되어 돌아온 그 부장이 다시 한나라 장수들과의 차륜전(車輪戰)에 빠져 있는 패왕의 등 뒤에 대고 소리쳤다.

"두 분 장군 모두 한나라의 대군에게 에워싸여 있습니다. 에움이 워낙 두터워 뚫고 들어가 볼 수는 없었습니다."

이에 본능적으로 위기를 느낀 패왕은 자신의 본대를 분발시켜 한 번 더 맹렬하게 한나라 중군을 돌파해 보려 했다. 그렇게 함으로써 종리매와 계포가 받고 있는 압력을 덜어 주어 전세를 뒤집어 보려 했지만 그마저 패왕의 뜻대로 되지 않았다. 그사이 전열을 가다듬은 한나라 중군 쪽에서 오히려 거센 반격에 나선 까닭이었다.

먼저 한군 후진에 있던 근흡과 시무의 부대가 중군 앞으로 돌출하여 아직 꺾여 본 적 없는 날카로운 기세로 이제 막 시작되려는 패왕의 마지막 돌격을 가로막았다. 그러자 힘겹게 패왕의 본대가 주는 충격을 흡수하고 있던 한군의 중군 부대들이 한숨을 돌리며 대오를 정비해 그 뒤를 받쳐 주었다. 그동안 수레바퀴 돌듯 번갈아 뛰쳐나와 패왕과 싸우느라 흐트러져 있던 관영과 주발, 번쾌와 역상이 이끄는 군사들이 어느새 깃발까지 가지런히 하여 다시 밀고 나온 것이 그랬다.

그 바람에 주춤한 패왕이 전군을 내던진 돌격을 머뭇거리고 있는데 다시 뜻밖의 전기가 왔다. 용케 난군 가운데를 헤쳐 나온 종리매의 전령이 피투성이로 달려와 패왕에게 알렸다.

"종리 장군께서 어렵게 한군의 에움을 벗어나시고 공희의 추격까지 뿌리치셨으나 팽월이 길을 막아 대왕의 본진으로 돌아올 수 없었습니다. 남은 3천 인마를 이끌고 대택(大澤)으로 가시면서 먼저 대왕께 그 일을 알리고 하회를 받들라 하셨습니다."

그때 다시 서로 말을 맞추기라도 한 듯 계포의 아장(亞將) 하나가 역시 피투성이로 나타나 숨을 헐떡이며 전했다.

"계 장군께서 한신의 부장 진하를 물리치고 한군의 에움을 벗어났으나, 팽월이 풀어놓은 군사들이 길을 막아 대왕께로 돌아오지 못하게 되었습니다. 다쳐 뒤처졌던 저는 계 장군께서 2천 잔병과 더불어 팽월의 군사에 쫓겨 동쪽으로 사라지는 것을 본 뒤에야 간신히 길을 앗아 대왕의 본진으로 돌아올 수 있었습니다."

그 말을 듣자 패왕은 갑자기 온몸에서 힘이 쭉 빠지는 듯했다. 그때껏 휘두르던 무거운 철극을 내던지고 허리에서 보검을 뽑으며 나지막하게 소리쳤다.

"지금부터 길을 앗아 진채로 돌아간다. 모두 두려워하지 말고 과인을 따르라!"

그리고 그 순간부터 패왕의 의식은 무시무시한 투혼으로 대치되었다. 사람과 칼이 한 덩이가 되어 오직 베고 찌르며 두터운 한군의 포위를 뚫고 해하의 진채로 돌아갔다. 그런 그의 투혼에 감염된 한 무리의 강동병이 사투를 벌여 연 길로 이미 만신창이가 된 패왕의 본대가 뒤따랐으나, 해하 진채의 보루와 방벽 속으로 무사히 돌아간 장졸은 셋 가운데 하나도 되지 못했다.

패왕별희(霸王別姬)

'졌다. 지고 말았다. 내가, 이 항적(項籍)이, 천하의 패왕이 정말로 싸움에 졌다…….'

군막 안에서 보검의 날에 남은 악전고투의 흔적을 수건으로 지우며 패왕은 줄곧 그렇게 중얼거렸다. 하지만 이상하게도 30만 한군 사이를 피투성이 싸움으로 빠져나올 때만 해도 뚜렷이 실감되던 패배가 갈수록 애매하고 추상적이 되어 갔다. 아니, 아직도 그것을 인정하고 싶지 않았다. 패왕의 중얼거림은 어쩌면 패배의 실감을 되살리기 위한 주문 같은 것이었는지도 모를 일이었다.

겹겹으로 에워싼 적진을 돌파하면서 갑주 걸친 장수만도 수십 명을 베어 넘겼건만 칼날은 전설의 보검답게 별로 상한 곳이 없었다. 오히려 격전의 흔적은 튀긴 피가 끈적하게 말라붙은 칼자루나 칼집에서 더 뚜렷했다. 패왕의 갑옷과 투구도 피를 뒤집어쓴 듯 검붉게 얼룩져 있었다. 군막 앞에 안장을 얹은 채 묶여 있는 오추마(烏騅馬)도 피를 뒤집어쓴 듯하기는 패왕과 마찬가지였다.

진지 안이 안정되면서 점차 뚜렷해지는 초군의 패배는 철저하고도 결정적이었다. 먼저 종리매와 계포가 이끌고 나간 5만 군사는 거의가 패왕이 자리 잡은 초나라 진채로 돌아오지 못했다. 운좋게 패왕의 본대에 묻어 돌아온 몇몇 사졸들의 말에 따르면, 공희와 진하에게 밀려날 때만 해도 종리매와 계포 모두 절반 가까운 군세는 유지하고 있었다. 그러나 본진으로 돌아오는 길을 끊는 팽월의 군사들에게 또 한 번 타격을 받은 데다, 어디로 간지도 모르게 쫓겨 가 당장은 없어진 것이나 다름없는 군사들이었다. 거기다가 장수들도 계포를 따라간 정공과 종리매를 따라간 항양을 비롯해 크고 작은 여러 부장들이 모두 그들과 함께 사라져 버렸다.

패왕 항우가 몸소 이끈 본대도 손실은 엄청났다. 열 배가 넘는 적군의 간담을 서늘하게 하고 뚫고 나왔다고는 하지만, 진채로 돌아와 헤어 보니 싸울 수 있는 군사는 셋 가운데 하나가 남아 있지 못했다. 거기다가 숙부 항백과 맹장 환초며 오중을 떠날 때부터 손발처럼 부려 왔던 여러 장수들과 강동병 태반이 보이지 않았다. 항백이 말에서 떨어져 적병에게 사로잡혀 가고 환초가 대여섯 명의 적장에게 에워싸여 난도질당하는 걸 보았다는 말이

기죽은 사졸들 사이를 떠돌기도 했다.

그 모든 일이 하나하나 밝혀져도 패왕은 여전히 자신의 패배를 받아들일 수 없었다. 자신이 졌다는 것은 여전히 무언가 잘못된 일이고, 있을 수 없는 일이며, 거기에 무엇이 있다면 오직 승패의 원리와는 무관한 하늘의 심술 같은 것이 있을 뿐이었다. 따라서 패왕은 패배 뒤의 절망이나 공포보다는 부당한 하늘의 처사에 대한 억울함이나 분개 때문에 더 치열해진 투지로 몸을 떨고 있었다.

'지금까지 크고 작은 싸움이 일흔 번, 나는 한 번도 진 적이 없다. 오늘도 그러하다. 오직 하늘이 나를 망하게 하려 했을 뿐, 나는 결코 싸움에 지지 않았다. 아직 내게는 이 보검과 오추마가 있고 강동의 용사들이 남아 있다. 또 간사한 유방의 술책으로 일시 패퇴하여 흩어졌지만, 서초에는 수십만의 장사와 수백의 맹장이 내 부름을 기다리고 있으며 그곳의 신민들도 여전히 나를 임금으로 여기고 있다. 내 반드시 이 곤궁을 떨치고 저 거록에서 그랬던 것처럼, 함곡관에서처럼, 끝내 승리를 움킬 것이다!'

이윽고 패왕은 그렇게 중얼거리면서 보검의 칼자루를 으스러지게 움켜잡았다. 그때 멀리서 군마가 움직이는 소리가 나며 보루와 방벽 안 진채가 술렁거렸다. 이겨 기세가 오른 군사들 같지 않게 슬금슬금 다가와 진채를 에워싸고 있던 한군이 드디어 공격을 시작하려는 것 같았다.

'이제 몰려오는가. 좋다. 그럼 다시 한번 싸워 보자. 정말로 너희들이 나를 이길 수 있는지.'

패왕이 지그시 이를 사리물며 보검을 칼집에 꽂고 군막을 나왔다. 오추마에 뛰어올라 새 철극을 뽑아 들고 소란스러운 곳을 바라보니 서북쪽으로 뉘엿한 겨울 해를 등지고 방금 한 떼의 인마가 다가와 진세를 펼치는 중이었다. 사면팔방 가운데에서 패왕의 진채가 등지고 있는 동남쪽 산등성이를 빼고 유일하게 비어 있던 곳이었다.

"두려워하지 말라. 각자 맡은 방벽과 보루만 잘 지켜 내면 적은 한 발자국도 우리 진채 안으로 들어올 수 없다."

패왕은 그런 말로 남은 장졸들을 격려하며 한참이나 한군의 움직임을 살폈다. 종리매와 계포의 군사들이 패왕에게로 돌아가는 것을 팽월이 철저하게 차단하는 바람에, 진채 안의 병력은 원래 거기 남겨 두었던 수비병 약간에 패왕을 따라 한군의 포위를 뚫고 나온 본부 병마를 합쳐 만 명을 크게 넘지 않았다. 하지만 그리 넓지 않은 곳에 몰려 있어 그런지 방벽과 보루 사이를 메운 전열(戰列)은 제법 두터웠다.

그런데 알 수 없는 것은 한군이었다. 30만 대군을 모두 그리로 모아들인 듯 겹겹이 초나라 진채를 에워싸고도 해가 질 때까지 아무런 움직임이 없었다.

"저것들이 야습을 하려고 수작을 부리는지도 모르겠다. 방비에 소홀함이 없도록 하라."

패왕이 그런 명을 내리고 자신도 갑옷투구를 걸친 채로 군막에서 기다렸다. 그러나 한군은 그 밤 내내 조용하기만 했다. 초군의 진채를 에워싼 한군의 화톳불만 겨울 밤하늘을 훤하게 비출

뿐, 새벽까지 화살 한 대 날리지 않았다.

한편 한나라 중군 전면에 머물면서 전투의 흐름을 살피고 있던 한왕 유방에게도 그 하루는 무척이나 길고 힘든 날이었다. 처음 패왕이 거센 기세로 밀고 들 때부터 무리무리 중군을 위협하다가 마침내 전세가 뒤집혀 패왕이 패퇴할 때까지 그 반나절, 한왕은 참으로 복잡한 감정의 굴곡을 겪어야 했다.

패왕이 이끄는 초군 본대가 큰 도끼처럼 한나라 전군을 쪼개고 중군 정면으로 치고 들며 앞장선 패왕이 우레 같은 외침으로 자신을 찾자 한왕은 섬뜩한 후회에 빠져들었다.

'역시 무리한 추격이었다. 진성 아래서 한 싸움 이긴 것으로 만족해야 했다. 항우를 돌려보내 강수 동쪽에 가두어 놓고, 천천히 시들어 가기를 기다리는 게 옳았다. 그 땅을 떼어 주고 남은 천하만으로도 임금 노릇 하기에는 넉넉하지 않으냐.'

아직 그 모습조차 보이지 않는데도 한왕은 패왕의 눈길에서 쏟아지는 불길이 얼굴을 지져 오는 듯하고 그 거친 숨소리가 귓가로 다가드는 듯해 절로 가슴이 떨려 왔다.

그러다가 종리매와 계포의 군사들이 패왕의 뒤를 받쳐 다시 한군 정면으로 밀고 들어오는 엄청난 함성 소리를 들었을 때는 광무산에서 쇠뇌에 가슴을 맞았을 때만큼이나 충격을 받았다. 마지막 싸움이 될 것이라는 데서 온 절박감이 유들유들하고 뱃심 좋은 한왕을 전에 없이 소심하고 예민하게 만들었는지도 모를 일이었다. 패왕의 본대도 감당하지 못해 허둥대는 장졸들을 놀라게 하지 않으려고 겉으로는 태연한 척 억지로 버티고는 있어도, 마음속은 보다 근원적인 후회로 조금씩 무너져 내리고 있었다.

'내 너무 멀리 왔는가. 저 넉넉하고 지키기 좋은 관중 땅에서, 아니 그보다 훨씬 더 이전, 저 거칠 것 없고 배짱 편하던 패현 저잣거리에서…….'

그리고 하마터면 거추장스러운 황옥거를 버리고 달아나기에 좋은 말로 갈아탈 뻔하였다. 다행히 황옥거 곁에 붙어 서 있던 장량이 그런 한왕의 마음을 읽었던지 허리를 숙여 나직이 귀띔해 주었다.

"적의 기세가 자못 날카로우나 너무 심려하지 마십시오. 대장군의 안배가 있을 것입니다. 아까부터 그 부장 공희와 진하가 거느린 5만 군이 보이지 않습니다. 곧 그들이 나타나 저들의 옆구리를 찌를 것입니다. 그러면 항왕은 결코 여기까지 이르지 못합니다."

그 말에 한왕은 퍼뜩 정신이 돌아왔다. 자신의 위축을 부끄러워하며, 눈부신 순발력으로 평소의 여유와 배짱을 되찾아 소리쳤다.

"번쾌와 역상은 어디 있는가? 어서 달려가 전군을 도우라!"

"저희들은 여기서 어가와 중군을 지켜야 합니다. 대장군의 엄명이니 함부로 위치를 바꿀 수 없습니다."

멀지 않은 곳에 있던 번쾌와 역상이 달려와 난처한 얼굴로 그렇게 말했다. 그러나 한왕은 순간의 감각을 고집해 의연하게 소리쳤다.

"전군이 무너지면 중군도 없다. 한신에게 가서 과인의 명을 전하고 함께 전군을 지키라!"

그렇게 꾸짖듯 하여 역상과 번쾌의 3만 군사를 전군으로 돌출시켰다. 하지만 그뿐이었다. 그 뒤로부터 천천히 전세가 뒤집힐 때까지 한 식경, 한왕은 여전히 그 앞뒤 없는 후회와 패배의 예감에 시달려야 했다.

그러다가 어느 순간부터인가 중군으로 밀고 드는 초나라 군사들의 압력이 느껴질 만큼 줄어들고, 듣기만 해도 절로 몸이 움찔거리는 패왕의 호통 소리가 점점 멀어지면서 한왕은 비로소 그 고약한 느낌에서 벗어났다. 하지만 이어 그때껏 용케 버티고 앉아 있던 황옥거 주변이 전에 없이 두터워지는 느낌과 함께 난데없는 고요가 찾아들자 이번에는 야릇한 마비에 빠져들기 시작했다. 한왕은 나른한 졸음 같기도 하고 터무니없는 방심 같기도 한 상태로 몸이 굳어 한참이나 손가락 하나 까딱할 수 없었다.

그렇게 얼마나 지났을까? 갑자기 새로운 종류의 소란으로 중군 주변이 수런거리면서 한왕도 천천히 그 마비에서 깨어났다. 알아들을 만큼 드높은 한군의 환성과 함께 멀어지면서 더 드높아지는 듯한 그들 인마의 발자국 소리에 이어 한신이 보낸 전령이 달려와 알렸다.

"대왕, 마침내 항우가 달아났습니다. 대장군께서 몸소 항우를 뒤쫓고 계십니다."

"하지만 그는 또 올 것이다. 대장군에게 방심하지 말고 대비하라 이르라."

한왕이 겨우 정신을 가다듬어 그런 대답을 주어 보내는데, 다시 팽월이 보낸 전령이 달려와 알렸다.

"종리매와 계포의 잔병을 각기 다른 방향으로 멀리 쫓아 버렸습니다. 이제 항우에게는 그와 함께 겨우 빠져나간 강동병 몇 천뿐입니다."

"여기는 서초 땅이다. 계포와 종리매가 흩어진 군사를 되모으고 제 백성과 군량을 거두어 항우에게로 돌아간다면 더 큰 우환거리를 만들 수 있다. 군사 한 갈래를 풀어 종리매와 계포를 급히 뒤쫓게 해, 그들로 하여금 다시 항우에게로 돌아올 엄두를 내지 못하게 하라."

한왕은 이번에도 이긴 게 전혀 실감이 나지 않아 그렇게 단속부터 했다.

그 뒤 한 시진, 패왕과 종리매 및 계포의 군사들을 물리쳤을 뿐만 아니라, 거의 궤멸에 가까운 타격을 주고 각기 다른 방향으로 멀리 쫓아 버리고 돌아온 장수들이 저마다 한왕을 찾아보고 전공을 알려 왔을 때도 그랬다. 한왕도 이긴 게 실감나지 않기로는 도무지 진 게 실감나지 않는 패왕이나 마찬가지였다.

'다 끝났는가. 저 가늠 못할 괴력의 사나이와 그를 따르는 무리들의 무시무시한 투혼을 마침내 나의 장수와 군사들이 꺾었는가. 드디어 항우를 이긴 것인가.'

그렇게 중얼거리며 승리를 믿으려고 애썼다. 그러나 진성의 싸움에 이어 두 번째로 패왕과의 정면 대결에서 밀리지 않았다는 것뿐, 그를 온전히 이겼다는 느낌은 아직 들지 않았다. 장량이 말을 달려 승리로 끝난 싸움터를 살펴보러 간 뒤에도 한왕은 여전히 이상한 허탈감에 빠져 황옥거 안에 머물러 있었다. 그렇게도 간절히 기다렸던 한신과 팽월, 경포가 모두 달려와 이제 자신이 이끌어 낼 수 있는 힘은 모두 이끌어 내고도 그토록 힘겹게 이겼다는 것이 그 승리의 무게를 덜어 버린 탓인지도 모를 일이었다.

한왕 유방이 해하 싸움에서 이긴 것을 실감하기 시작한 것은 싸움터를 살피러 간 장량이 멀리 한군이 에워싸고 있는 초나라 진채까지 돌아보고 온 뒤였다.

"항우는 어디서 무얼 하고 있소?"

돌아온 장량을 보고 한왕이 그렇게 묻자 장량이 밝은 얼굴로 대답했다.

"남은 군사 만여 명과 함께 해하 남쪽에 구축해 둔 진지로 들었습니다."

"그가 공들여 수리한 구성(舊城)도 있다고 들었는데, 어찌하여 성에 들지 않고 진지로 들었다는 것이오?"

"그 진지는 항왕이 5만 군사로 보름 넘게 구축한 것이라 낡고 좁은 해하 구성에 비할 바 아닙니다. 녹각과 목책을 촘촘히 두른 데다 방벽이 두텁고 보루가 높아 일당백의 요해처에 뒤지지 않습니다. 거기다가 거기에는 군량까지 제법 갈무리해 두어 굳게 지키려고만 들면 꽤나 버틸 수 있는 곳입니다."

"그렇다면 이번에는 초군이 먼저 요해처를 골라 진지를 차리고 들어앉았다는 뜻이로구나. 자칫 광무산에서 항우가 당한 낭패를 이번에는 우리가 당하게 될 수도 있지 않은가?"

한왕이 가슴이 철렁해 물었다. 그러나 장량은 별로 걱정하는 기색이 없었다.

"하지만 이곳은 광무산이 아니고 초군 진지의 지리(地利)도 서광무와는 비할 바가 못 됩니다. 거기다가 항왕이 그 진지에 든 것은 반드시 거기서 오래 버티기 위해서가 아닙니다. 성에서 빠져나오기보다는 떨치고 달아나기가 용이해 진지 쪽을 고른 것이니, 항왕은 오래잖아 그곳을 버리고 떠날 것입니다."

"그렇다고 아무런 원병도 없는데 만 명도 안 되는 군사를 30만 대군이 에워싸고 있는 진지 밖으로 내몰기야 하겠소?"

"그렇게 되도록 만들어야지요. 달리 대장군이 꾀하는 바가 있을 것입니다."

그때 마침 제왕 한신이 불리어 온 듯 한왕의 군막으로 들어왔다. 한왕이 갑자기 사람이 변한 것처럼 활기차게 일어나 한신을 맞았다. 그리고 그의 간략한 복명(復命)을 떠들썩한 치하로 받다가 문득 지나가는 말처럼 물었다.

"그래 항우는 어떻게 사로잡을 것이오? 듣기로는 일찍이 소혈삼아 쓰려고 마련해 둔 진지로 숨어들었다는데, 쉽게 잡아 낼 계책이 있소?"

"비록 항왕이 우리 대군에 에워싸였으나 아직은 성난 호랑이의 기세가 남았습니다. 며칠 그 이빨과 발톱이 무디어지기를 기다려 마지막 몰이를 해 보겠습니다."

"그게 언제요? 그날은 과인도 제왕과 말머리를 나란히 하고 그 엄청난 호랑이 사냥을 지켜보고 싶소."

"그리 오래 기다리시지는 않아도 될 것입니다. 그날이 오면 대왕께 아뢰고 그곳으로 모시겠습니다."

한신이 전에 없이 자신에 찬 어조로 그렇게 받았다. 그제야 한왕도 비로소 해하 싸움의 승리를 온전하게 실감할 수 있었다.

그럭저럭 밤이 지나고, 해하 진지 안에 남은 초나라 군사들이 한군에게 물샐틈없이 에워싸인 채 맞는 첫날이 밝았다. 갑옷투구를 걸친 채 밤을 보낸 패왕 항우가 새벽같이 군막을 나와 방벽과 보루를 돌아보는데 강동에서부터 따라온 젊은 사인(舍人) 하나가 풀죽은 얼굴로 말했다.

"대왕께 아룁니다. 밤새 진채를 빠져나간 군사가 적지 않은 듯합니다. 대책을 세우셔야 합니다."

그 말에 놀란 패왕이 사람을 시켜 헤어 보게 하니 그 밤에 달아난 군사만도 천 명이 넘었다. 하지만 그때까지도 패왕은 그게 바로 자신을 에워싸고 있는 한나라 대군이 조용히 기다리고 있는 일임을 알아차리지는 못했다.

한군의 움직임은 다음 날도 전날과 비슷하였다. 수십 배의 병력으로 초군을 에워싸고도 무엇 때문인지 화살 한 대 날리지 않고 북소리 한번 크게 내지 않았다. 패왕은 이번에도 한군이 야습을 꾸미는가 의심했지만 그것도 아니었다. 장졸을 단속해 삼경이 되도록 긴장을 풀지 않았으나, 화톳불과 인마의 수런거림만 더 요란해졌을 뿐 한군의 공격은 없었다.

패왕은 한군이 수십 배의 군사로 에워싸고 있으면서도 바로 치고 들지 않는 게 오히려 더 불길하게 느껴졌으나, 그렇게 이틀 밤이 지나자 차츰 군사적인 자부와 자신감이 되살아나면서 패배 직후의 절망적인 투혼에서 놓여났다.

'이것들이 진지전에 겁을 먹은 모양이구나. 저 광무산에서 했던 것처럼 또 기다리기만 할 작정이로구나. 한없이 기다리며 남의 빈틈만 엿보는 저 비루한 천골(賤骨). 하지만 이번만은 네 뜻대로 되지 않을 것이다. 차라리 잘되었다. 이대로 버티면서 종리매와 계포가 흩어진 군사들을 모아 구원을 오기를 기다리자. 지금 여기에는 보이지 않는 종숙(從叔)이나 종반(從班)들도 서초 땅으로 스며들어 뜻있는 장사들을 거둬들일 것이고, 일전에 사람을 보낸 강동에서 원병이 올 수도 있다. 그들이 이르면 불시에 뛰쳐나가 안팎에서 들이치고 유방을 사로잡을 것이다.'

그렇게 중얼거리며 새벽녘에야 잠시 눈을 붙였다. 그런데 눈을 뜨니 어제 아침의 그 사인이 머뭇거리며 다가와 알렸다.

"대왕, 밤사이에 또 적지 않은 장졸들이 달아났습니다."

그제야 불안해진 패왕이 물었다.

"얼마나 줄었느냐?"

"이번에는 2천이 넘는다고 합니다."

그 말에 패왕은 비로소 한군이 그 이틀 그저 에워싸기만 한 채 말없이 기다려 온 것이 무엇인지 알 듯했다. 패왕은 그 간교함에 울컥 속이 치밀었으나 이를 지그시 악물고 참았다. 아무리 화가 나도 만 명을 채우지 못하는 군사를 30만이 넘는 대군 사이로 몰아넣을 수는 없었다. 다만 오추마에 높이 앉아 끊임없이 녹각과 목책 안을 돌며 행여 있을지 모르는 절묘한 승기(勝機)를 노렸다. 한왕 유방이 잘 그래 왔듯, 허세를 부리려고 초군 진채 가까이 스스로 다가드는 때 같은 게 바로 패왕 항우가 노리는 바였다. 그때는 언제든 뛰쳐나갈 채비가 되어 있는 천여 기마대와 5천의 정병으로 불같이 치고 들어 단숨에 한왕의 목을 베고 전세를 뒤집어 놓을 작정이었다.

하지만 그런 패왕의 속셈을 읽기라도 한 듯 그날따라 한왕 유방은 초군 진채 근처에 얼씬도 하지 않았다. 한신과 장량만이 철기에 에워싸인 채 몇 차례 멀찌감치서 살펴보고 갔을 뿐이었다.

그러다가 해 질 무렵이 되자 방패를 든 부대를 앞세워 화살 닿을 거리로 에움을 죄었다. 에워싼 길이가 줄어든 만큼 에움은 두터워져 진채 안의 초군들은 그런 한군들을 바라보는 것만으로도 숨이 막힐 지경이었다.

그런 가운데서도 패왕의 기개는 전혀 움츠러들지 않았다. 한편으로는 흔들리는 장졸들을 다잡고 다른 한편으로는 희망으로 그 기세를 북돋아 주었다.

"겁낼 것 없다. 우리가 굳게 지키기만 하면 적은 결코 우리 진채 안으로 들어오지 못한다. 거기다가 우리 우물은 물이 넘쳐흐르고 군량과 마초도 넉넉하다. 열흘만 버텨라. 열흘만 버티면 계포와 종리매가 흩어진 군사를 수습해 돌아올 것이며, 또 여기 없는 항백, 항양, 항타 같은 우리 족중의 장상(將相)들도 그냥 있지 않을 것이다. 서초 땅의 여러 성읍을 지키던 수장들과 그 군사들만 모아도 10만은 쉽게 채울 수 있다. 그들이 돌아와 우리와 안팎에서 호응하면 저 까마귀 떼 같은 한군은 30만이 아니라 백만이 와도 한 싸움으로 산산조각 낼 수 있다!"

이윽고 해가 지고 패왕 항우가 한신의 대군에게 에워싸인 채 세 번째로 맞는 밤이 되었다.

그런데 그날 밤은 전날과 달랐다. 날이 저물기 바쁘게 무슨 잔치라도 벌이는지 패왕의 진채를 에워싼 한나라 진중 모두가 수런거리기 시작했다. 술 냄새, 고기 굽는 냄새가 바람을 타고 초나라 진채로 날아들고, 왁자한 웃음소리와 흥겨운 노랫가락까지 들려왔다.

"간교한 한신이 거꾸로 우리의 야습을 유도하는구나. 속임수에 넘어가서는 안 된다."

패왕이 그렇게 말하고 초저녁부터 군막에 들어 쉬었다. 그런데 이경 무렵이었다. 갑자기 사방에서 떠들썩하게 노랫소리가 들려오기 시작했다. 처음에는 한군의 술판이 무르익어 흘러나오는 노래인가 싶었는데, 패왕이 가만히 귀 기울여 보니 그게 아니었다. 여기저기서 점점 높아지는 노래는 모두 초가(楚歌)였다.

초가는 오유(吳歈), 월음(越吟) 따위 같은 남방의 노래로 정의(情意)를 드러냄이 솔직하면서도 강렬하다. 특히 슬픔이나 괴로움을 노래할 때는 비장하면서도 애절하여 듣는 이의 가슴을 저리게 한다. 그런데 괴이쩍게도 취한 한군이 모두 그 초가를 부르고 있었다.

밤이 깊을수록 사방에서 들리는 초가 소리는 점점 커졌다. 그것도 목청 좋은 사졸이 비장하고 애절한 가사만 골라 부르는지 금세 초나라 진채는 한숨과 탄식에 잠겼다. 고향에 계신 늙은 어머니가 병졸로 뽑혀 간 아들이 그리워 울고, 홀로 남겨진 젊은 아내가 싸우다 죽은 지아비를 슬피 불렀다. 아들 잃은 늙은 어버이와 아비 잃은 어린 자식이 걸식하며 떠돌고, 손발같이 자란 형제가 싸움터에 끌려 나간 혈육을 걱정하며 기다리는 심경이 으스름 달빛 아래 구성진 가락으로 울려 퍼졌다.

군기가 철석같은 패왕의 심지도 그렇게 애절하게 들려오는 고향의 노래에는 견뎌 내지 못했다. 전장을 내달린 여덟 해, 떠나온 고향과 그동안에 잃어버린 혈육들을 떠올리며 심란해하고 있는데, 갑자기 가슴 섬뜩하게 떠오르는 게 있었다.

'한군이 이미 우리 초나라 땅을 다 차지한 모양이로구나. 그렇지 않고서야 한군 속에 어찌 저리도 초나라 사람이 많을 수 있느냐!'

그러다가 다시 생각했다.

'그런데 하필이면 이 겨울밤에, 여기서 무슨 일로 저렇게 많은 군사들로 하여금 초나라 노래를 부르게 한단 말이냐? 절로 저런 노랫가락이 흘러나온 것 같지는 않구나…….'

그렇게 중얼거리며 의아해하고 있는데 갑자기 진채 가까운 둔덕에서 구성진 피리 소리가 흘러나오더니 이어 모든 초나라 장졸이 다 들을 수 있을 만큼 뚜렷한 노랫소리가 들렸다. 뒷날 『서한연의』를 쓴 종산거사는 자신이 지은 것인지 들은 것을 옮긴 것인지 모르지만 그 노랫말을 이렇게 전한다.

9월이라 가을 깊어, 들판마다 서리가 날리는구나.

[九月深秋兮 四野飛霜]

하늘 높고 물 마르는데 떨며 나는 기러기 슬퍼라.

[天高水涸兮 寒雁悲愴]

변경을 지키는 괴로움이여, 밤낮 없이 싸움터인데

[最苦戍邊兮 日夜疆場]

적군은 사납고 매서워 모래언덕에 뼈를 흩게 하네.

[彼堅執銳兮 骨立沙岡]

집 떠난 지 어언 10년인가, 어버이는 생이별이요

[離家十年兮 父母生別]

처자식은 어떻게 견디랴, 홀로 잠들어야 하는 밤을.

[妻子何堪兮 獨宿閨房]

고향의 메마른 논밭은 그 어떤 이와 함께 지키며

[故山腴土兮 孰與之守]

이웃집 술이 익은들 그 누구와 더불어 맛보리오.

[隣家酒熟兮 誰與之嘗]

머리 흰 어버이 사립문에 기대 가을 달만 바라보고

[白髮倚門兮 望穿秋月]

어린것 배고파 울 터이니 간장이 끊어지는 듯하네.

[穉子涕飢兮 沮斷肝腸]

바람에 되말 울부짖음도 제 땅을 그리워함일지니

[胡馬嘶風兮 尙知戀土]

나그네 된 지 아무리 오래인들 어찌 고향을 잊으리.

[人生客久兮 寧忘故鄕]

한 번 싸움이 벌어지면 칼날 아래 모두 죽게 될 터

[一旦交兵兮 蹈刃而死]

뼈와 살은 진흙이 되어 개울가의 풀을 덮을 것이요

[骨肉爲泥兮 衰草濠梁]

넋과 얼은 허공을 떠돌며 깃들 곳을 알지 못하리라.

[魂魄悠悠兮 罔知所倚]

씩씩한 뜻 쓸쓸히 허물어져 거칠고 갈피 못 잡으니

[壯志寥寥兮 付之荒唐]

이처럼 기나긴 밤에는 고향으로 돌아갈 생각뿐이네.

[當此永夜兮 追思退省]

서둘러 흩어져 초나라로 달아남도 죽음을 면할 방도

[急早散楚兮 免死殊方]

이 노래는 너를 살리려고 하늘이 내려보낸 소리니

[此歌豈誕兮 天譴鼓角]

네 이미 그 뜻을 알았거든 너무 막막해하지 말라.

[爾旣知命兮 勿爲渺茫]

한왕께서 덕이 높아 항복한 군사는 죽이지 않으니

[漢王有德兮 降軍不殺]

돌아가기를 애달피 아뢰면 훨훨 날아가게 놓아주리.

[哀告歸情兮 放爾皐羽翔]

빈 진영을 지키지 말지니, 군량 길은 이미 끊겼노라.

[勿守空營兮 糧道旣絶]

머지않아 사로잡히는 날 옥과 돌이 함께 다치리라.

[脂日擒羽兮 玉石具傷]

거기까지 듣자 패왕도 드디어 한군이 초저녁부터 술판, 노래판을 벌인 속셈을 알아차렸다. 칼자루를 잡고 몸을 일으키며 울컥 치솟는 분기를 달래는데, 종제 항장(項壯)이 군막으로 달려와 말했다.

"대왕, 큰일 났습니다. 노랫소리에 홀린 사졸들이 마구 진채를 빠져나가고 있습니다. 어서 막아야 합니다."

그제야 퍼뜩 정신이 든 패왕이 달아나는 사졸들을 모조리 잡아다 목 베라고 소리치려다 말고 씁쓸히 웃었다.

"과인도 저 노래를 듣고 크게 심란하였다. 거기다가 이미 초나라 사람이 모두 항복하여 한군 진영에 든 듯한데, 한낱 졸오(卒伍)의 병사에게 어찌 이 진지 안에서 무망하게 죽어 가기를 바랄 수 있으랴!"

그러고는 항장을 보며 말했다.

"이미 마음이 변해 떠나는 것들을 억지로 붙잡아 무엇하겠는가? 가고 싶은 자는 가게 두고, 나머지 장졸은 모두 과인의 군막 앞으로 모이게 하라."

그런 패왕의 어조에는 그때 이미 어떤 결연함이 스며 있었다.

항장이 명을 받고 군막을 나가자 패왕이 다시 시중드는 군사를 불러 술상을 차려 오게 하였다. 시중드는 군사가 비장한 예감을 담아 있는 것, 없는 것 모두 차린 술상을 차려 내왔을 때는 이미 삼경이었다. 패왕이 스스로 따라 큰 잔으로 연거푸 석 잔을 마시더니 이내 마음을 굳힌 듯 다시 시중드는 군사에게 시켰다.

"가서 우(虞) 미인을 불러오너라. 그리고 등불을 늘려 군막 안을 밝게 하라!"

아마도 패왕은 그때 이미 해하의 진채에서 탈출할 마음을 굳히고 있었던 듯하다. 그러나 그것은 겹겹이 에워싼 한나라의 30만 대군을 잘해야 몇 천 명으로 뚫고 나가야 하는 처절한 탈출이었다.

3년 전 한왕이 이끄는 제후군 56만에게 팽성을 빼앗기면서 함께 잃을 뻔한 뒤로 패왕은 언제나 우 미인을 싸움터에 데리고 다녔다. 한군데 멈추어 싸울 때는 가까운 성읍에 옮겨 지키게 했고, 움직이며 싸울 때는 군중에 두고 함께 움직이며 시중들게 하였다. 특히 광무산에서 물러나면서부터는 아예 패왕의 군막 곁에 몇 사람의 시중꾼과 함께 따로 한 군막을 쓰게 했다.

하지만 어디까지나 그것은 패왕이 한군과 대치하며 진채를 유지할 수 있을 때나 가능했다. 진채를 버리고 의지가지없이 쫓기면서 우 미인을 데리고 다닐 수는 없고, 당장은 그녀를 보호해 한군의 두터운 포위를 벗어나는 것조차 어려웠다. 따라서 이제 더는 그녀를 데려갈 수 없음을 깨달은 패왕은 그날 밤 나름대로 우 미인과 이별의 의식을 치르려 한 것임에 틀림없었다.

곧 곱절이나 밝혀진 패왕의 군막 안으로 항장에게 불려 온 장수들이 먼저 찾아들고 수천 수백의 병졸들도 패왕의 군막 주변으로 소리 없이 몰려들었다. 이어 그 어떤 예감에 이끌렸던지 삼경이 지나도록 단장까지 하고 기다리던 우 미인이 하늘하늘 패왕의 군막으로 들어섰다. 우 미인을 보자 패왕은 말없이 술 한 잔을 더 들이켰다. 그리고 비감으로 깊게 가라앉은 목소리를 애써 끌어올려 말했다.

"춤을 추어라. 내 오늘 밤 취하도록 마시면서 그대의 춤을 보리라!"

그 말에 우 미인이 별빛 같은 눈길을 들어 그윽이 패왕의 얼굴을 바라보다가 말없이 일어났다. 그리고 잠깐 옷매무새를 가다듬는 시늉을 하더니 이내 춤을 추기 시작했다.

초나라 춤[楚舞]은 남방 특유의 격렬한 정서를 솔직하면서도 관능적인 표정과 동작으로 풀어낸 것이라고 한다. 초나라 노래[楚歌]와 마찬가지로 아름다우면서도 애절하게 호소하는 듯한 데가 있어 당시에 널리 사랑받았던 듯하다. 한왕 유방에게도 척희(戚姬)라는 초나라 여인이 있어, 이따금 한왕 스스로 초나라 노래를 지어 부르면서 그녀에게 초나라 춤을 추게 하며 즐겼다고 한다.

우 미인이 춤추는 것을 본 패왕의 시종들이 굵은 촛불을 몇 개 더 가져다 방 안을 보다 밝게 했다. 거기다가 화사하게 단장한 우 미인이 비단 옷자락을 날리면서 춤을 추니 무겁고 어둑하던 군막 안은 일시에 환한 봄날을 만난 듯하였다. 패왕이 마치 눈시울에 그런 우 미인을 담아 가려는 듯 술기운이 어린 눈을 부릅뜨고 바라보았다. 방 안에 있던 시종들은 물론 불려 온 장수들까지도 한쪽으로 물러서서 우 미인의 춤을 구경했다.

춤은 갈수록 애조 띤 고혹(蠱惑)으로 군막 안을 채우고 바라보는 사람들의 심금을 울렸다. 그렇게 얼마나 흘렀을까? 부릅뜬 눈으로 우 미인의 춤을 보고 있던 패왕이 갑자기 보검을 쓸어안으며 읊조리기 시작했다.

힘은 산을 뽑을 만함이여, 기개는 세상을 덮었어라.

[力拔山兮氣蓋世]

때가 이롭지 못함이여, 오추마(烏騅馬)마저 닫지 않네.

[時不利兮騅不逝]

오추마 닫지 않음이여, 그 일은 어찌해 본다 해도

[騅不逝兮可奈何]

우여, 우여, 어찌할 것인가. 너를 어찌할 것인가.

[虞兮虞兮奈若何]

마치 크게 상처 입은 호랑이가 깊은 동굴 속에서 울부짖는 것 같았다.

노래를 마친 패왕이 다시 술 한잔을 들이켠 뒤, 뒷날 '해하가(垓下歌)'로 불리게 된 그 노래를 한 번 더 되풀이했다. 노래를 마친 패왕의 두 눈에서는 굵은 눈물이 번쩍이며 흘러내렸다. 춤을 추던 우 미인도 울며 그 노래를 따라 불렀다. 곁에서 시중들던 사람들과 군막으로 불려 왔던 장수들도 모두 눈물을 흘리며 차마 패왕을 바로 쳐다보지 못하였다.

온 군막 안이 소리 죽여 울고 있는데 패왕이 다시 한번 상처받은 호랑이가 울부짖듯 해하가를 읊조렸다. 이윽고 노래는 끝나고 마지막 구절의 여운만 사람들의 귓속 가득 남았다.

'우여, 우여, 너를 어찌할 것인가…….'

듣는 이에게마다 뜻은 다르게 들렸으나, 그 절실하고 비장한 울림은 비슷했다. 그때 갑자기 춤을 멈춘 우 미인이 자신의 노래로 패왕의 노래에 화답했다.

한나라 병졸들 이미 우리 땅을 모두 차지해 [漢兵已略地]
사방에 들리느니 초나라 노랫소리뿐이네. [四方楚歌聲]
대왕의 드높던 뜻과 기개마저 다하였으니 [大王意氣盡]
하찮은 이 몸 어찌 살기를 바랄 수 있으리. [賤妾何聊生]

뒷날 '화해하가(和垓下歌)'란 이름이 붙은 그 노래를 마친 우 미인이 갑자기 소매에서 시퍼런 비수 한 자루를 빼 들었다.

"대왕, 제가 갈 길은 이미 제가 알고 있사옵니다. 남장을 하고 갑주에 싸여 전장을 따르는 것도 이 밤으로 끝이겠지요. 수천 인마로 수십만 대군을 뚫고 나가야 하는 대왕의 길을 제가 어찌 따를 수 있겠습니까? 하오나 대왕, 부디 옛 의기 꺾이지 마시고 무사히 강동으로 돌아가소서. 뒷날 반드시 흙먼지 말아 올리며 다시 돌아오시어[捲土重來] 이 몸의 죽음을 헛되게 하지 마소서."

그렇게 말을 마친 우 미인은 그 비수로 자신의 목을 깊이 찌르고 쓰러졌다. 패왕은 우 미인이 칼을 빼 들 때 튕겨 오르듯 몸을 일으켰다. 하지만 우뚝 일어선 것으로 그뿐, 갑자기 몸이 굳어 버린 사람처럼 두 눈을 부릅뜨고 그런 우 미인을 쳐다보기만 했다. 그러다가…… 목으로 새빨간 피가 솟구치면서도 미처 숨이 끊어지지 않은 우 미인의 몸이 작은 새처럼 파들거리며 고통에 떨고 있자, 갑자기 벌떡 몸을 일으키더니 보검을 뽑아 한칼로 그 숨을 끊어 주고 군막을 나갔다.

"고이 묻어 주어라."

뒤따르는 젊은 사인에게 그렇게 나직이 일러 주는 패왕의 목소리는 낙목한천(落木寒天)을 불어 가는 겨울바람 소리처럼 차고도 메말랐다.

태사공의 『사기』에는 "(항왕이) 몇 차례 노래하자 미인도 화답하여 노래하였다. 항왕의 눈에서 몇 줄기 눈물이 흘러내리니, 함께 있던 사람이 모두 눈물을 흘리며 차마 바라보지 못하였다[歌數闋 美人和之 項王泣數行下 左右皆泣 莫能仰視]."라고만 되어 있을 뿐 그 뒤 우 미인이 어찌 되었는지는 기록되어 있지 않다. 그다음은 바로 패왕이 8백 기와 더불어 해하의 진채에서 탈출하는 구절로 이어진다.

태사공은 『사기』를 쓰기 전에 여러 곳을 돌아보며 민담과 설화를 수집하였고, 그 가운데는 우 미인의 죽음에 관한 것도 틀림없이 있었다. 그런데도 그 마지막 정황을 기록하지 않은 것은 목격자가 거의 살아남지 못했다는 것 때문에 더욱 다양해진 민담의 변주(變奏) 때문이었을 것이다. 사실만을 전하고자 하는 태사공의 기록 정신에, 누구도 그 진정성을 확인해 줄 수 없는 여러 갈래의 전언 가운데 하나를 정설(定說)로 고르기는 어려울 수밖에 없었다. 그 바람에 우 미인이 죽어 간 모습은 뒷사람의 상상력에 맡겨지고 말았다.

그 상상력 가운데 가장 흔히 듣게 되는 것은 우 미인이 스스로 목숨을 끊었다는 설정이다. 하지만 스스로 목숨을 끊었다는 설정도 그 전개는 다시 크게 세 가지로 나누어진다. 하나는 패왕이 그 자살을 유도 또는 자극하는 형태이다.

"유방이 호색하니 너를 보면 어여삐 여겨 살려 줄 것이다. 그렇게라도 살아 하늘의 호생지덕(好生之德)을 누려라. 과인은 죽어도 결코 너를 허물하지 않으리라!"

민담이나 연의 가운데는 해하가를 끝낸 패왕이 우 미인에게 그렇게 말했다고 되어 있는 것이 있다. 얼핏 들으면 그 말은 우 미인을 향한 패왕의 끝없는 사랑과 아울러 독점의 집착을 벗어던진 허심함까지 보여 주는 듯하다. 하지만 그 몇 년 생사를 넘나드는 전쟁터까지 함께하며 불같은 사랑을 나눠 온 우 미인에게는 그보다 더한 자포자기의 유도나 순사(殉死)의 자극으로 들리는 말도 드물었을 것이다.

그다음으로는 우 미인의 죽음을 순수한 자살로 여겨 주는 설정이다. 경극이나 일부 민담에서 보이는 유미적(唯美的) 상상으로, 흔히 우 미인은 패왕의 보검을 빌어 목숨을 끊는 것으로 나온다. 거기서 우 미인의 자살은 오로지 비통과 절망 속에 좌초한 열정과 사랑 또는 사지를 뚫고 나가야 하는 정인(情人)에게 부담을 주지 않기 위한 자기희생의 결단으로 그려진다.

마지막은 앞서와 정반대로 우 미인의 자살을 패왕의 강요와 압박 때문으로 해석하는 쪽이다. 어떤 이는 해하가 마지막 구절에서 우 미인을 반복해 부르는 간투사(間投詞) 혜(兮)의 강렬함이, 이어지는 '어찌할 것인가[奈若何]'를 뿌리치기 어려운 강요로 만든다고 주장하기도 한다. 다시 말해 패왕은 어찌할 바를 몰라 슬피 노래한 것이 아니라 우 미인에게 이제 죽어 달라고 처절하게 요청한 것이며, 우 미인은 그 강박에 몰려 죽음을 쓸어안은 것으로 보는 것이다. 반드시 박절하게만 볼 수 없는 해석이다.

그렇지만 강요된 자살이란 설정까지도 패왕의 직정(直情)이나 순수함에 호감을 품은 뒷사람들의 상상력으로 재구성된 것일 수 있다. 그들과는 달리 패왕을, 그 인간성에 숨어 있는 흉성(兇性)의 특이한 발로 또는 시황제를 갈음한 새로운 형태의 잔학과 폭력으로 보는 사람들은 그날 밤 패왕이 우 미인을 손수 베어 죽인 것으로 단정하고 있다. 소유욕과 지배욕의 화신으로서의 패왕에 몰아적(沒我的) 순종과 희생의 여성성(女性性)인 우 미인을 대비한 설정이다.

하지만 그들도 패왕과 우 미인의 불같고 애절한 사랑, 특히 우 미인의 처절하여 아름다운 죽음을 향한 뒷사람들의 연민과 애긍(哀矜)까지 가리지는 못했다. 그리하여 다시 세상에 전해지게 된 것이 우 미인이 죽은 뒤에 생겨난 우미인초(虞美人草) 설화이다. 곧 우 미인이 피 흘리며 쓰러져 죽었던 그 자리, 또는 그녀를 가엾게 여겨 누군가가 거두어 준 그 무덤에 이듬해 한 줄기 아름다운 들꽃이 돋았는데, 사람들은 그게 바로 우 미인의 넋이라 하여 우미인초라 이름 하게 되었다고 한다.

우미인초는 여춘화(麗春花), 개양귀비, 애기아편꽃 등으로 불리는 양귀비과의 풀꽃이다. 양비귀꽃처럼 아름다우나 키가 작고 가냘파서 보다 섬약하고 가련한 느낌을 주며, 줄기가 가늘고 부드러워 한들거리는 것이 춤추는 것 같아 따로 무초(舞草)라는 이름을 얻기도 했다. 그 생김이나 풍겨 오는 느낌이 절묘하다고 할 만큼 우 미인의 심상(心象)과 맞아떨어지는 꽃이다.

당송팔대가(唐宋八大家)의 하나인 남풍 선생(南豊先生) 증자고(曾子固, 증공)는 그 우미인초를 빌어 우 미인의 죽음과 초한의 쟁패에 서린 감회를 노래하였다. 명나라 때에야 그 시가 증자고의 문집인 『융평집(隆平集)』이나 『원풍유고(元豊類稿)』 어디에도 없고, 뒷사람인 허언국(許彦國)이 지은 것으로 밝혀졌으나, 증자고가 지은 것으로 여겨져 사람들의 입에 오래 오르내렸을 만큼 시의(詩意)가 절실한 데가 있어 여기에 옮겨 본다.

홍문의 잔치 끝나자 옥 술잔 눈 날리듯 부서지고
[鴻門玉斗粉如雪]
항복한 진나라 군사 수십만 한밤중에 파묻혀 죽었네.
[十萬降兵夜流血]
3백 리에 걸친 함양 아방궁 석 달이나 붉게 타니
[咸陽宮殿三月紅]
패왕의 꿈 그 연기와 깜부기불 질 때 함께 사라졌네.
[霸業已逐煙燼滅]

모질고 사나운 자 죽고 어질고 의로운 이 왕이 되니

[剛强必死仁義王]

음릉에서 길 잃어 헤맴 하늘이 망하게 한 게 아니네.

[陰陵失道非天亡]

영웅은 일찍이 만인과 맞서 싸우는 법을 배웠거늘

[英雄本學萬人敵]

단장한 여인 앞에서 무슨 일로 그리 슬퍼하였는가.

[何用屑屑悲紅粧]

군사들은 모두 흩어져 없어지고 깃발은 쓰러지니

[三軍散盡旌旗倒]

비단 장막 안의 미인, 시름으로 앉아서 늙어 가네.

[玉帳佳人坐中老]

향기로운 넋은 으스름 밤 칼 빛 따라 날아오르고

[香魂夜逐劍光飛]

그 맑은 피는 쓸쓸한 들판 위에 풀이 되어 돋았네.

[淸血化爲原上草]

꽃다운 마음 외롭고 적막해 찬 가지에 깃들였는지

[芳心寂寞寄寒枝]

옛 고향 노래 들려오면 아미를 찡그리는 듯하네.

[舊曲聞來似斂眉]

슬픔과 원망으로 한들거리며 수심 어려 말 없으니

[哀怨徘徊愁不語]

진중에서 처음 초나라 노래를 들었을 그때 같네.

[恰如初聽楚歌時]

도도하게 흐르는 물 옛날과 지금이 다름이 없고

[滔滔逝水流今古]

흥망을 다투던 영웅은 두 개의 흙더미로 남았구나.

[漢楚興亡兩丘土]

그때 있었던 옛일 모두 허망하게 된 지 오래인데

[當年遺事久成空]

강개해 비우는 술통 앞에서 누구를 위해 춤추려는가.

[慷慨樽前爲誰舞]

패왕이 군막을 나가자, 밖에는 진채 안에 남은 장졸들이 그새 모두 모여 있었다. 으스름 달빛 아래 둘러보니 사방에서 들려오는 초나라 노랫소리에 다시 절반이 빠져나가 남은 군사는 합쳐 3천이 크게 넘지 않았다. 패왕이 보검을 높이 쳐들며 나직하나 힘찬 목소리로 소리쳤다.

"들어라. 우리는 이제 강동으로 돌아간다. 그러나 적의 에움이 두터워 성하게 빠져나가기는 어려울 것이다. 과인을 따라가고 싶지 않으면 여기 남아 한왕에게 항복해도 좋다. 뒷날 과인이 돌아와도 결코 그 일로 너희를 나무라지는 않을 것이다."

하지만 아무도 진채에 남아 있으려 하지 않았다. 이에 패왕은 다시 한번 달래듯 말했다.

"우리가 빠져나가는 줄 알면 적은 결코 곱게 놓아 보내지 않을 것이다. 누군가 진채에 남아 우리가 빠져나갈 때까지 허장성세

(虛張聲勢)로 적을 속여 주어야 한다. 거기다가 용케 이곳을 빠져 나간다 해도 말이 없으면 곧 뒤따라 잡히고 만다. 말이 없는 군사들은 진채에 남아 아직 우리 대군이 남아 있는 것처럼 꾸미고 있다가 과인이 떠나거든 바로 항복하라. 설령 과인이 다시 돌아오더라도 그렇게 항복하여 목숨을 도모한 죄는 묻지 않으리라!"

그리고 말 탄 8백여 기만 골라 뒤를 따르게 했다. 대개가 강동에서부터 따라온 용사들이었다. 진채에 남게 된 초나라 군사들이 화톳불을 배로 하고 빈 군막마다 등불을 밝혀 형세를 위장하고 있는 사이에 패왕 항우가 이끄는 8백여 기는 가만히 진채 남쪽으로 몰렸다. 오래 기다리지 않아 으스름달이 지고 세상은 날이 새기 직전의 짙은 어둠과 고요 속에 잠겨 들었다.

"가자. 지금이다. 결코 뒤돌아보지 말라. 오직 앞만 보고 내닫되, 가로막는 것이 있으며 무엇이든 베어 버려라. 바위라도 뚫고 가야 한다!"

패왕이 그렇게 말하며 앞서 말 배를 차자 남은 8백여 기가 말없이 뒤따라, 그들은 곧 한줄기 빠르고 거센 바람처럼 남쪽으로 뛰쳐나갔다.

초군 진채를 에워싸고 있던 한나라 군사들이 얼결에 나와 막았으나 패왕이 몸소 이끈 8백여 기가 벼락 치듯 쪼개고 나가니 무인지경이나 다름이 없었다. 몇 기 잃지 않고 남쪽으로 내달으니 이번에는 회남왕 경포의 진채에서 소란을 듣고 쫓아 나온 군사 한 갈래가 앞을 가로막았다. 패왕과 그를 따르는 8백 기가 이번에도 함성 한번 지르지 않고 빠르고 날카로운 칼날처럼 그들을 두 토막 내며 뚫고 나갔다. 다시 몇 십 기가 줄어들기는 하였으나 그 뒤 더는 패왕을 막아서는 군사들이 없었다. 이윽고 날이 훤히 밝아 오며 대택향으로 이어지는 벌판이 질펀하게 펼쳐졌다.

오강의 슬픈 노래

패왕 항우가 해하의 진채를 빠져나가던 새벽, 한왕 유방은 그곳에서 30리나 떨어진 한나라 중군 진채에서 아직 자고 있었다. 한왕은 진작부터 패왕을 에워싸고 있는 한군 가까이에 진채를 내리고 형세를 지켜보고 싶었으나, 한신이 말려 그럴 수가 없었다.

"막다른 골목에 몰리면 쥐도 고양이를 무는 법입니다. 자칫 항우에게 판세를 뒤집어엎을 호기를 줄 수도 있으니 대왕께서는 멀찍이서 바라보기만 하십시오."

한신은 그러고도 마음이 놓이지 않는지 한왕 주변에 5만이나 되는 정병을 남겨 지키게 했다. 거기다가 스무 배가 넘는 대군으로 패왕의 진채를 에워싸고도 이틀이나 결판을 미루자 한왕은 그런 한신이 지나치게 소심해 보였다. 그래서 간밤 불만스럽게 잠자리에 들었는데, 미처 뒤숭숭한 꿈에서 깨기도 전에 말발굽 소리가 요란하더니 군막 밖이 수런거렸다.

"밖에 무슨 일이냐?"

한왕이 깨난 기척을 하며 가까이서 시중드는 이졸에게 물었다. 그 이졸이 군막 밖에 나갔다가 돌아와 말했다.

"회남왕(淮南王)에게서 급한 전갈이 왔다고 합니다."

한왕은 초군의 남쪽 길을 끊고 있는 경포에게서 급보가 왔다는 말에 왠지 느낌이 좋지 않았다. 얼른 잠자리에서 빠져나와 전포를 걸치며 말했다.

"들라 이르라."

오래잖아 젊은 아장 하나가 이미 동이 터 훤해진 군막을 젖히고 들어와 알렸다.

"회남왕께서 이르시기를 조금 전 어둠 속에 한 떼의 인마가 우리 진지를 뚫고 남쪽으로 사라졌다고 합니다. 동트기 전의 어둠이 짙은 데다 워낙 거센 회오리처럼 말을 몰고 사라져, 누가 이끌고 머릿수는 얼마나 되는지 알 수 없으나, 심상치 않은 일로 보입니다. 이에 대장군인 제왕의 군막에 알리는 한편 대왕께도 고하라기에 이렇게 달려왔습니다."

그 말에 한왕이 벌떡 몸을 일으키면서 좌우를 돌아보고 소리쳤다.

"남쪽으로 뚫고 달아났고, 모두가 기병이라면 그 우두머리는 틀림없이 항우일 것이다. 어서 진중의 장수들을 이리로 모아들이라."

그리고 장수들이 모여들자 그들을 돌아보며 탄식하듯 말했다.

"과인은 대장군이 항우를 막다른 곳에 몰아 놓고도 날을 끄는 게 걱정스러웠다. 호랑이가 기어이 갇혀 있던 우리를 부수고 달아났으니 이 일을 어찌하면 좋은가!"

그때 장수들과 함께 불려 왔던 장량이 잔잔한 말투로 한왕의 걱정을 달랬다.

"설령 빠져나간 것이 항왕이라도 대왕께서 조금도 심려하실 일이 아닙니다. 오히려 이는 실로 우리가 바라던 바입니다. 간밤 사방에 초나라 사졸을 풀어 초가(楚歌)를 부르게 한 것도 그 때문이었습니다."

그러자 한왕은 간밤 장량이 군사들 가운데서 초가를 잘 부르는 자들을 골라 한신의 진채로 보내던 일을 떠올렸다. 적잖이 궁금했으나 한 번 대장군 한신에게 맡긴 병진의 일이라 굳이 캐묻지 않고 보고만 있었는데, 그게 바로 항우가 달아나게 만들기 위한 계략이었다니 늦었지만 알아보지 않을 수 없었다.

"그게 어찌해서 그렇소?"

"지금 우리 대군이 휩쓸고 있기는 하나 아직 이 땅은 서초의 땅이며, 해하의 싸움에서 항왕의 대군이 졌다고는 하나 초나라 군사가 모두 죽어 없어진 것은 아닙니다. 계포와 종리매를 비롯한 항왕의 맹장들과 수많은 항씨 족중의 장수들이 많건 적건 저마다 한 갈래 군사를 거느리고 이 부근을 떠돌고 있고, 어리석은 백성들 가운데는 아직도 항왕을 저희 임금으로 여겨 초군을 돌봐 주는 것들이 적지 아니 남아 있습니다. 항왕이 진채 안에서 굳건히 버티고 있으면 떠도는 초나라 장졸들도 힘을 기르며 때를 기다릴 것이니, 그리되면 언제 다시 그들이 합쳐져 큰 세력을 이룰지 모릅니다.

하지만 궁한 적을 급하게 몰다가 낭패를 당할 수가 있어 함부로 우리 대군을 초군 진채로 밀어 넣을 수도 없었습니다. 이에 머리를 맞대고 짜낸 것이 항왕을 속여 스스로 진채를 버리고 달아나게 만드는 계책이었습니다. 이미 초나라 땅이 모두 평정되어, 구원하러 올 군사도 없고 군량을 보내 줄 세력도 없다고 믿게 되면, 항왕은 이곳을 버리고 강동으로 돌아가려 할 것입니다. 그러나 우리 군사가 겹겹이 에워싸고 있어 이제 항왕은 남아 있는 몇 천 명도 온전히 보존한 채 빠져나가기는 어렵습니다. 거기다가 바깥에서 구원을 올 군사들은 항왕이 있는 곳을 알지 못하게 돼, 겨우 빠져나간 그 미약한 세력마저 외롭기 짝이 없게 되고 맙니다. 그때에는 그야말로 죄수를 잡으러 다니는 군사 몇 천 명만 보내도 항왕을 사로잡을 수 있습니다.

어젯밤 신은 군사들 중에서 초나라 노래를 잘하는 군사 수천 명을 골라 초군 진채를 에워싸고 밤 깊도록 초나라 노래를 부르게 했습니다. 만약 새벽에 남쪽으로 치고 나간 것이 항왕이라면 틀림없이 사방에서 들려오는 그 노랫소리 때문이었을 것입니다. 항왕은 이미 우리 한군이 초나라 땅을 모두 차지하여 그 장정들을 모두 군사로 끌어냈기 때문에 사방에서 초나라 노랫소리가 들린다고 보아 강동으로 돌아가려 한 것임에 분명합니다. 하지만 보기(步騎)를 모두 이끌고는 회남왕의 대군을 뚫고 나갈 자신이 없어, 기마대만을 이끌고 상대가 뜻하지 아니한 곳으로 질풍같이 뛰쳐나갔을 것입니다. 따라서 항왕이 이끌고 간 것은 잘해야 천 기를 넘지 못할 터이니 정병 몇 만만 뒤쫓게 해도 넉넉합니다. 거기다가 이미 회남왕이 회수(淮水)의 배들을 거두고 모든 나루를 끊어 놓아 항왕을 놓치는 일은 없을 것입니다."

한왕의 물음에 장량이 그렇게 길게 대답했다. 한왕은 누구보다 믿는 장량의 말이라 마음을 놓는 듯하면서도 자신의 군막에 그냥 있지는 못했다.

"항우가 오늘날 이 지경에 몰린 것은 일을 마무리 지어야 할 때 깨끗하게 마무리 짓지 못한 까닭이오. 나는 그가 한 잘못을 되풀이하고 싶지 않소. 이제 남은 일이 자방 선생의 말대로 항우의 일을 마무리 짓는 것이라면, 이제는 과인이 나서 뒷날 뉘우치는 일이 없도록 마무리하여야겠소."

그러고는 하후영을 돌아보며 말했다.

"태복(太僕)은 수레를 채비하고 장수들은 모두 과인을 뒤따르라. 과인은 이제 대장군의 군막으로 간다!"

장량도 굳이 그런 한왕을 말리지는 않았다. 이에 한왕은 곧 백여 기의 장수들을 이끌고 새벽길을 달려 한신의 군막으로 달려갔다.

한왕 유방이 대장군 한신의 군막에 이르니 회남왕 경포의 진채를 뚫고 나간 것이 패왕과 강동병 몇 백 기였음을 확인해 주는 것 외에 새로운 소식이 기다리고 있었다.

"항우가 떠난 뒤에도 남아서 진채를 지키던 초나라 군사 2천여 명이 마침내 항복해 왔다고 합니다. 그들에 따르면 항왕은 강동병 8백여 기만 이끌고 남쪽으로 떠났다고 하는데, 회남왕의 진채를 돌파하면서 몇 십 기가 꺾였다고 하니, 항왕을 따라 빠져나간 것은 넉넉하게 잡아도 8백 기를 크게 넘지는 않을 것입니다."

마침 장수들을 불러 모아 놓고 있던 한신은 갑자기 들이닥친 한왕에게 군례를 올리기 바쁘게 그 일을 전했다. 그러자 한왕이 갑자기 사람이 달라진 듯 차고 엄한 목소리로 말했다.

"항복한 자들을 모두 끌어내 목을 베시오. 여태까지 항우를 따라다닌 자들이라면 우리 한나라의 백성으로 고쳐 부리기는 틀렸소."

그리고 한왕의 갑작스러운 변화에 어리둥절해 있는 한신을 서슬 푸른 명으로 한 번 더 놀라게 하였다.

"이제 남은 일이 항우를 잡는 것뿐이라면 과인이 그 마무리를 짓겠소. 먼저 대장군은 들으시오."

"신 한신, 삼가 군명을 받들겠습니다."

한신이 얼결에 머리를 조아리며 그렇게 받자 한왕이 미리 생각해 둔 것처럼이나 거침없이 말했다.

"대장군은 항우가 사로잡히거나 그 목이 군전(軍前)에 이를 때까지 대군을 유지하고 추격의 고삐를 늦추지 말라. 곧바로 삼군을 진발하여 회수 북쪽에서 항우를 잡을 수 있어야 한다."

이어 한왕은 가장 발이 빠른 군사를 거느린 관영을 불렀다.

"기장 관영은 낭중기병 5천을 골라 뽑아 남쪽으로 항우를 뒤쫓는다. 항우를 사로잡거나 그 머리를 얻어 오는 자에게는 천금의 상을 내리고 만호후에 봉할 것이다. 공을 다툴 맹사(猛士)들을 뽑아 가되, 초나라에서 항복해 와서 항우의 얼굴을 익히 아는 자들을 데려가 만에 하나라도 어긋남이 없게 하라."

그리고 관영을 재촉하여 패왕을 뒤쫓게 했다. 이에 관영은 낭중기 양희(楊喜)와 왕예(王翳) 같은 용장에다가 기사마 여마동(呂馬童)처럼 초군에서 항복해 와 패왕의 얼굴을 잘 아는 장수들을 골라 뽑은 뒤 5천 기병을 휘몰아 패왕의 자취를 따라갔다.

한편 그 새벽 한군의 에움을 빠져나온 패왕 항우는 한나절을 달려 대택향을 지난 뒤 회수 가 작은 나루에 이르렀다. 패왕은 새벽부터 달려와 허기진 군사들에게 밥을 지어 먹게 하는 한편 회수를 건널 배를 찾아보게 하였다. 그러나 아무리 강가를 뒤져도 작은 쪽배 한 척 찾아낼 수 없었다. 한 고기잡이 늙은이가 그 까닭을 일러 주었다.

"벌써 여러 날 전에 구강의 군사들이 배를 타고 몰려와 배들을 모두 회남으로 끌고 가 버렸습니다. 지금 회북 나루에는 고기잡이할 배조차 없습니다."

그 말을 듣고 다급해진 초나라 기마들은 회수를 따라 오르내리며 감추어 둔 배를 찾는다, 떼를 엮는다 하며 허둥거렸다. 그런데 어느새 관영의 기마대가 패왕의 자취를 밟아 그곳에 이르렀다. 하지만 초군에게는 다행스럽게도 관영이 이끈 한나라 낭중기병 5천이 모두 그곳에 이른 것은 아니었다. 앞서 달려오던 한 갈래로 천 기를 크게 넘지 못했다.

"놀라지 말라. 적은 얼마 되지 않는다. 한 싸움으로 모조리 때려잡자!"

기세 좋게 몰려오기는 해도 한나라 기마대의 머릿수가 그리 대단해 보이지 않자 패왕이 보검을 빼 들고 앞서 달려가며 소리쳤다. 패왕을 따르는 8백 기도 이미 저마다 악에 받쳐 있었다. 그 어느 때보다 매서운 투지로 내달으니 한나라 기마대는 그 기세에 놀라 제대로 싸워 보지도 않고 달아나 버렸다.

"이제 됐다. 더는 적을 뒤쫓지 말고 배나 거두어들여라."

추격해 오던 한군 기마대가 달아나는 걸 보고 패왕이 그렇게 소리쳐 군사를 거두었다. 하지만 구강의 군사들이 얼마나 모질게 인근 백성들을 닦달해 배를 치워 버렸는지 다시 한 시진이나 더 회수 가를 뒤져도 배다운 배는 나오지 않았다. 강 아래위 수십 리를 이 잡듯 훑어 찾아낸 것이 바닥이 뚫려 버려둔 듯한 거룻배 한 척과 쪽배 대여섯 척뿐이었다.

급한 대로 거룻배를 고치니 그래도 사람과 말을 합쳐 열 기(騎) 가까이 태울 수가 있었고, 쪽배도 한두 기는 나를 수 있어 곧 한꺼번에 스무 기는 물을 건널 수 있게 되었다. 이에 패왕은 군사를 갈라 물을 건너기 시작했다. 하지만 회수같이 큰 물을 노질로 건너야 하다 보니 오가는 것이 너무 더뎠다. 배들이 겨우 다섯 번이나 회수 남북을 오고갔을까? 갑자기 함성과 함께 다시 한나라 기마대가 나타났다. 이번에는 관영이 이끄는 본진으로, 한번 혼이 나 봐서 그런지 5천 기가 한 덩어리가 되어 밀려들었다.

"겁내지 말라. 과인에게는 아직 보검과 오추마가 있다. 적이 백만이라도 두렵지 않다. 과인을 따르라!"

패왕이 다시 보검을 빼 들고 앞장서며 그렇게 외쳤다. 어차피 회수를 등지고 있어 물러나 봤자 더 갈 곳이 없는 초나라 기병들이었다. 패왕의 외침에 따라 회수 북쪽에 남은 6백여 기가 한 덩어리가 되어 관영의 5천 기마대와 마주쳐 갔다.

거의 열 배에 가까운 차이가 났으나 패왕을 앞세운 초군이 워낙 거세게 치고 드니 세력만 믿고 달려오던 한군은 금세 기가 꺾였다. 달려온 기세에 밀려 그대로 부딪히기는 해도 선두는 초군에게 여지없이 무너지고 말았다. 그대로 두면 한군 전체가 조각조각 나 차례로 쓸려버리고 말 것 같았다.

하지만 이번에는 그래도 가려 뽑은 낭중기병 5천이 모두 온데다 불같은 전투력을 자랑하는 맹장 관영이 그들을 이끌고 있었다. 처음에는 멈칫하며 밀렸으나 한군은 이내 전열을 가다듬고 열 배가 넘는 머릿수에 의지해 포위전을 펼치려 들었다. 초군을 두텁게 에워싼 뒤 여러 갈래 군사들을 차례로 내보내 천천히 그들의 기운을 빼고 세력을 지워 가는 방식이었다.

그걸 알아본 패왕이 갑자기 칼을 들어 회수 쪽을 가리키며 소리쳤다.

"모두 물가로 물러나라. 적에게 에워싸여서는 아니 된다. 물을 등지고 반달 모양으로 진세를 벌여 배들이 돌아올 때까지 버텨보자!"

그리고 자신은 뒤에 남아 한군의 급한 추격으로 초군의 전열이 무너지는 것을 막았다. 오래잖아 초나라 기마대는 작은 포구를 삼면으로 에워싸듯 반원진(半圓陣)을 쳤다. 그때 마침 회수 남쪽 나루에 인마를 부려 놓고 온 작고 초라한 선단(船團)이 그 포구로 돌아왔다. 패왕은 반원진을 굳게 지키면서 20여 기를 골라 다시 남쪽 물가로 태워 보냈다.

많지는 않아도 초군이 배를 구해 남쪽으로 건너는 것을 보자 관영도 급해졌다. 패왕이 이끈 기마대의 사나운 기세에 주춤해 물러선 낭중기병들을 무섭게 다그쳐 6백여 기의 초군이 펼쳐 둔 작은 반원진을 들이쳤다.

이번에도 패왕이 앞장서 그 공격을 물리쳤다. 패왕이 피를 뒤집어쓴 채 동에 번쩍, 서에 번쩍하며 초나라 기병들을 찍어 넘기고 6백 기 초나라 기마도 죽기로 맞받아치니 아무리 한군의 머릿수가 많다고 해도 어찌해 볼 수가 없었다. 거기다가 반원진의 전면이 좁아 한나라 대군이 힘을 쓰기도 나빴다.

"모두 물러나라. 물러나 강한 활과 쇠뇌를 옮겨 오라."

마침내 관영이 그렇게 외치며 군사들을 물렸다. 하지만 초군도 손실이 전혀 없는 것은 아니었다. 밀고 밀리는 가운데 죽거나 다쳐 백여 기나 줄어 있었다. 그때 다시 회수 남쪽에서 배가 올라왔다. 이번에는 남쪽 나루에서 찾아낸 것인지 성한 배 몇 척이 불어나 있었다. 하지만 사공들과 함께 배를 끌고 온 이졸들의 얼굴은 말이 아니었다.

"남쪽 나루에 무슨 일이 있느냐?"

패왕이 그렇게 묻자 이졸 가운데 하나가 울상을 지으며 대답했다.

"구강병(九江兵)이 나타났습니다. 처음에는 나루를 지키던 군사 수십 명뿐이었으나 그새 연락이 갔는지 점점 그 수가 늘어나고 있습니다. 이대로 두면 우리 모두가 회수를 건너도 저쪽에 배 댈 곳이 없을까 걱정입니다."

그 말을 들은 패왕은 그냥 있을 수가 없었다. 거기까지 살아서 따라온 족제 항장을 불러 말했다.

"남쪽 나루에 구강병이 나타났다 한다. 내가 가서 그들을 쫓고 나루를 지키는 한편 큰 배들을 찾아 보내마. 너는 그때까지만 이 포구를 지키며 버텨 보아라."

그러고는 군사들 중에서 다시 스무 기 남짓을 골라 배를 나누어 타고 회수를 건너갔다.

패왕이 회수 남쪽 나루에 이른 것은 그새 수백 명으로 불어난 구강병들이 나루에 몰려 있는 1백여 기 초나라 기마대를 향해 몰려들고 있을 때였다. 배에서 내린 패왕이 바로 오추마에 뛰어올라 우레 같은 고함 소리와 함께 뛰쳐나갔다. 온몸에 아직 다 마르지도 않은 피를 함빡 뒤집어쓴 채 불이 철철 흐르는 듯한 두 눈을 부릅뜨며 다가드는 패왕은 그대로 지옥에서 뛰쳐나온 악귀 같았다. 그 뒤를 기세가 오른 초나라 기마 1백여 기가 짓밟아 가자 회수 나루를 지키던 구강 수졸들은 제대로 싸워 보지도 않고 달아나 버렸다.

구강병을 멀리 쫓아 버린 패왕은 다시 그 나루를 뒤져 감추어 둔 큰 배 몇 척을 더 찾아냈다. 그때까지 부리던 배들과 함께 좀 더 큰 선단을 이루어 북쪽 나루로 보냈다. 그런데 한 식경도 안 돼 돌아온 사공과 이졸들이 울며 패왕에게 알렸다.

"한군이 북쪽 나루의 우리 진채에 강한 활과 쇠뇌를 퍼부은 뒤에 돌진하여 남아 있던 우리 군사 대부분을 죽이거나 사로잡아 갔습니다. 저희들은 배를 나루에 대지도 못하고 물위에 떠 있다가, 헤엄을 잘 쳐 강물로 뛰어든 군사 수십 명만 건져 돌아올 수밖에 없었습니다."

그 말에 패왕은 우 미인의 주검조차 제대로 거두어 주지 못하고 해하의 진채를 떠날 때보다 더 비통한 표정을 지었다. 그때 다시 군사들이 벌써 저물어 오는 강물 위를 가리키며 소리쳤다.

"남쪽 나루에 숨겨 두었던 구강의 배들이 회수 북쪽으로 몰려가고 있습니다. 곧 적의 대군이 회수를 건너 남쪽으로 내려올 듯합니다."

그렇다면 2백 기도 안 되는 군사로 그곳에 뻗대고 있을 수는 없었다. 이에 패왕 항우는 회수를 건넌 백여 기를 재촉해 밤길도 마다 않고 남쪽으로 내달았다. 하지만 모두가 사흘을 잇달아 잠 한번 제대로 자지 못하고 싸우며 쫓겨 온 군사들이었다. 삼경 무렵이 되자 말과 사람이 너무도 지쳐 더 움직일 수 없었다.

"하는 수 없다. 부근에서 마을을 찾아 말과 사람을 먹이고 잠시 쉬어 가자."

패왕이 그렇게 말하고 가까운 마을에 들어 날이 밝을 때까지 인마를 쉬게 했다. 날이 밝자 패왕은 길을 떠나기에 앞서 좌우를 돌아보며 그곳이 어디쯤인지를 물었다.

"음릉현입니다. 현성은 동쪽 20리쯤 되는 곳에 있다고 합니다."

뒤따르던 군사들 가운데 하나가 마을 사람들에게서 들은 대로 일러 주었다. 그 말을 들은 패왕은 동남쪽으로 길을 돌게 해 음릉 현성을 비껴갔다. 이미 경포 밑에 든 성이라 자신을 따르는 백여 기로 떨어뜨릴 수 없을 바에야 차라리 피하는 게 나을 듯싶었다.

하지만 음릉성 안 군민들에게 들키지 않으려고 호젓한 숲속으로 돌아가다 그리되었는지, 패왕과 그를 따르던 인마는 해 뜰 무렵 그만 길을 잃어버리고 말았다. 아무리 탐마를 풀어 사방을 살펴보게 해도 어디가 어딘지 알 길이 없어 한 식경이나 헤맸다. 그러다가 갑자기 길을 만나 반갑게 내닫는데, 오래잖아 길이 좌우 두 갈래로 나뉘었다.

패왕과 따르는 인마가 어디로 갈지 몰라 하고 있는데 마침 밭에 나온 농부 하나가 보였다.

"과인은 서초 패왕이다. 회수 북쪽에서의 싸움이 뜻과 같지 않아 강동으로 돌아가는 길이다. 여기서 가장 가까운 강수(장강) 나루로 가려면 어디로 가야 하는가?"

앞서 말을 달려간 패왕이 아직도 백성들을 자기편이라 믿고 망설임 없이 자신을 드러내며 그렇게 물었다. 멀리서 보기보다는 나이 든 농부가 흠칫하다가 곧 공손하게 머리를 조아리며 알려주었다.

"왼쪽으로 가십시오. 그리하면 동성(東城)으로 빠져 해가 지기 전에 오강정(烏江亭) 나루에 이를 수 있을 것입니다."

그러는 그 늙은 농부의 얼굴은 패왕뿐만 아니라 따르던 백여

기 가운데 누구도 의심하지 않을 만큼 정성스러우면서도 꾸밈이 없어 보였다.

패왕은 그가 일러 준 대로 군사들과 함께 왼쪽 길로 접어들었다. 한군의 추격을 따돌리기 위해 인마를 재촉하여 다시 한 식경을 가자, 길은 없어지고 큰 늪이 앞을 가로막았다. 보이는 것은 늪 사이사이로 이리저리 어지럽게 이어진 둑길뿐이었다. 패왕은 그래도 그 농부를 의심하지 않았다.

"이 늪지만 지나면 다시 길이 나올 것이다. 어서 이곳을 벗어나자."

그러면서 앞장서 인마를 이끌었다. 보기와 달리 둑길은 길이라기보다는 늪 사이에 남은 질흙 언덕에 가까웠다. 말발굽이 질흙에 빠져 앞으로 나아가기가 어려웠다. 그래도 패왕은 급한 마음에 인마를 재촉해 앞으로 내닫기만 했다.

마침내 패왕이 그 농부에게 속은 줄을 깨닫고 군사를 돌린 것은 그 늪지를 반나절이나 헤맨 뒤였다.

"속았다. 내 반드시 그 흉악한 늙은이를 잡아 거짓말한 입을 부수어 놓으리라!"

패왕이 그렇게 씨근거리며 인마를 돌려 늪지를 빠져나오고 나니 벌써 짧은 해가 뉘엿했다. 겨우 바른 길을 찾아 동성을 바라고 달렸으나, 추운 겨울날 하루 종일 늪지를 헤매며 얼고 떤 인마를 이끌고 밤새워 달릴 수는 없었다. 동성 못 미친 마을에 인마를 멈추게 하고, 민가를 털어 주린 배를 채우게 하는 한편 불을 피워 언 몸을 녹이게 하였다.

하지만 그 농부에게 속아 길을 잘못 들어 헤맨 그 한나절이 패왕의 최후를 더욱 앞당겼다.

그날 새벽이었다. 패왕과 그를 따르는 인마가 아직 곤한 잠에 빠져 있을 때 갑자기 요란한 말발굽 소리와 함께 크게 함성이 일었다. 그사이 회수를 건넌 관영의 기마대 일부가 패왕의 자취를 쫓아 그곳까지 온 것이었다.

깊은 잠에서 놀라 깬 장졸들과 함께 말에 오른 패왕은 힘을 다해 길을 앗아 동쪽으로 내달렸다. 곧 날이 훤히 밝아 오며 저만치 동성이 보였다. 뒤쫓는 함성도 멀어져 패왕이 가만히 뒤돌아보니 회수를 건넜던 백여 기 가운데 겨우 스물여덟 기가 따라오고 있었다.

"그래. 강수만 건너고 보자. 강동으로 돌아가기만 하면 이 고단함과 욕스러움을 몇 배로 적에게 되돌려 줄 수 있다. 모두 이 오늘을 옛말 삼아 자랑할 수 있을 것이다."

패왕이 그렇게 군사들을 북돋워 가며 다시 동남쪽으로 내달렸다.

패왕은 동성에 들지 않고 멀리 성을 에돌아 곧장 오강포로 달려가려 했다. 하지만 그사이 관영이 쳐 둔 그물은 질기고도 촘촘했다. 멀찍이 동성을 바라보며 말발굽 소리를 죽여 길을 돌고 있는데, 갑자기 길가 숲속에서 수많은 인마가 뛰쳐나와 패왕의 길을 막았다. 전날 패왕이 늪지를 헤매고 있을 때 동쪽으로 먼저 앞질러 간 관영의 기마대 한 갈래였다. 바로 낭중기 양희와 왕예가 이끄는 6백 기로서, 아무리 더듬어도 패왕이 지나간 흔적이 없자, 길목에서 기다리고 있다가 때맞춰 달려 나온 길이었다.

그들을 보자 겁을 모르는 패왕도 가슴이 섬뜩했다. 6백 기가 수천 기로 보이면서, 전과 달리 뚫고 갈 엄두가 나지 않아 잠시 말을 멈추고 앞을 노려보고만 있는데, 다시 등 뒤에서 함성이 들렸다. 패왕이 놀라 돌아보니 어느새 관영의 본대가 부옇게 먼지를 일으키며 멀리서 뒤쫓아 오고 있었다.

'마침내 올 것이 왔구나. 오늘 이곳에서 빠져나가기는 어렵겠다.'

패왕의 머릿속에 퍼뜩 그런 생각이 들었다. 그런데 그런 파국의 예감이 이끌어 낸 분발일까? 패왕이 문득 뒤따르던 스물여덟 기를 돌아보며 외치듯 말했다.

"내가 군사를 일으켜 천하를 종횡한 지 어느덧 여덟 해가 되었다. 그동안 몸소 나가 싸우기를 일흔 번이 넘었으나 한 번도 진 적이 없어 마침내는 천하의 패권을 움켜잡게 되었다. 그런데도 지금 갑자기 이처럼 고단한 지경에 빠진 것은 하늘이 나를 망하게 해서이지 싸움을 못한 죄가 아니다[此天之亡我 非戰之罪也]. 내 오늘 죽을 각오로 그대들을 위해 통쾌하게 싸워 세 가지로 적의 대군을 이겨 보이겠다. 첫째 반드시 적의 에움을 흩어 버리고, 둘째 적의 장수를 베어 죽이며, 셋째 적의 깃발을 찍어 쓰러뜨리겠다. 그리하여 그대들에게 하늘이 나를 망하게 한 것이지 내가 싸움을 잘못한 죄가 아님을 알려 주고자 한다."

그리고 남은 스물여덟 기를 일곱 기씩 네 갈래로 나누어 각기 한 방향씩을 잡게 하였다. 그사이 한나라의 5천 기마대는 산등성이에 의지한 패왕의 군사들을 겹겹이 에워싸고 천천히 죄어 왔다. 그걸 본 패왕이 한나라 기마대로 뒤덮여 있는 산 동쪽을 가리키며 말했다.

"그대들은 지금부터 나와 함께 네 방향으로 달려 내려가되 저기 동쪽 산비탈 세 갈래 길을 거쳐 다시 만나도록 하자. 첫째 갈래에서는 내가 적의 에움을 온전히 흩어 버렸음을 보여 줄 것이고, 둘째 갈래에서는 적장의 목을 벨 것이며, 셋째 갈래에서는 적의 대장기를 베어 넘길 것이다."

그때 갑자기 한나라 기마대 한 갈래가 패왕을 바라보고 돌진해 왔다. 패왕이 그중에 앞선 한나라 장수 하나를 가리키며 덧붙여 말했다.

"마침 잘됐다. 찾아 나설 판에 제 발로 찾아드는구나. 내가 그대들을 위해 저 장수의 목을 베어 길을 열겠다. 그대들도 모두 앞을 가로막는 적의 두터움을 두려워하지 말고 힘껏 치고 나가라!"

그리고 스물여덟 기를 네 방향으로 뛰쳐나가게 한 뒤 패왕 자신도 말을 박차 산등성이를 달려 내려갔다. 패왕이 벼락같이 소리치며 보검을 휘두르자 맞서 달려오던 한나라 기마대는 바람에 초목이 쓰러지듯 모조리 피를 뿜으며 죽고, 그들을 이끌던 장수도 마침내 패왕에게 목이 떨어졌다. 그러자 패왕이 큰소리친 대로 한군의 에움이 풀리며 누구도 감히 그 앞을 가로막지 못했다.

패왕이 훤하게 뚫린 길로 빠져나가 따르는 스물여덟 기와 만나기로 약조한 동쪽 산등성이로 거침없이 내닫고 있을 때였다. 멀리서 그걸 본 한나라 낭중기 양희가 말 배를 박차고 달려 나가 그 뒤를 좇았다. 앞만 보고 내달리던 패왕이 문득 고개를 돌려 무서운 눈길로 양희를 노려보며 꾸짖었다.

"이놈! 너도 죽고 싶으냐?"

그 목소리가 얼마나 큰지 패왕 등 뒤로 다가들던 양희와 그가 타고 있던 말이 아울러 놀라 얼이 날아가고 넋이 흩어졌다. 어디로 가는지도 모르면서 10리나 달아난 뒤에야 겨우 멈추었을 정도였다. 이어 산 동쪽에 이른 패왕은 거기 모인 스물여덟 기와 더불어 그곳에 진세를 벌이고 있던 한군 기마대 속으로 뛰어들었다. 그리고 다시 진작 보아 둔 듯한 한나라 기장 하나를 목 벤 뒤에 멀찌감치 세워 두었던 대장기 하나를 칼로 찍어 넘겼다. 산등성이에서 달려 내려올 때 큰소리친 그대로였다.

그같이 눈부신 패왕의 무용과 기백을 두 눈으로 본 초나라 기병 스물여덟 기는 놀라움과 감격으로 입을 다물지 못했다. 하지만 그걸로 패왕과 그들이 고단한 처지에서 온전히 풀려난 것은 아니었다. 패왕의 무서운 기세에 밀려 주춤했던 한군이 다시 대오를 수습해 잠시 뚫렸던 포위망을 새로 얽었다. 그리고 패왕이 있는 곳을 찾아 두텁게 에워싼 뒤 세 갈래 방향에서 대군으로 밀어붙였다.

"이제 이곳을 뚫고 나간다. 모두 나를 따르라!"

패왕이 보검을 높이 쳐들고 그렇게 외치더니 세 갈래 한군 가운데 한 갈래를 겨냥해 오추마를 박차 달려 나갔다. 그 뒤를 새롭게 고양된 초나라 기병 스물여덟 기가 한 덩어리로 뭉쳐 따라갔다.

한나라 도위 하나가 멋모르고 패왕을 막아섰다가 어디가 어떻게 베였는지도 모르게 목숨을 잃었다. 이어 재수 없게 패왕의 길목을 막아선 꼴이 된 한나라 기병 백여 명이 가을바람에 잎 지듯 피를 뿜으며 말 위에서 떨어졌다. 그러자 겹겹이 에워싼 한군 사이로 한 줄기 길이 열리고, 그렇게 열린 길로 한 덩어리가 된 초군 스물여덟 기가 거센 바람처럼 치고 나갔다.

이제 더는 뒤쫓는 적이 없다 싶은 곳에 이르자 패왕은 말을 세우고 뒤따라오는 기병들을 모아 보았다. 스물여덟 기 중에 단 두 기만 보이지 않았다. 패왕이 그들 살아남은 스물여섯 기를 돌아보며 물었다.

"어떠냐? 내가 싸움을 잘하지 못해 이리된 것이 아님을 이제 알겠느냐? 하늘이 나를 망하게 하지 않는 한 나는 결코 망하지 않는다."

"과연 대왕의 말씀과 같사옵니다. 대왕은 실로 천신(天神) 같은 분이십니다."

그 스물여섯 기병이 모두 말에서 내려 땅바닥에 엎드리며 그렇게 말했다. 패왕도 통쾌한 듯 하늘을 바라보고 크게 웃다가 문득 웃음을 거두고 그들을 재촉했다.

"모두 말에 올라라. 어서 나루를 찾아 강수(江水)를 건너야 한다."

그때만 해도 패왕은 되살아난 재기의 의욕으로 고양되어 있었다. 재기의 발판이 될 강동에 소홀했음을 스스로 뉘우치며 강동 사람들에게 지난 잘못을 빌 여유까지 보였다.

"지난날 유방이 그토록 내게 몰리면서도 왜 그리 관중(關中)을 뻔질나게 드나들었는지 이제는 알 만도 하다. 천하를 경영하려는 자는 언제나 근본을 돌아보고 튼튼히 해 두어야 한다. 강동은 나의 근본이었다. 그런데 한 번 떠나오고 여덟 해 가깝도록 한 번도 강동을 돌아보지 않았다. 팽성에 자리 잡고 안겨 오지 않는 중원만을 노려보며 헛되이 분주하였으니, 이제 와서 강동으로 돌아가기가 실로 부끄럽구나."

패왕은 그렇게 말하면서 얼굴까지 붉혔다.

동성에서 눈부신 무용으로 한군의 에움을 떨쳐 버린 패왕과 그를 따르는 스물여섯 기가 한 식경을 달려 이른 곳은 오강(烏江)이라는 나루였다. 오강은 원래 정(亭)이었으나 진(晉)나라 초기에는 현(縣)으로 되고, 오강 나루[烏江浦]는 나중에 황율구(黃律口)로 불리기도 했다. 거기서 강수만 건너면 바로 강동 땅이었다.

오강도 음릉처럼 구강에 속한 땅이었으나, 사는 사람 모두가 패왕을 속여 늪지를 헤매게 한 음릉의 농부와 같지는 않았다. 특히 오강정의 정장은 패왕이 한군에게 쫓기고 있다는 말을 듣고 배까지 한 척 구해 놓고 기다리고 있었다. 패왕이 스물여섯 기를 이끌고 배를 대 놓은 강 언덕에 이르자 정장이 반겨 맞으며 말하였다.

"강동이 비록 작으나 땅이 사방으로 몇 천 리요, 백성 또한 수십만에 이르니, 넉넉히 임금 노릇을 할 만한 땅입니다. 바라건대 대왕께서는 얼른 배에 오르시어 물을 건너십시오. 지금 부근에서는 신에게만 배가 있어, 한군이 이곳에 이른다 해도 쉽게 물을 건너 뒤쫓을 수는 없을 것입니다."

그런데 알 수 없는 것이 패왕의 희비와 애락의 변환이요, 거기서 비롯되는 분발과 위축의 교차였다. 정장의 충심에 세찬 감동으로 얼굴이 굳어졌던 것도 잠시, 갑자기 하늘을 쳐다보며 껄껄 웃더니 말했다.

"하늘이 이미 나를 망하게 하려는데, 내가 구차하게 물을 건너 무얼 하겠는가? 지난날 나는 준총(駿驄) 같은 강동의 자제 8천 명과 이 물을 건너 서쪽으로 왔으나, 이제 한 사람도 나와 함께 살아서 돌아가지 못하게 되었다. 설령 강동의 부형(父兄)들이 나를 가엾게 여겨 다시 왕으로 삼아 준다고 해도 내가 무슨 낯으로 그들을 마주 볼 수 있겠는가? 그들이 두 번 다시 그 일을 말하지 않는다 하더라도, 이 적(籍)은 일생 마음속으로 부끄러워하지 않을 수 없을 것이다."

그러고는 한동안 그윽하게 오강 정장을 바라보다가 문득 오추마에서 뛰어내리더니 그 말고삐를 내밀며 당부했다.

"그대의 마음 씀씀이와 하는 말을 들어 보니 그대가 후덕한 사람임을 알겠다. 나는 지난 5년 동안 이 말을 타고 싸움터를 내달았으나 그 어떤 말도 이 말과 맞설 수는 없었으며, 또 이 말은 하루에 천 리를 닫고도 지칠 줄 몰랐다. 내 차마 난전 가운데 죽게 할 수 없어 이 말을 그대에게 줄 터이니 데려가 잘 보살피라."

오강 정장이 목이 메어 대꾸도 못하고 오추마의 고삐를 받자 패왕은 다시 거기까지 따라온 스물여섯 기를 바라보며 결연히 말했다.

"모두 말에서 내려라. 이제 강동 남아의 용맹과 기백을 보여 줄 때가 왔다. 각자 큰 칼이나 긴 창을 버리고 짧은 병기를 뽑아 들라. 나를 따라 적진에 뛰어들어 참된 장부의 죽음이 어떤 것인지를 보여 주자."

이 무슨 기이한 감정의 전환과 교차인가. 절망적일 때는 오히려 분발하여 겨우 스물여덟 기로 그 2백 배에 가까운 한군의 포위를 뚫고 나온 패왕이었다. 그런데 재기의 희망이 눈앞에 펼쳐진 오강 나루에서 갑작스레 자신을 내던져 그 불같은 생애를 서둘러 끝맺으려 하고 있었다.

자칫 변덕이나 단기(短氣)로 읽힐 수도 있는 패왕의 그 급격한 감정의 변화는 무엇보다도 자신의 군사적 재능에 대한 지나친 자부심 탓이 아니었나 싶다. 그때가 되어서야 오히려 명백해진 이전의 패배를 그 도저한 자부심이 선뜻 인정하기는 어려웠을 것으로 보인다. 아니면 격렬하고 폭발적인 성품으로 너무 심하게 소모된 패왕의 몸과 마음에 그 돌연한 체념의 원인을 돌릴 수도 있다. 모든 것을 새로 시작해야 하는 피로와 긴장을 감당할 자신이 없어 패왕 스스로 무너져 간 것인지 모른다.

더욱 알 수 없기는 거기까지 패왕을 따라온 스물여섯 기였다. 그들은 모두가 강동의 자제들이었고, 이제 배에 올라 물만 건너면 부모 형제에게로 돌아갈 수 있었다. 그런데 그사이 그들도 패왕의 끝 모를 군사적 자부심에 감염된 것일까, 아니면 조금 전 패왕이 강동자제 8천 명 가운데 살아서 돌아온 것은 아무도 없다고 했을 때 이미 결사(決死)의 암시에 걸린 것일까, 말에서 내린 그들은 기창(騎槍)이나 철극(鐵戟)같이 크고 긴 무기를 내던지고 저마다 칼을 빼어 들었다. 그리고 강 언덕에 매여 있는 배는 거들떠보지도 않고 산악처럼 우뚝 서 있는 패왕 주위로 모여들었다.

때마침 요란한 말발굽 소리와 함께 관영의 추격대가 오강 나루에 이르렀다. 추격대의 선두는 패왕과 그를 따르는 스물여섯을 보자 멈칫하며 말을 세웠다. 그리고 한참을 살피다가 그들도 말에서 내려 두터운 사람의 장벽을 이루며 멀찍이서 에워쌌다.

패왕을 중심으로 뭉쳐 있는 심상찮은 기세에 눌렸는지 에워싼 한군들이 함성조차 제대로 못 지르며 머뭇거리고 있는데, 다시 알 수 없는 공수(攻守)의 뒤바뀜이 일어났다.

"가자!"

패왕이 범이 울부짖듯 소리치며 앞장을 서고 결사의 의지로 상기된 스물여섯 명이 그 뒤를 따랐다. 그들이 뛰어들자 한동안은 에워싸고 있던 한군이 오히려 밀렸다. 하지만 5천의 한군을 단병(短兵)으로 맞싸워 이기기에 패왕이 이끈 스물여섯은 너무 적었다. 곧 화톳불에 떨어진 눈송이처럼 하나둘 자취 없이 스러지고 패왕 혼자만 남았다.

패왕은 앞을 가로막는 것은 무엇이든 보검으로 베어 넘기며 점점 한군 깊숙이 헤쳐 들어갔다. 몸 전체가 바로 빠르고 날카로운 칼이 되어 한군의 물살을 가르며 나아가는 것 같았다. 보이지도 들리지도 않는 사람처럼 패왕이 지나가는 길 양편으로 한군의 시체가 줄을 이루었다. 『사기』의 기록은 그때 패왕 홀로 베어 죽인 한군이 수백 명이라고 한다.

하지만 패왕을 에워싼 한군도 악착스러운 데가 있었다. 패왕의 목에 걸린 상금과 관작이 자극한 물욕 탓이었다. 마지막으로 살아남았다는 것 때문일까? 패왕인지 아닌지 잘 알지도 못하면서 한군은 불빛에 날아드는 나방이들처럼 패왕 곁으로 몰려들었다. 특히 장수들에게는 패왕이 바로 그만한 크기의 황금 덩어리 또는 제후의 휘황한 인수(印綬) 같았다. 그들은 말 위에서 저만치 패왕을 내려다보며 사냥개들이 사나운 짐승의 기운을 빼 주기를 기다리듯이 병졸들이 패왕의 힘을 모두 짜내 주기를 기다렸다.

그사이 패왕도 온몸에 여남은 번이나 창을 받았다. 그 상처가 점점 무거워지면서 패왕도 마침내 마지막이 가까웠음을 느꼈다. 한차례 무섭게 보검을 휘둘러 몰려드는 한군을 쫓아 버린 뒤에 정신을 가다듬고 사방을 돌아보았다. 멀지 않은 곳에 낯익은 얼굴이 보였다. 초나라 기사마로 있다가 광무산에서 사라진 여마동이었다. 짐작한 대로 한나라에 항복해 그 장수가 된 듯했다.

이전의 패왕 같으면 그런 여마동을 먼저 꾸짖고 보았을 것이다. 하지만 그날은 드디어 죽을 자리를 찾은 것 같은 느낌에 오히려 여마동이 반가웠다. 짐짓 목소리를 너그럽게 하여 여마동을 불렀다.

"그대는 예전에 나와 알고 지내던 사람[故人]이 아닌가?"

여마동은 자신의 배반을 꾸짖지 않고 그렇게 에둘러 물으며 알은체하는 패왕을 감히 마주 바라보지 못하였다. 물음에 대답하는 대신 곁에 있던 낭중기 왕예에게 패왕을 가리키며 나지막하게 소리쳤다.

"저 사람이 바로 항우요."

이미 왕예가 짐작하고 있던 일이라 해도, 패왕에게는 그렇게 일러바치는 여마동이 괘씸할 수 있었다. 하지만 패왕은 모처럼 얻은 죽을 자리를 감정에 치우쳐 잃고 싶지 않았다. 여마동의 말을 듣지 못한 척 호탕하게 말했다.

"내가 들으니 한왕은 내 머리를 천금의 상과 만호의 식읍으로 사려 한다고 하였다. 이제 지난날 알고 지내던 정으로 그대에게 은덕을 베풀 터이니, 이 머리를 한왕에게 가지고 가서 상과 벼슬을 청하여라."

그러고는 들고 있던 보검의 날을 안쪽으로 돌려 스스로 목을 베었다. 얼마나 깊숙이 베었던지 패왕의 몸이 쓰러지기 전에 목부터 꺾이며 거기서 시뻘겋게 핏줄기가 솟구쳤다. 이어 태산이 무너지듯 땅을 울리며 패왕의 여덟 자 거구가 쓰러졌다. 꺾인 목이 홱 젖혀지며 부릅뜬 눈이 하늘을 바라보는데 마치 원망 가득하게 쏘아보는 듯했다.

패왕 항우가 스스로 목을 벤 순간 싸움터는 갑작스러운 정지와 적막에 빠져들었다. 그러다가 패왕의 목에서 솟구치던 피가 잦아들고 그 몸에서 마지막 경련이 멎자 싸움터는 펄쩍 놀라듯 그 정지와 적막에서 깨어났다. 먼저 왕예가 잽싸게 달려가 얼마 붙어 있지 않은 패왕의 목을 자르고 그 머리를 차지하였다. 그러자 뒤이어 몰려든 나머지 낭중들이 남은 패왕의 몸을 차지하려고 서로 짓밟으며 치고받는데, 그때 저희끼리 다투다 죽은 자만도 수십 명이 넘었다고 한다.

머리가 없는 패왕의 몸은 네 토막이 나서 공을 다투는 초나라 장수들에게 돌아갔다. 기사마 여마동과 낭중기 양희, 그리고 낭중 여승(呂勝)과 낭중 양무(楊武)가 각기 팔과 다리를 중심으로 잘라진 패왕의 몸 한 토막씩을 차지했다. 그들은 아직도 피가 뚝뚝 듣는 패왕의 머리와 사지를 안고 그것들이 금과 땅과 관작으로 바뀔 때를 기다렸다.

실로 비정하다 못해 처절하기까지 한 인간의 물욕이었다. 그리고 죽음을 맞이하는 패왕 항우가 보여 준 기이한 정신적 고양에 견주면, 그 물욕은 끔찍한 자기 모독처럼 느껴질 수도 있는 인간성의 추락이었다. 진정 이 세상의 무엇이 고귀하고 무엇이 하천(下賤)한가. 사람의 무엇이 위대하고 무엇이 비소(卑小)한가.

패왕 항우가 죽고 그 시체까지 거두었다는 말을 듣자 관영은 비마(飛馬)를 띄워 그 소식을 뒤따라오고 있는 한왕 유방에게 먼저 전했다. 그리고 그날로 군사를 거두어 한왕이 이끄는 본진으로 돌아갔다.

왕예를 비롯한 다섯 사람은 한왕의 진중에 이르기 무섭게 패왕 항우의 몸 한 토막씩을 싸 들고 가서 상을 청했다. 한왕이 그들이 가져온 머리와 사지를 맞추어 보게 하니 과연 한 사람의 것이었다. 얼굴 또한 상하고 일그러져 있기는 해도 틀림없이 패왕 항우의 얼굴이었다.

이에 한왕 유방은 그들 모두를 제후로 올려세우고 상으로 내건 금도, 땅도 다섯으로 나누었다. 왕예를 두연후(杜衍侯)로 봉하고, 여마동을 중수후(中水侯), 양희를 적천후(赤泉侯), 여승을 열양후(涅陽侯), 양무를 오방후(吳防侯)에 봉하면서 각자에게 호(戶) 2만과 금(金) 2백씩을 내렸다. 10만 호와 1천 금을 다섯으로 나눈 것으로, 실로 한왕다운 포상이었다.

태사공(太史公)은 항우의 죽음을 놓고 이렇게 말하였다.

"항우는 쳐부수고 이긴 공을 스스로 자랑하며 사사로운 지혜를 내세워, 옛것을 스승 삼지 아니하고 패왕의 공업만을 일컬었다. 힘을 써 정벌하는 것으로 천하를 경영하려 하다가 5년 만에 마침내 나라를 망하게 하고 그 몸은 동성에서 죽었다. 그런데도 아직 깨닫지 못하고 스스로를 꾸짖을 줄 모를뿐더러 '하늘이 나를 망하게 한 것이지, 내가 싸움을 잘하지 못한 죄가 아니다.'라고 하였으니 어찌 잘못된 일이 아니겠는가.

하지만 뉘 알랴, 이 또한 패자(敗者)에게 내려진 역사의 비정한 선고문이 아닌 줄을."

그 뒤

한왕 유방은 패왕 항우가 죽은 걸 확인하고서야 군사를 나누어 초나라 땅을 모두 평정했다. 먼저 항우를 뒤쫓아 가 잡아 죽인 공을 세운 관영은 그대로 남하하여 강수를 건너게 했다. 이에 강동으로 건너간 관영은 오현 인근에서 오군 군장(郡長)이 이끈 군사를 깨뜨리고, 오군 군수를 사로잡았다. 그 뒤 오군을 모두 평정한 관영은 예장군과 회계군까지 항복받은 뒤에야 회북으로 돌아왔다. 그리고 회북에서 다시 아직 항복하지 않은 쉰두 현을 평정하였는데, 나중에 관영은 그때의 공으로 3천 호의 식읍을 받았다.

주발은 군사 3만을 갈라 받고 동쪽으로 가서 아직 항복하지 않은 초나라 땅을 거두어들였다. 한왕 유방의 고향이 있는 사수군과 이웃 동해군을 평정하였는데, 달포 동안에 모두 스물두 현을 떨어뜨렸다. 또 한왕에게로 돌아와서는 서쪽으로 가서 낙양과 역양을 아울러 지켰다. 나중에 한왕은 그와 같은 주발의 공을 높이 쳐 종리현을 관영과 함께 식읍으로 삼게 했다.

조참은 부성(傅成)과 함께 제나라에 남아 전씨 일족의 세력을 쓸어버리느라 해하 싸움에는 끼지 못했으나, 한왕 유방이 천하를 하나로 아우르는 데는 누구 못지않게 공이 컸다. 많지 않은 군사로 제나라 구석구석을 누비며 아직 항복하지 않은 성읍을 거두었는데, 그때 거둬들인 현이 일흔 개가 넘었다 한다. 나중에 조참은 그때 세운 공으로 제나라 상국이 되었다. 그 밖에 근흡은 따로 한 갈래 군사를 이끌고 아직도 한나라에 항복하지 않는 임강왕(臨江王)을 치기 위해 강릉 쪽으로 갔다.

한왕의 본진에 남아 있던 번쾌와 하후영, 역상 등은 한왕을 따라 해하에서 북쪽으로 쳐 올라가면서 남아 있는 초나라 세력을 쓸어버렸다. 패왕 항우가 싸움에 져서 죽었다는 소문이 돌아서인지, 그때까지도 외롭게 남아 버티던 서초의 성읍은 한군이 이르는 대로 성문을 열고 항복하였고, 어쩌다 맞서도 오래 버티지 않았다. 하지만 그때부터는 한왕도 한군에 맞서다 항복한 성을 전처럼 너그럽게 용서하지 않아, 초나라 땅이 모두 평정될 때까지 한 달도 안 되는 동안에 한군이 목 벤 사람이 8만 명이나 되었다고 한다.

항복한 군사를 마구 죽인 것은 패왕 항우의 드러난 죄업 가운데서도 가장 모질고 끔찍한 짓으로 손꼽혀 왔다. 패왕은 오강에서 자결할 때까지 8년 동안 양성, 신안, 성양 등지에서 모두 20만이 넘는 항병(降兵)을 산 채 땅에 묻은 것으로 나와 있다. 그런데 초나라를 평정하던 한군은 한 달도 안 되는 동안 8만을 죽였으니, 비록 그 모두가 항병은 아니었다 하더라도 그 잔혹함은 한창 때의 초군에 결코 뒤지지 않았던 듯하다. 패왕 항우에게는 지고 죽은 자가 덮어써야 할 덤터기가 있고, 한왕 유방에게는 이겨 살아남은 자가 차지할 우수리가 있어, 죄업도 항우의 것은 과장되고 유방의 것은 축소되었을 것이기 때문이다.

하지만 어찌 보면 그 또한 한왕 유방다운 징벌의 셈법일 수 있다. 그때 한왕의 군대가 서초 땅을 평정한 것은 패왕이 이끌던 제후군이 황제의 건재를 믿고 저항하던 진 제국의 군대를 한 치 한 치 땅을 피로 물들이며 제압해 가던 것과는 달랐다. 한군의 초나라 평정은 이미 쌍방의 힘겨루기를 거쳐야 하는 평정이 아니라 일방적인 숙청에 가까웠다. 따라서 그것을 수행하는 군대의 정치적 고려도 달라질 수밖에 없었다.

아직은 강력하게 맞서는 세력이 있어 한 사람의 민심이라도 더 제 편으로 거둬들여야 할 때와 이미 천하의 형세가 결정 나 자신들의 질서 아래 천하를 재편성해야 할 때는 적용할 원리가 다르다. 제 편 만들기를 위해 너그럽고 융통성 있게 따져야 할 이합집산의 셈법이 아니라, 이제 결정된 세계를 잠재적인 도전으로부터 지켜 내야 할 비정한 통치의 논리가 적용되어야 하기 때문이다. 어쩌면 그때 한군이 보여 준 엄혹함은 타고난 정치적 감각으로 그걸 알아차린 한왕의 뜻이 한나라 장졸들에게까지 반영

된 것인지도 모른다. 한왕은 이미 해하에서 항복한 초군 2천여 명을 모두 죽여 더 이상 자신의 질서에 저항하는 자는 용서하지 않겠다는 단호함을 보여 준 바 있었다.

그런데 그와 같은 한왕의 비정한 통치의 논리에서 예외가 된 것이 노현이었다.

회북에서 거침없이 밀고 올라온 한왕 유방이 산동으로 접어든 지 며칠 지나지 않아서였다. 초나라 모든 성이 한군에게 항복했는데도 오직 노현만이 성문을 닫아걸고 버틴다는 말을 듣자 한왕은 몹시 성을 냈다. 까닭조차 알아보는 법 없이 장수들부터 군막으로 불러 모았다.

"이제부터 전군을 몰아 노현으로 간다. 노현을 도륙하여 천하에 본보기를 보이리라!"

한왕이 그렇게 소리치고 다음 날로 몸소 대군을 휘몰아 노현으로 달려갔다.

며칠 안 돼 노현에 이른 한왕 유방은 번쾌, 역상, 하후영 같은 장수들과 10만 대군으로 그 성을 에워쌌다. 그런데 참으로 알 수 없는 게 노성(魯城)이었다.

한군이 그 성벽 아래 이르러 보니 들은 대로 성문은 모두 굳게 잠겨 있고 성벽 위에는 창칼을 든 군사들이 촘촘히 늘어서 있었다. 하지만 가만히 헤어 보면 그 머릿수는 많아야 2만을 넘지 않는 데다, 그나마 원래 군사로 싸우던 자들보다는 성안 백성들 가운데서 뽑혀 나온 자들이 더 많아 보였다. 병장기도 들쑥날쑥하고 복색도 갖가지라 임시로 성을 차지한 유민군(流民軍) 같았으나, 그 기세는 멀리서 보기에도 예사롭지 않은 데가 있었다. 고요하고 차분한 가운데도 매서운 결사의 각오 같은 것이 성벽 위를 떠돌았다.

"이게 도무지 어찌 된 일이냐? 저것들에게는 우리 10만 대군이 눈에 들어오지도 않는 모양이구나."

말 위에서 한 바퀴 성을 둘러본 한왕이 따르는 장수들을 알 수 없다는 눈길로 돌아보며 말했다. 그러자 진평이 나지막하게 한왕의 말을 받았다.

"어제 그제 성안을 다녀왔다는 인근 농부의 말을 들으니, 성안 군민은 우리 대군이 오고 있다는 소리를 듣고도 전혀 두려워하는 기색이 없었다고 합니다. 골목마다 글 외는 소리가 낭랑하게 흘러나왔고, 현(絃) 뜯는 소리도 끊이지 않았다고 합니다."

그러고 보니 방금도 현금(弦琴) 소리가 성벽 너머로 은은하게 새어 나오는 것 같았다. 10만 대군에 에워싸여 곧 도륙당할 처지에 놓인 성 같은 데가 전혀 없었다. 한왕이 더욱 알 수 없다는 듯 곁에 있는 장량을 바라보며 물었다.

"이건 또 무슨 소리요? 노현 사람들이 머리가 어떻게 되기라도 한 거요?"

그러자 장량이 반듯한 이마를 살포시 찌푸려 어지러운 감회를 나타내며 말했다.

"이미 죽음을 각오한 이들의 고요함과 차분함이 아닐는지요."

"실로 알 수 없는 일이오. 이들이 왜 이토록 죽기를 무릅쓰고 과인에 맞서 이 성을 지켜 내려 한단 말이오?"

"대왕께서도 잘 알고 계시다시피, 노현은 주나라 천 년 문물의 기틀을 마련한 주공(周公) 단(旦)의 봉지로, 옛날부터 예를 숭상해 온 노나라의 도성입니다. 또 가깝게는 공씨(孔氏)가 3천 문도(門徒)와 더불어 자리 잡고 널리 예악과 충서를 가르쳐 온 땅입니다. 따라서 이 땅의 사람들에게 예악과 충서는 목숨을 걸고 지켜야 할 그 무엇이 되어 있을 것입니다. 그런데 지금 그들에게는 죽은 항왕을 위해 이 성을 지키다가 따라 죽는 것이 바로 그들이 배운 예악과 충서에 맞는 일이 된 듯합니다."

일찍이 노자의 가르침을 따르고 때로는 선술(仙術)의 벽곡(辟穀)과 도인(導引)으로 보양과 섭생을 돕기도 하는 장량이었다. 일생 유가의 가르침을 크게 흠모한 적은 없지만, 그걸 따르는 노현 사람들에게 숨김없는 동정과 연민을 드러내며 장량이 그렇게 대답했다.

"회왕께서 의제(義帝)로 떠받들어지시기 전에 항우를 노공(魯公)에 봉한 것은 사실이오. 하지만 이상하지 않소? 예든 충성이든 그걸로 떠받들어야 할 바른 주군이 있고 난 다음의 일, 그런데 항우는 스스로 서초의 패왕이 되었을 뿐만 아니라 임금으로 받들던 의제를 시해한 대역부도한 죄인이 아니오? 그럼에도 불구하고 예악에 밝고 충효와 의리를 귀하게 여기는 노현 사람들이 그런 항우를 위해 목숨을 바치겠다니 영 앞뒤가 맞지 않소. 도무지 종잡을 수 없는 게 유가의 가르침 같소."

"하지만 한 번 노공에 봉해져 자기들의 주인이 되고, 다시 서초 패왕에 올라 노현을 그 영지로 삼게 되자, 항왕은 이름만으로 떠받들어진 의제를 갈음해 노현 사람들의 주군이 된 것 같습니다. 또 실질을 귀하게 여기는 유가의 충의로 따져도 반드시 아니 될 일은 아닐 듯합니다. 공자도 실질 있는 권세로 예악을 일으킬 수 있게만 해 준다면 반란을 일으킨 필힐(佛肹)이나 공산불요(公山弗擾)에게라도 가서 뜻을 펴 보려 한 적이 있습니다."

장량이 한 번 더 노현 사람들을 변호하며 말했다. 그제야 한왕도 어렴풋하게나마 노현 사람들의 진정이 마음속에 짚여 왔다.

이에 한왕은 군사를 몰아 성을 치는 대신 성문 아래로 나아가 수장을 불러내게 하였다.

"노현 군민들은 들어라. 나는 한왕 유방이다. 패왕 항우는 동성에서 이미 죽고 서초 땅은 모두 우리 한나라에 항복하였다. 이제 너희 노현만 외로이 남았거늘, 어찌하여 성문을 열어 삶을 도모하지 않고 어리석게 죽기를 고집하느냐?"

그러자 문루로 고개를 내민 늙은 수장이 허연 수염을 나부끼며 대꾸했다.

"나는 우리 대왕의 명을 받아 10만 군민과 더불어 노현을 지켜 왔다. 우리 대왕의 명이 없으면 어느 누구에게도 성문을 열어 줄 수 없다. 적장은 되지도 않는 사술(詐術)로 우리를 속이려 들지 말고 이만 물러가라. 너희가 군세만 믿고 밀어붙인다면 우리 의로운 노현 군민은 마지막 한 사람까지 싸우다가 성벽을 베개 삼아 죽을 뿐이다!"

그 흔들림 없는 어조에 한왕은 다시 한번 감동했다. 적장을 꾸짖는 대신 달래듯 말했다.

"아무래도 너는 항우의 잘린 머리를 보아야 그가 죽은 걸 믿겠구나. 좋다. 내 곧 사람을 보내 항우의 머리를 가져오게 하마. 그를 알아보겠거든 부질없는 고집 부리지 말고 성문을 열어 하늘의 호생지덕을 누리도록 하라."

"우리가 이 성을 지키는 것은 패왕의 생사에 따라서가 아니라 지엄한 군명(君命) 때문이다. 군명이 바뀌지 않았으면 설령 우리 대왕께서 돌아가셨다 하더라도 생전의 엄명을 지켜 죽을 때까지 이 성을 지킬 뿐이다!"

늙은 수장은 그래도 쉽게 뜻을 바꾸려 하지 않았다. 그때 곁에 있던 장량이 앞으로 나서 성가퀴에 나와 있는 성안 부로들을 보고 차분한 목소리로 외쳤다.

"옛적 미생(尾生)은 여인과의 약조를 지키려다 돌다리를 안고 물에 빠져 죽고, 송나라 양공(襄公)은 승리를 훔치지 않으려다 도리어 싸움에 지고 목숨을 잃었소. 그 둘은 모두 작은 믿음과 의리를 지켰으나, 어리석음으로 이름을 길이 후세에 남겼소이다. 노현의 부형들도 그러하니, 노공 항우는 한때 여러분과 군신의 의리로 엮인 적이 있으나, 그는 자존망대(自尊妄大)하여 스스로 패왕에 올랐을 뿐만 아니라 의제를 시해한 대역죄인이오. 군명을 받드는 것은 신자(臣子) 된 이들의 도리이되, 이미 죽은 노공을 위해 10만 군민이 함께 목숨을 바친다면 옛적 미생이나 양공의 어리석은 신의보다 나을 게 무엇이겠소?"

함께 있던 진평도 장량을 거들었다.

"내 들으니 명을 내린 자가 죽으면 그 명도 함께 스러지는 법이라 했소. 항왕은 이미 죽었으니 그 군명도 거두어진 것이라 봐야 하오. 우리 대왕의 너그러운 뜻을 거슬러 성이 떨어지는 날 옥과 돌이 함께 불타는[玉石俱焚] 일이 부디 없기를 바라겠소."

그러자 성안 부로들이 몰려 웅성이던 성가퀴가 조용해지더니, 이어 문루 위의 늙은 수장도 대답을 잊은 채 생각에 잠겼다. 한왕이 다시 한번 달래듯 그들을 올려다보며 소리쳤다.

"다시 한번 이르노니, 하늘의 호생지덕을 외면하지 말라. 노공 항우의 머리가 이르거든 성문을 열어 두려워 떠는 10만 생령을 구하라!"

그러고는 사람을 보내 패왕의 머리를 가져오게 했다.

오래잖아 소금에 절인 패왕의 머리가 오자 그걸 알아본 노현의 수장과 성안 부로들도 마침내 성문을 열고 한왕 유방에게 항복했다.

한왕은 약속대로 그들을 용서하였을 뿐만 아니라 그들의 충의를 기려 늦게나마 패왕을 노공의 예우로 장사 지내게 하였다. 뜯어진 사지를 맞추고 머리를 붙여 곡성(穀城)에 묻었는데, 장례를 치르다 보니 한왕에게도 솟구쳐 오는 감회가 있었다. 8년 전 항량의 진중에서 처음 그와 대면한 날로부터 오강 가에서 그의 잘린 머리를 얻을 때까지 쌓인 갖가지 애증과 정한(情恨)의 기억들 탓인지 한왕이 노현을 떠날 때는 패왕을 위해 큰 소리로 울며 갔다[哭之而去]고 한다.

두렵고 싫었지만 또한 부러워하고 우러렀던 젊은 적수에 대한 한왕의 뒤늦은 정감은 그 뒤 사로잡혀 온 여러 항씨(項氏)들에 대한 관대한 처분으로 나타났다. 한왕은 그들을 모두 살려 주었을 뿐만 아니라, 특별히 항복해 온 네 항씨는 열후에 봉하고 유씨(劉氏) 성을 내리기도 했다. 사양후(射陽侯) 항백, 도후(桃侯) 항양, 평고후(平皐侯) 항타 그리고 항관(項冠)이거나 항성(項聲)으로 추정되는 현무후(玄武侯)가 그들이다.

항우가 죽은 뒤 한왕 유방이 세운 제후들은 모두 군사를 거두어 제 봉지로 돌아갔다. 경포는 회남으로, 팽월은 양 땅으로, 한신은 제나라로 돌아가고 한왕은 원래의 한군만을 거느린 채 서초의 나머지 성읍을 평정하였다. 그런데 노성을 마지막으로 산동 땅이 모두 평정되고, 회수를 건너 남쪽으로 갔던 관영과 동쪽으로 갔던 주발이 각기 남은 초나라 세력을 모두 쓸어버리고 돌아오자 한왕의 마음은 갑자기 달라졌다.

"제왕 한신은 지금 어디에 있는가?"

떠날 때보다 배나 부풀어난 군세로 돌아온 관영과 주발이 진채를 내리기도 전에 장수들을 모두 불러 모은 한왕이 그렇게 물었다. 벌써 그런 한왕의 속뜻을 읽었는지 장량이 걱정스러운 얼굴로 답했다.

"정도에 머무르고 있다고 들었습니다."

"항우가 죽고 서초 땅이 이미 모두 평정되었는데 제왕은 어찌 봉지로 돌아가지 않고 아직도 서초 땅에 머물고 있다는 것이오? 도성인 임치(臨淄)로 돌아가 어지러운 삼제(三齊)를 다독이는 일이 급한데도 아직 정도에 머뭇거리는 것은 다른 뜻이 있어서가 아니오?"

한왕이 갑자기 노기 띤 얼굴로 그렇게 목소리를 높였다.

"대왕께서는 잊으셨습니까? 지난번 고릉에서 제왕 한신을 불러내실 때 진현(陳縣) 동쪽에서 동해까지 모두 제왕에게 떼어 주기로 약조하지 않으셨습니까? 오히려 동해 바닷가에 치우친 임치에 틀어박혀서는 새로 받은 땅을 모두 다스리기 어려울 것입니다. 아마도 정도 부근에 새로 도성을 정해 그 한가운데서 자신이 받은 땅을 다스리려는 것이겠지요."

그렇게 깨우쳐 주면서도 장량의 목소리는 왠지 죄지은 사람처럼 낮고 떨렸다. 그 말에 한왕이 더욱 사나워진 눈길로 장량을 쏘아보며 따지듯 말했다.

"한신은 과인의 대장군으로 제나라를 평정한 뒤 광무산에서 궁지에 몰린 과인을 겁박하여 스스로 제왕이 되었소. 그러고도 외로운 과인을 돕지 않아 고릉의 낭패를 보게 하더니, 진성 동쪽의 땅을 받고서야 겨우 대군을 이끌고 과인에게로 왔소. 비록 해하에서 항우를 꺾은 공이 크다 하나 그 기군망상(欺君罔上)의 죄 또한 그 공에 못지않을 것이오. 이제라도 정도로 가서 그 죄를 물어야겠소!"

그러자 장량의 흰 얼굴이 더욱 희게 질렸다. 잠깐 굳은 듯이 한왕을 올려다보다가 가벼운 한숨과 함께 물었다.

"지금 한신은 승세를 탄 10만 정병으로 한곳에 머물러 쉬며 군진(軍陣)을 가다듬고 있습니다. 우리 한나라도 머릿수는 10만이 넘지만 그 실세나 예기는 한신의 제나라 군사에 까마득히 미치지 못합니다. 거기다가 한신을 이길 만한 지장(智將)이 누가 있어 그의 대군을 쳐부수고 죄를 묻는다는 것입니까?"

그런데 거기서 한왕 유방은 천하를 차지해 새 제국을 열 왕자(王者)다운 비정과 결단을 다시 한번 섬뜩하게 보여 주었다. 장량의 깨우침에 움찔하기는커녕 태산 같은 자약함으로 말했다.

"군왕이 신하 된 자의 죄를 묻겠다는데 선생은 어찌하여 군세를 헤아리는 것이오?"

그러고는 한층 더 꿋꿋한 목소리로 덧붙였다.

"한신이 감히 모반이라도 일으킨다는 말이오? 그렇다면 더욱 지금 그를 사로잡아야 하오!"

그 말에 장량이 잠시 대꾸를 못하고 있는데, 그때껏 가만히 듣고만 있던 진평이 나서 가만히 말했다.

"신도 대왕의 헤아리심이 옳다고 봅니다. 한신의 죄를 영영 묻지 않으실 것이라면 또 모르되, 정히 물으실 것이라면 더 미루실 까닭이 없습니다."

번쾌와 관영, 주발 등도 뒤틀린 목소리로 진평을 거들고 나섰다.

"자방 선생께서는 소장(小將)들을 너무 작게 보십니다. 대왕을 따라 패현을 나선 뒤로 저희들도 수십 차례의 크고 작은 싸움을 치르며 장재(將材)를 키워 왔습니다. 거기다가 항우를 동성까지 뒤쫓아 끝내 그 목을 벤 것도 저희들이었습니다. 설령 한신이 대군을 들어 맞서 온다 한들 두려워할 게 무엇이겠습니까? 어차피 한신을 쳐 없애야 한다면 지금이 바로 그때입니다."

그러자 한왕은 한 번 머뭇거림조차 없이 큰 소리로 외쳤다.

"여러 장수들은 들으라. 지금 곧 진채를 뽑아 정도로 간다. 하지만 이 일을 밖으로 새어 나가게 하는 자는 군법으로 그 목을 베리라! 군사들에게는 관중으로 돌아가는 길이라고 알리고, 가는 도중의 백성들에게도 그렇게 소문을 퍼뜨리게 하라. 그러다가 정도 부근에 이르면 불시에 한신의 진채로 짓쳐 든다. 밤낮 없이 달려 사흘 안으로 정도에 이를 것이니, 치중과 시양졸은 모두 남겨 천천히 뒤따르게 하고 장졸들도 되도록 차림을 가볍게 하여 떠나도록 하라."

이에 노현 부근에 머물고 있던 한나라 대군은 그날로 모두 진채를 뽑아 정도로 달려갔다. 대군과 함께 사흘 밤낮을 달려간 한왕은 정도 30리 부근에 이르러서야 제왕 한신에게 아무것도 모르는 도위 하나를 보내 자신이 일러 준 것만 알리게 했다.

"대왕께서 관중으로 돌아가시는 길에 제왕을 한번 뵙고자 하십니다. 지금 30리 밖에 이르러 이곳으로 오고 계시니 나가 맞을 채비를 하십시오."

이른 아침에 갑자기 달려온 낯선 도위에게서 그 말을 들은 한신은 어리둥절했다. 2년 전에도 수무(修武)에서 한왕 유방에게 하루아침에 병권을 빼앗긴 적이 있으나, 그때는 한왕이 하후영 하나만 데리고 몸소 한신의 군막에 뛰어든 기습의 형태였다. 그런데 이번에는 태연하게 사자부터 먼저 보내온 게 그때와는 달랐다. 하지만 10만이 넘는 대군을 휘몰아 오면서도 소리 소문 없이 다가왔다가, 30리 밖에 이르러서야 도위 하나만 덜렁 보내 느닷없이 만나자고 하는 게 예사롭지 않았다.

한신이 그런 한왕의 참뜻을 몰라 우왕좌왕하며 맞을 채비를 하고 있는데, 어느새 한왕의 전군이 한신의 진채 앞에 이르렀다. 전군 앞머리 수백 기의 장수들에게 싸여 있는 것은 틀림없이 한왕의 황옥거(黃屋車)였다.

놀란 한신이 더는 이것저것 잴 틈 없이 달려 나가 한왕을 맞자 황옥거를 둘러싸고 있던 장수들이 낭중기병들과 함께 한신을 둥그렇게 에워쌌다. 참승(驂乘)처럼 한왕의 수레를 호위하고 있던 번쾌가 나서서 길게 읍을 하고 선 한신에게 소리쳤다.

"제왕께서는 신하의 예를 다하여 대왕을 뵙도록 하시오!"

그런 번쾌의 목소리는 여간 엄중하지 않았다. 그 곁에 늘어선 장수들의 눈길도 하나같이 심상찮은 데가 있었다. 한신이 섬뜩하여 수레 앞에 무릎을 꿇자 황옥거에서 내린 한왕이 앞뒤 없이 꾸짖듯 물었다.

"제왕은 어찌하여 임치로 돌아가 봉지를 돌보지 않고 한 달이 가깝도록 이 정도에 머물러 있는가?"

"임치가 너무 동해로 치우쳐 있어 진성 동쪽에서 동해에 이르는 신의 봉지를 모두 돌아보기 어렵습니다. 그래서 새로운 도읍을 정하고자 이곳에 머물러 살피고 있는 중입니다."

한신이 살피고 꾸며 댈 틈도 없이 그렇게 대답하다가 아차, 했다. 한왕이 얼굴이 갑자기 사납게 일그러지더니 이내 벌겋게 달아올랐다.

"진성에서 동해까지라면 네가 궁지에 빠진 과인을 겁박하여 훔친 땅을 말하는가?"

한왕이 버럭 고함이라도 지르듯 그렇게 물었다. 그리고 기세에 눌린 한신이 미처 무어라고 대답하기도 전에 소리 높여 꾸짖었다.

"한신은 들어라! 전에도 너는 광무산에서 항우에게 몰리고 있는 과인을 겁박하여 스스로 제왕에 올랐다. 또 항우를 쫓던 과인이 고릉에서 낭패를 당하는 걸 보면서도 군사 한 명 보내지 않다가, 진성 동쪽의 땅을 얻어 천하의 셋 가운데 하나를 차지하게 된 뒤에야 겨우 군사를 움직여 과인을 도왔다. 네 남의 신하 되어 제 주인을 속이고 제 임금을 능멸함이 어찌 이보다 더할 수 있느냐? 그런데도 너는 아직 네 죄를 깨달아 뉘우칠 줄 모르고, 이 정도에 걸터앉아 이제는 오히려 관동을 오로지할 궁리를 하고 있으니, 도대체 네 목은 몇 개나 되는 것이냐? 과인의 궁박함을 틈타 그토록 넓은 땅을 훔치고도 끝내 그 목이 성할 줄 알았더냐?"

그 말을 듣자 한신은 가슴 섬뜩해지며 등줄기로 식은땀이 흘렀다. 자신도 모르게 땅바닥에 이마를 짓찧을 만큼 깊숙이 머리를 조아리며 간곡하게 말했다.

"신이 어리석고 굼떠 더러 대왕께서 바라신 때에 이르지 못한 죄는 있습니다만, 대왕을 속이거나 능멸한 적은 결코 없사옵니다. 죄를 물으시려거든 어리석고 굼뜬 죄를 물어 주옵소서. 더군다나 신은 오직 대왕께서 내려 주신 땅을 정성으로 다스리고자 새 도읍을 찾았을 뿐, 관동을 오로지하려 바라본 적은 결코 없사옵니다."

그래도 한왕의 노기는 전혀 풀리지 않았다.

"닥쳐라! 아직도 네 죄를 깨달을 줄 모르니 너는 그 완악함만으로도 죽어 마땅하다. 허나 해하에서 세운 공이 있어 목숨은 붙여 놓을 것이니, 너는 이제라도 네 죄를 깨달아 뉘우치고 하늘의 호생지덕을 누리도록 하라!"

그러고는 한신에게서 제왕의 옥새를 거두어들인 뒤 그 군사들까지 모두 빼앗아 버렸다. 따라서 한신은 그날로 왕위와 군사를 모두 잃고 한 막장(幕將)으로 한나라 본진에 머물게 되니 그 신세가 한왕의 군중에 갇힌 것이나 다름없었다. 제나라도 없어져 나중에 한왕의 서장자(庶長子) 유비(劉肥)가 다시 제왕으로 세워질 때까지 한나라의 한 군(郡)이 되고 만다.

제왕 한신에게서 왕위와 병권을 거둔 한왕이 그대로 정도에 머물러 중원을 살피고 있는데 강릉을 평정하러 간 근흡이 갑자기 비마를 띄워 알려 왔다.

"임강왕(臨江王) 공환(共驩, 尉 또는 慰로 나오기도 한다.)이 끝내 항복하기를 마다하며 맞서고 있습니다. 지금 강릉성 안에서 그 상주국, 대사마 등과 함께 군민을 이끌고 버티는데, 인근의 성이 호응하여 쉽게 떨어뜨릴 수가 없습니다. 대왕께서 양장(良將)과 대군을 보내 주셔야만 임강의 여러 성읍을 평정할 수 있을 것입니다."

공환은 항우가 임강왕에 봉한 공오(共敖)의 아들이었다. 공오는 원래 죽은 의제가 회왕(懷王)으로 있을 때 초나라 주국(柱國)에 봉해진 사람으로, 거록에서 크게 이긴 항우가 서쪽으로 진나라를 치러 갈 때 남으로 내려가 강릉을 떨어뜨리고 임강 일대를 평정하였다. 진나라를 쳐 없애고 패왕이 된 항우는 공오가 비록 자신을 따라 관중으로 들어가지는 않았으나 남쪽을 평정한 공을 인정해 임강왕으로 삼았다.

그 일을 들어 알고 있는 한왕이 성난 소리로 물었다.

"공오는 의제께서 주국으로 세운 사람이고, 항우가 임강왕으로 세울 때도 의제께서 특히 당부하신 바 있었다. 공환은 그런 공오의 아들인데 어찌하여 여태 우리에게 항복하지 않는단 말이냐?"

"하지만 공오는 항우의 밀명을 받고 형산왕(衡山王) 오예(吳芮)와 공모하여 강수 위에서 몰래 의제를 죽였습니다. 그 일로 항우의 심복이 되어 죽을 때까지 충성을 다하더니, 이제 그 자식 대에 이르러서도 지난 죄업의 그늘을 벗어나지 못한 듯합니다."

진평이 차분하게 일깨워 주었다. 그러자 한왕이 그 자리에서 장군 유가와 태위 노관을 불러내 명을 내렸다.

"이제 그대들에게 군사 3만을 줄 터이니 어서 강릉으로 달려가 임강왕 공환을 사로잡고 그 땅을 평정하라. 끝내 맞서는 무리는 모두 죽여 천명의 엄숙함을 널리 알림이 마땅하다!"

그리고 다음 날로 유가와 노관을 강릉으로 내려보냈다.

유가와 노관이 이끈 3만 군사가 강릉에 이르자 성을 에워싼 한군은 5만 대군으로 늘어났다. 거기다가 패왕 항우를 죽이고 천하를 평정했다는 자부에 차 있는 그들이라 기세는 비할 바 없이 드높았으나, 강릉성을 지키는 군민도 만만치 않았다. 저희 임금 공환을 받들어 조금도 기죽지 않고 꿋꿋이 한군에게 맞서 왔다.

그 바람에 강릉성을 에워싸고 다시 피 튀기는 공성전이 벌어졌다. 하지만 높고 든든한 성벽에 의지해 지키는 성이라 아무래도 치고 드는 쪽이 이롭지 못했다. 거기다가 인근에 있는 임강의 성읍들이 이따금씩 구원을 나와 도우니 한군은 5만의 대군으로 에워싸고도 성은 떨어뜨리지 못하고 군사만 상했다. 근흡이 가만히 유가와 노관을 찾아보고 말했다.

"급하게 성을 들이친다고 해서 될 일이 아닌 듯합니다. 내가 이대로 공환을 성안에 가둬 놓을 터이니 두 분 장군께서는 군사를 몰고 먼저 인근의 성읍부터 깨뜨리십시오. 그리하여 고립무원(孤立無援)한 지경에 빠져야만 공환도 성을 나와 항복할 것입니다."

유가와 노관도 듣고 보니 그 말이 옳은 듯했다. 다음 날로 이끌고 온 군사를 빼내 강릉 인근의 성읍부터 도륙하기 시작했다.

근흡이 강릉성을 물샐틈없이 에워싸고 있는 사이 유가와 노관의 3만 군이 임강 땅을 휩쓸어 가니, 변변한 수장도 없이 버티고 있던 작은 성읍들은 차례로 떨어졌다. 보름도 되지 않아 임강 땅은 강릉만 남고 모두 한군에게 평정되고 말았다. 이에 군사를 몰아 강릉성으로 돌아온 유가와 노관은 다시 근흡과 함께 겹겹이 성을 에워싸고 공환을 문루로 불러내 달랬다.

"임강왕은 들으시오. 이제 임강 땅에서 이곳으로 구원을 올 성읍은 하나도 남지 않았소. 어서 성문을 열고 항복하여 우리 대왕의 너그러움에 의지하시오. 미련스레 버티다가 성이 깨지는 날이면 죄를 빌려고 해도 빌 곳이 없을 것이오!"

그렇게 되자 강릉성 안에서 버티던 임강왕 공환도 더는 배겨내지 못했다. 이제 밖에서는 군사 한 명, 쌀 한 톨 들어오지 못하게 되었다는 것을 알자 마침내 성문을 열고 항복했다.

임강왕 공환이 그 일족과 군민들을 이끌고 항복해 오면서 서초 남쪽 땅도 모두 평정되었다. 근흡은 공환과 그 주국 및 대사마를 비롯한 여덟 명의 대신들을 옥에 가두고 그대로 강릉에 머물러 임강 땅을 지켰다. 그리고 유가와 노관은 군사를 이끌고 아직도 정도에 머물고 있는 한왕에게로 돌아가 그 일을 알렸다.

"이제부터 임강은 남군(南郡)이 되고 전과 같이 강릉에 그 치소(治所)를 둔다. 공환의 일족은 낙양으로 호송해 가둬 두도록 하라. 과인이 돌아가는 날 그 죄를 엄히 물으리라!"

그사이 한(漢) 5년 선달이 지나가고 춘정월이 되었다. 제왕 한신을 다시 한 무력한 신하로 곁에 묶어 두고, 죽은 항우를 받들어 맞서 오던 임강왕 공환을 사로잡자 당장은 천하에서 한왕 유방에게 맞설 만한 세력이 없어졌다. 거기서 온 여유일까. 한왕은 비로소 미뤄 왔던 논공행상에 들어갔다.

한왕이 누구보다도 먼저 봉작으로 달랜 것은 제나라 왕위를 뺏기고 군중에 갇혀 앙앙불락(怏怏不樂)하고 있던 한신이었다. 한왕이 정도를 덮칠 때는 모반의 의심도 없지 않았으나, 한신이 너무도 순순히 왕위와 병권을 내놓아 의심을 풀어 준 데다, 항우를 잡는 데 세운 공이 너무 컸다. 그 바람에 달포 내내 마음이 편치 못했던 한왕은 한신을 다시 초왕(楚王)으로 올려세웠다.

죽은 노공(魯公) 항우가 서초(西楚)란 이름으로 그 땅을 모두 아울러 버렸으나, 초나라는 원래 경씨(景氏), 웅씨(熊氏)의 나라였다. 그런데 웅씨 왕통의 적손인 의제께서는 침현에서 노공에게 시해당하시고 후사가 없다. 이에 전 제왕 한신을 초왕으로 세워 초나라의 사직을 잇게 하고 아울러 그 땅과 백성들을 맡기고자 한다. 한신은 하비에 도읍하고 전란에 시달린 그 땅과 백성들을 두루 어루만지라.

한왕은 대강 그런 조서로 한신을 초왕으로 올려세운 뒤 다시 한신을 불러 가만히 말했다.

"그대는 원래 회음 사람이라 초나라는 곧 고향이 된다. 과인이 듣기로 젊은 시절 그대는 그곳에서 남의 빨래를 해 주고 사는 아낙에게서 밥을 빌어먹고, 백정의 가랑이 사이를 기었다 하였다. 고난이 모질면 한도 깊고, 한이 깊으면 정 또한 깊을 터, 그대에게는 누구보다 간절하게 그런 고향을 돌아보고자 하는 뜻이 있으리라. 예부터 부귀해서 고향으로 돌아가지 않으면 비단옷 입고 밤길을 걷는 것과 같다 하였으니, 그 어떤 비단옷이 왕후(王侯)의 자리보다 더 번쩍이랴. 거기다가 남의 임금 된 자는 신하의 허물은 잊어도 공을 잊어서는 아니 된다 하였다. 그대는 비록 광무산과 고릉에서 과인을 기망하고 겁박하였으나, 과인의 세상을 열기 위해 세운 공도 크다. 이제 그대를 다시 초왕으로 삼아 고향으로 보내니 부디 선정을 베풀어 천하의 남쪽 모퉁이를 평안케 하라."

한왕은 또 양 땅으로 가 있는 팽월에게도 새삼 조서와 함께 인수와 도적(圖籍)을 내려 즉위를 재촉했다.

> 위(魏) 상국 건성후(建城侯) 팽월을 양왕(梁王)으로 세운다. 양왕은 위나라의 옛 땅을 모두 봉지로 삼고 정도에 도읍하여 관동의 든든한 울타리가 되라.

이미 왕에 봉해진 제후로서 한왕을 도와 패왕 항우와 맞선 이들에게도 사자를 보내 어르고 다독이기를 잊지 않았다. 회남왕 영포, 조왕(趙王) 장이, 한왕(韓王) 신(信), 형산왕 오예, 연왕 장도 같은 이들이었다. 형산왕 오예는 원래 패왕 항우가 세운 제후였으나, 회남왕 영포의 장인이 되는 데다 그 부장 매현(梅鋗)이 한왕을 따라 무관(武關)을 넘어 세운 공이 커서 왕호를 유지할 수 있었다. 또 연왕 장도도 패왕이 세운 제후였으나, 이태 전 한신에게 항복한 터라 그대로 연나라를 다스리게 했다.

이어 한왕 유방은 그 밖의 여러 장수들에게도 아낌없이 호(戶)를 나누어 주고 봉록을 올려 그들을 잊지 않고 있음을 널리 드러냈다. 그리고 마지막으로 천하에 크게 사면령을 내려 어지러워진 민심을 가라앉혔다.

거듭된 전란으로 8년이나 싸움이 그치지 않아 만백성의 고

초가 심하였다. 이제 천하의 일이 대강 매듭지어졌으니 널리 사면령을 내린다. 방금 옥사에 걸려 있는 죄인들 가운데 사죄(死罪)로 뚜렷이 밝혀진 것을 빼고는 모두 그 죄를 없이한다.

황제가 되어

천하가 그럭저럭 안정되자 제후 왕들과 장군, 대신들이 서로 의논하여 한왕 유방에게 청하였다.

"이제 함부로 패왕을 일컫던 큰 도적은 죽고 사해는 모두 우리 한나라에 귀복하였습니다. 대왕께서는 어서 황제의 자리로 나가시어 여정(呂政)의 분탕질 이래 끊어진 천하의 대통을 이으소서."

한왕이 그 말을 듣고 몸을 낮춰 사양했다.

"듣기로 황제의 자리는 어질고 슬기로운 이만이 오를 수 있다 하였소. 빈말과 헛된 소리로는 끝내 지켜 낼 수 없다 하였으니, 나는 그런 황제의 자리를 감당해 낼 수가 없소."

그러자 여러 신하들이 입을 모아 말하였다.

"대왕께서는 힘없고 가난한 이들[微細] 사이에서 일어나시어,

포악한 역적들을 쳐 없애시고 사해를 평정하신 뒤 공 있는 자에게 땅을 나눠 주고 왕후로 봉하셨습니다. 그런데 대왕께서 황제의 존호를 마다하신다면, 대왕께서 그들에게 내리신 왕후의 봉작 또한 아무도 믿지 않을 것입니다. 이에 저희 신하들은 죽기로 대왕께서 제위에 오르시기를 간청하오니 부디 물리치지 마옵소서."

그래도 한왕은 세 번이나 사양하다가 마침내 마지못한 듯 말하였다.

"그대[諸君]들이 이리 권하는 까닭은 나라를 위함일 것이다. 과인이 제위로 나아가는 것이 나라에 도움이 된다면 그 뜻을 받아들이겠다."

한왕 유방의 허락이 떨어지자 그때까지도 정도에 머무르고 있던 한군 본진은 그날부터 이상한 열기로 술렁거리기 시작했다. 곧 의례(儀禮)와 전거(典據)에 밝은 숙손통(叔孫通)이 불려 와 대신들과 더불어 한왕의 황제 즉위를 준비했다. 그리고 길일을 골라 날을 받은 뒤 전례에 맞게 즉위의 의식을 치렀다.

한(漢) 5년 2월 갑오일, 한왕 유방이 범수(氾水) 북쪽에서 단을 쌓아 하늘에 고하고 황제의 자리에 오르니 이가 곧 한(漢)나라 고제(高帝)로서 시호로는 고조(高祖)이다.

한왕 유방이 고제가 되면서 왕후 여치(呂雉)는 황후가 되고, 태자 효혜(孝惠)는 황태자가 되었으며, 한왕의 선비(先妣) 유오(劉媼)는 소령부인(昭靈夫人)으로 올려 세워졌다. 그 아버지 태공도 그때 아직 살아 있었으나, 포의에서 황제가 되었는데 그 아버지가 살아 있었던 전례가 없었으므로, 따로 칭호를 만들지 못했다.

선양(禪讓)으로 왕위에 오른 순임금의 아버지 고수(瞽叟)가 다른 호칭을 가지지 않았던 예에 따라 태공에게도 다른 호칭이 마련되지 않았다는 말도 있다.

정도에서 제위에 오른 한 고제 유방은 처음 서쪽으로 낙양(洛陽)에 옮겨 자리 잡고 그곳을 도읍으로 삼았다.

'우리 한나라가 도읍으로 삼고 있는 관중의 역양은 서북쪽에 치우쳐 있어 천하를 다스리는 제도(帝都)로는 마땅치 못하다. 관중은 예부터 물러나 굳게 지키기에는 좋으나 나아가 세력을 떨치기에는 궁벽한 땅으로서, 관동의 변란을 다스리기에 더디고 뻗어 오르는 회남과 강동의 기운을 억누르기에도 너무 멀다. 이에 함곡관 동쪽에 있는 낙양을 도읍으로 삼아 새로운 치세를 열고자 한다.'

고제는 그런 조서를 내리고 소하에게 사람을 보내 낙양으로 도읍을 옮기게 하였다. 그리고 주발에게 군사를 주어 보내 버리게 된 도읍 역양과 더불어 새로 도읍이 될 낙양을 굳건히 지키게 하였다.

고제의 명을 받은 소하는 급하게 궁궐과 백관의 거처를 마련하고 물자를 모아들여 낙양을 도성으로 꾸몄다. 낙양이 겨우 도성의 모습을 갖추자 고제의 본진은 정도를 떠나 낙양으로 옮겼다. 하지만 방금 싸움을 끝낸 수십만의 장졸이 한꺼번에 몰려들자 낙양은 금세 터질 듯 부풀어 올랐다. 거기다가 장수를 달리하는 부대들이 뒤엉킨 터라 성안은 일쑤 아래위가 뒤죽박죽이 된 난장판이 되었다.

한(漢) 5년 5월, 견디다 못한 고제는 도성과 어가를 지킬 병력만 남기고 군사들을 모두 고향으로 돌려보냈다. 아울러 천하가 어지러워 산속이나 물가에 숨어 살던 백성들도 모두 제 살던 고을로 돌아가 옛 관작과 전답과 집을 되찾게 하였다. 또 모든 고을의 구실아치들은 그렇게 고향으로 돌아온 이졸들이 잘못을 저지르더라도 알아듣도록 깨우쳐 줄 것이요, 함부로 매질하거나 욕보이지 못하게 하였다. 한나라는 열후(列侯)가 되어야 식읍을 내리던 진(秦)나라와는 달리, 칠대부(七大夫) 이상이면 식읍을 내리고, 칠대부 아래조차 들지 못해도 고향으로 돌아간 이들에게는 부역을 없이해 주었다.

군사들이 흩어져 그 고향으로 돌아가자 낙양 거리의 소란은 많이 가라앉았지만 그걸로 도성 낙양의 기강이 온전히 바로잡아진 것은 아니었다. 이제는 한나라의 장상(將相)으로 바뀌어 고스란히 낙양에 남게 된 옛 막빈과 장수들 때문이었다.

일찍이 고제는 지나치게 번잡한 진나라의 의례를 모두 없애 위아래 모두 몸 두기가 쉽게 하였고, 관제도 꼭 필요한 것만 남겨 간편하게 만들었다. 그 바람에 의례에 익숙하지 못한 여러 신하들은 날마다 술을 마시며 서로 공을 다투었고, 장수들은 술에 취해 함부로 큰 소리를 지르다가 그것으로도 성에 차지 않으면 칼을 빼 들고 궁궐의 기둥을 찍기도 하였다. 어지간한 고제도 그렇게 되자 걱정이 되지 않을 수 없었다.

그때 다시 박사인 숙손통이 나서 한나라 조정의 의례와 관제를 정비해 나갔다. 숙손통은 고제 유방이 갈수록 그와 같은 신하들의 행실을 못마땅해하는 걸 알고 나아가 말하였다.

"대저 선비라 하는 자들은 더불어 천하를 얻어 진취적인 일을 같이하기는 어렵지만, 이루어 놓은 대업을 함께 지키기에는 더할 나위 없이 유용합니다. 바라건대 노나라의 선비들을 불러 신의 제자들과 함께 조정의 의례를 마련하게 해 주십시오."

"한 나라의 의례를 새로 마련한다는 것이 그리 쉬운 일이겠소?"

고제가 미덥지 않다는 얼굴로 그렇게 물었다. 숙손통이 차분하게 말하였다.

"오제(五帝)는 음악을 달리하였고, 삼왕(三王)은 예법을 달리하였습니다. 무릇 예법은 시대와 인정에 따라 간략해지기도 하고 덧붙여 꾸며지기도 하는 것입니다. 공자께서 이르기를 '은나라는 하나라의 예를 따랐으니 (둘을 견주어 살피면) 그 더하고 덜어 낸 것을 알 수 있고, 주나라는 은나라의 예를 따랐으니 또한 그 더하고 덜어 낸 것을 알 수가 있다. 혹시 주나라를 잇는 나라가 있다 하더라도 (그 더하고 덜어 낸 것은) 백세라도 알 수 있을 것이다[殷因於夏禮 所損益可知也. 周因於殷禮 所損益可知也. 其或繼周者 數百歲可知也].'라고 했습니다. 이는 곧 고금의 예법이 서로 이어져 있으나 겹치지 않았음을 말하는 것입니다. 바라건대 주나라의 예(禮)와 진나라의 의(儀)를 아울러 우리 한나라의 의례를 만들어 보고자 합니다."

그러자 고제가 고개를 끄덕이며 말했다.

"그렇다면 경이 한번 만들어 보라. 그러나 사람들이 알기 쉽고 짐이 지켜 낼 수 있도록 만들어야 할 것이다."

이에 숙손통은 황제의 명을 받들고 노나라로 갔다. 그리고 그곳 선비 수십 명을 불러 모아 놓고 함께 한나라의 의례를 세워 보자고 말했다. 불려 온 선비 가운데 두 사람이 숙손통을 따르기를 거절하며 말하였다.

"그대가 섬긴 주군은 열 손가락을 채울 정도가 되지만, 그 모두가 그대 스스로 다가가 아첨하여 가까워졌고, 그래서 그대도 귀하게 되었소이다. 이제 천하가 겨우 평정되어 죽은 사람은 아직 장례도 치르지 못했고, 다친 사람은 아직 움직일 수도 없는데, 벌써 예악을 일으키려 하는 것이오? 예악은 적어도 백 년의 덕을 쌓아야 흥성할 수 있는 것이니, 우리는 차마 그대가 하려고 하는 바를 함께할 수가 없소. 그대가 하려는 일은 옛 법도에 맞는 일이 아니오. 우리는 아무도 갈 수가 없으니 그대는 이만 돌아가시오. 더는 되잖은 말로 우리를 욕되게 하지 마시오."

숙손통이 주군으로 섬긴 사람은 진시황과 이세황제에, 항량과 초(楚) 회왕(懷王)까지 넣어도 여섯을 넘지 못한다. 그런데도 주인을 열 번이나 바꾼 것으로 부풀리며 몰아세우는 그 선비들에게 화를 낼 법도 했으나 숙손통은 오히려 느긋하게 웃으며 그들을 달랬다.

"그대들은 참으로 고루한 선비들이구려. 세월이 변한 것을 이토록 모르고 계시다니."

그리고 간곡하게 자신이 뜻한 바를 그들에게 알렸다. 그런 숙손통의 정성에 마음이 움직였는지 마침내 노나라 선비들도 그와 함께 일하기를 바랐다.

낙양으로 돌아온 숙손통은 노나라에서 끌어들인 선비 30명과 이미 조정에 들어와 있던 학자들에다 자신의 제자 백여 명을 데리고 교외로 나갔다. 그리고 거기에다 궁궐 비슷한 전각을 꾸미고 먼저 조정에서의 의례부터 갖춰 나갔다. 그 뒤 각기 모의(模擬)로 관작을 맡고, 그 관작에 맞는 의례를 익힌 다음, 궁궐의 출입으로부터 조정에서의 진퇴와 언어 형색(形色)에 이르기까지 하나하나 익혀 나갔다.

서로 관작을 바꾸어 가며 연습을 되풀이하자 한 달도 안 돼 제법 볼만한 궁중 의례가 어우러졌다. 숙손통이 가만히 고제를 찾아보고 말했다.

"이제 조정에서의 의례가 그럭저럭 갖춰졌습니다. 폐하께서 한번 살펴보십시오."

이에 교외로 나와 선비들과 학자들이 펼쳐 보이는 의례 시범을 본 고제는 흡족하게 웃으며 말했다.

"잘되었다. 지나치게 번잡하지도 않고, 그렇다고 너무 간략하여 거칠지도 않구나. 이만하면 짐도 해낼 수 있겠다."

그러고는 모든 신하들에게 그대로 익히도록 하여 이듬해 정초가 되는 10월 조회 때부터 그 의례를 따르게 했다.

낙양성에 조금씩 기강이 서고 질서가 잡혀 가자 고제도 평소의 너그러움과 느긋함을 되찾았다. 어느 날 남궁(南宮)에서 크게 술잔치를 열고 신하들과 더불어 마시며 즐기다가 불쑥 물었다.

"열후와 여러 장수들은 감히 짐에게 감추려 들지 말고 모두 그 진심을 털어놓으라. 묻노니, 짐이 천하를 얻게 된 까닭은 무엇이며, 항씨가 천하를 잃게 된 까닭은 무엇이라 보는가?"

그러자 왕릉과 나중에 도무후(都武侯)가 된 고기(高起)가 먼저 나서 입을 모아 말했다.

"폐하께서는 오만하여 사람을 업신여기고 항우는 너그러워 다른 사람을 사랑할 줄 압니다. 하지만 폐하께서는 사람을 보내 성을 치고 땅을 빼앗은 뒤에는 항복한 곳을 항복받은 자에게 나눠 주심으로써 천하와 더불어 이익을 나누셨습니다. 그와 달리, 항우는 어진 이를 시기하고 일 잘하는 이를 미워하며, 공을 세운 이를 해치고 슬기로운 이를 의심했습니다. 또 싸움에 이긴 뒤에는 다른 사람에게 공을 돌리지 않고, 땅을 얻은 뒤에도 다른 사람에게 이익을 나누어 주지 않았으니, 이것이 항우가 천하를 잃은 까닭입니다."

그 말을 들은 고제가 빙긋이 웃으며 말했다.

"그대들은 하나는 알고 둘은 모르는구려. 무릇 장막 안에서 계책[籌策]을 짜내어 천 리 밖의 승패를 결정짓는 일은 짐이 자방(子房)만 못하고, 나라를 진정시키고 백성들을 어루만져 군중에 곡식을 대고 양도가 끊어지지 않게 하는 데는 짐이 소하만 못하오. 또 백만 대군을 이끌며 싸우면 반드시 이기고, 쳐들어가면 반드시 빼앗는 재주는 짐이 한신만 못하오. 이 세 사람은 모두 한 시대가 낳은 걸출한 인재라 할 수 있소. 하지만 그들을 손발처럼 부린 것은 짐이었소. 짐은 그들을 잘 쓸 수 있었기 때문에 천하를 얻을 수 있게 되었을 것이외다. 죽은 항우를 보시오. 그에게 인걸이라 할 만한 이는 오직 범증 하나가 있었으나 그나마도 제대로 쓰지 못했소. 그게 항우가 짐에게 잡혀 죽게 된 까닭이외다."

그런 말로 미루어, 한나라 고제 유방은 흔히 알려진 것처럼 천명에 모든 것을 맡기고 느긋하게 기다리던 무위(無爲)와 부동(不動)의 사람이 아니라, 자신을 잘 알고 거기에 맞춰 대국을 이끌어간 단수 높은 책략가로 볼 수 있을지도 모른다. 하지만 그들 군신의 득의에 찬 문답에도 불구하고, 천하가 아직 온전히 한나라의 다스림 아래 든 것은 아니었다. 그 가운데 특히 고제에게 목의 가시 같은 것이 전횡(田橫)의 일이었다.

자신이 왕으로 세운 조카 전광(田廣)이 한신에게 쫓기다 죽자 스스로 제나라 왕이 된 전횡은 남은 세력을 수습해 팽월에게로 갔다. 그때까지만 해도 아직 어느 누구에게도 신속(臣屬)하지 않은 팽월과 함께 때로는 한왕 유방을 돕기도 하고 때로는 항우의 편이 되기도 하면서 재기를 노려 볼 작정이었다. 그러나 이듬해 팽월이 양왕(梁王)이 되어 한왕 유방 밑에 들게 되면서 그 아래 머물 수 없게 되었다. 이에 따르는 무리 5백 명을 거느리고 멀리 동해(東海) 가로 달아났다.

그날 고제는 득의한 가운데도 문득 전횡의 일을 떠올리고 좌우를 돌아보며 물었다.

"지난해 양왕 팽월에게서 달아난 전횡은 어찌 되었는가?"

"전횡은 따르는 무리와 더불어 동해에 있는 외진 섬으로 들어가 숨어 살고 있다고 합니다."

마침 전횡의 소문을 들어 알고 있는 근신 하나가 그렇게 대답했다. 그 말에 고제가 문득 어두운 얼굴이 되어 말했다.

"전횡 형제는 원래 그 재략과 인망으로 제나라를 차지해 다스렸고, 그 땅의 많은 현능한 선비들도 그들을 따랐다고 들었다. 이제 멀리 바닷가에 숨어 산다 하나, 그들을 그대로 내버려 두면 뒷날 무슨 일을 벌일지 모른다. 차라리 그들을 달래고 어루만진 뒤에 낙양으로 불러들여 씀이 나으리라."

그러고는 사신을 전횡이 숨어 사는 섬으로 보내 지난날의 죄를 사면하면서 그를 한나라 조정으로 불러들이게 하였다.

고제가 보낸 사신은 여러 날 뒤 뭍길, 뱃길을 물어물어 전횡이 숨어 사는 섬을 찾아갔다. 거기서도 이미 천하대세가 결정 난 것을 들어서 알고 있던 전횡은 예전과 달리 예를 갖추어 사신을 맞아들였다. 사신은 그런 전횡에게 지난날의 죄를 사면해 준다는 고제의 명을 전한 뒤에 한나라 조정으로 출사(出仕)하라는 조서를 내렸다. 조서를 읽은 전횡이 사신에게 간곡한 말로 빌었다.

"나는 지난날 폐하의 사신으로 온 역 선생 이기를 삶아 죽인 적이 있소이다. 듣기로 그 아우 역상이 한나라의 장군이 되었다 하니, 설령 그가 어진 사람이라 내게 원혐(怨嫌)을 드러내지 않는다 해도 내 어찌 그와 나란히 같은 조정에 설 수 있겠소? 지난 죄를 사면해 주신다는 폐하의 우악(優渥)하신 처분은 감격스러워도 출사하라는 조서는 감히 받들지 못하겠소이다. 바라건대 폐하께 아뢰어, 이 몸을 한낱 이름 없는 백성으로 이 외진 섬이나 지키며 살 수 있게 해 주시오."

사신이 그 말을 받아 두 번, 세 번 달래 보았으나 전횡은 끝내 마음을 바꾸지 않았다. 이에 사신은 하릴없이 낙양으로 돌아와 그와 같은 전횡의 뜻을 고제에게 전했다. 그래도 마음이 놓이지 않는지 고제는 기어이 전횡을 도성으로 불러들이려 했다. 먼저 위위(衛尉)가 되어 있는 역상에게 조서를 내려 엄포를 놓았다.

동해 바닷가로 달아났던 제왕(齊王) 전횡이 이제 짐의 조정으로 돌아오려 한다. 전횡이 돌아올 때 그를 해치는 자는 까닭을 묻지 않고 그 삼족을 멸할 것이다. 또 전횡을 따르는 사람이나 말을 괴롭히는 자도 그 일족을 모두 죽여 없애리라.

그런 다음 다시 사신에게 부절(符節)을 주어 전횡에게로 보냈다. 사신은 전횡에게 고제가 역상에게 내린 조서를 보여 주며 도성에서 있었던 일을 자세히 일러 주었다. 그리고 아울러 간곡하면서도 준엄한 고제의 뜻을 전했다.

그대가 짐의 조정으로 돌아온다면 높게는 왕으로 삼을 것이요, 낮아도 열후(列侯) 아래로 내려서게 하지는 않을 것이다. 허나 굳이 짐의 부름을 마다한다면, 이는 그대가 딴마음을 품은 것이라 여겨 장차 대군으로 그 땅을 쓸고 그대와 그대를 따르는 무리까지 모두 잡아 죽일 것이다!

자신을 따르는 무리까지 함께 죽여 버리겠다는 말에 전횡도 더는 버티지 못했다. 마침내 한나라에 귀부하기로 하고 숨어 살던 섬을 떠났다. 거느린 빈객 가운데 둘을 데리고 사신과 함께 뭍에 오른 전횡은 가까운 역참에 이르러 전거(傳車, 역에 있던 네 마리 말이 끄는 수레)를 빌려 타고 낙양으로 향했다.

여러 날 뒤 전횡이 탄 수레가 낙양에서 30리쯤 떨어진 시향역(尸鄕驛)에 이르렀을 때였다. 역 마구간에서 말을 바꾸려는데 전횡이 사신에게 지긋한 목소리로 말했다.

"이제 나는 남의 신하가 되어 천자를 알현하러 가는 길이오. 천자를 처음 뵙는데 어찌 정성에 소홀함이 있을 수 있겠소? 목욕재계하여 그동안에 더께 앉은 불충(不忠)의 때라도 씻어 내고 감이 마땅할 것이오."

그러고는 시향에서 하룻밤 묵어 가기를 청했다. 사신도 나쁘지 않은 일이라 여겨 전횡의 말을 따라 주었다. 하지만 그때 이미 전횡은 다른 뜻을 품고 있었다.

다음 날 아침 일찍 일어난 전횡은 먼저 깨끗이 몸을 씻고 의관을 바르게 한 뒤 자신을 따라온 빈객 두 명을 불러 말하였다.

"지난날 나 전횡과 한왕 유방은 나란히 남면(南面)하고 왕이 되어 다 같이 '고(孤)'를 일컬었소. 하지만 마침내 천하를 아우른 한왕은 천자가 되어 옥좌에 높이 앉고, 멀리 달아나 숨어 살던 나는 이제 한 부로(俘虜)로서 북면(北面)하여 한왕을 섬기게 되었으니, 이 부끄러움과 욕됨을 차마 견뎌 내기 어렵구려. 거기다가 장차 나는 한나라의 신하가 되어, 남의 형을 삶아 죽이고도 그 아우와 어깨를 나란히 하며 같은 임금을 섬겨야 하는 처지에 떨어지게 되었소. 비록 그 아우가 천자의 조서를 두려워하여 형을 삶아 죽인 나를 괴롭히지 못한다고 하더라도, 내 어찌 마음속에 부끄러움이 없겠소? 멀리 동해 바다 가운데 외진 섬까지 나를 따라와 준 5백 명의 의로운 벗들을 살리고자 이 길을 나서기는 했으나, 곰곰이 돌아볼수록 기막힌 일이오.

짐작하기로 천자께서 나를 만나고자 하시는 까닭은 동쪽의 오랜 우환거리이던 내 얼굴을 한번 보아 두시려는 것에 지나지 않을 것이오. 지금 천자께서는 낙양에 계시는 터라 여기서 내 목을 잘라도 30리를 빠른 말로 달려가면 그 모습은 크게 변하지 않을 성싶소. 이제 내 스스로 목을 베어 이 부끄럽고 욕된 삶에서 벗어나고자 하니, 두 분께서는 사신과 함께 낙양으로 들어가 이 목을 천자께 바쳐 주시오. 빠른 말로 달려가면 천자께서도 그런 대로 볼만한 내 모습을 보시게 될 수 있을 것이오!"

그런 다음 스스로 보검을 뽑아 목을 베고 죽었다. 지그시 이를 사리물고 바라보던 두 빈객이 전횡의 목을 잘라 편안히 숨을 거두게 하고 사신을 불러 재촉했다.

"빠른 말을 내어 우리 대왕의 모습이 변하기 전에 천자를 뵙게 해 주시오. 그때 대왕께서 저희에게 남기신 간곡한 뜻도 아울러 천자께 전할 것이오."

이에 눈치 빠른 사신도 그 정황을 알아보고 두 빈객이 하자는 대로 따라 주었다. 전횡의 목을 싸 든 두 빈객과 사신은 한 시진도 안 돼 낙양 궁궐에 이르렀다. 두 빈객이 전횡의 목을 바치며 그가 고제에게 올린 마지막 간곡한 당부를 전했다.

> 신이 이렇게나마 폐하를 뵈오니, 바닷가 외진 섬에 남아 있는 5백 명의 의사(義士)들은 이름 없는 백성으로나마 하늘의 호생지덕을 누리게 해 주옵소서!

고제가 그 말을 듣고 전횡을 위해 눈물을 흘리며 말하였다.

"아아, 모든 게 까닭이 있었구나. 한낱 포의에서 몸을 일으켜 삼 형제가 번갈아 왕이 되었으니 그들이 어질지 아니하고 어찌 될 일이었겠는가!"

그리고 두 빈객을 도위로 삼은 뒤 군사 2천 명을 딸려 주며 왕의 예로 전횡의 장례를 치르게 했다.

하지만 고제가 감탄할 일은 거기서 그치지 않았다. 장례가 끝나자 전횡을 따라왔던 두 빈객이 모두 그 무덤 곁에 구덩이를 판 뒤 스스로 목을 베고 거꾸로 처박혀 죽었다.

"우리가 이제껏 살아 있었던 것은 주군의 간곡한 바람이 천자께 잘 전해지는지를 보기 위함이었다. 이제 그 뜻을 이루었으니 이렇게 죽을 곳을 찾는다!"

둘은 죽기 전에 스스로 죽는 까닭을 그렇게 밝혔다. 그 일을 전해 들은 고제가 또 한 번 탄식하며 말했다.

"전씨 형제가 어진 줄 알았지만 그들의 빈객들조차 이토록 어질 줄이야! 그렇다면 바닷가 외진 섬에 숨어 있다는 5백 빈객 또한 현능한 이들일 것이다. 사신을 다시 보내 그들이라도 조정으로 불러 쓰자. 전횡의 이름을 빌려 그들을 모두 불러오라."

그러고는 전횡이 있던 섬으로 다시 사신을 보내 불러오게 하였다. 섬에 남아 있던 5백 명의 빈객들은 저희 임금 전횡이 부른다는 말에 모두 낙양으로 올라갔다. 허나 낙양에 이르러 전횡이 이미 죽었다는 것을 알고는 한 사람 남김 없이 모두 스스로 목숨을 끊었다. 전횡 형제가 얼마나 제나라 선비들의 마음을 사로잡고 있었는지 잘 알 만하다.

그들 군신 모두가 죽음으로 끝낸 것이 애석한 대로 전횡의 일은 깨끗이 마무리 지었지만, 고제에게는 아직도 마음 놓이지 않는 일이 몇 있었다. 그중에서도 가장 심기를 건드리는 것은 아직 사로잡히지 않은 항우의 맹장들이었다. 특히 종리매와 계포는 싸움터에서 자주 고제를 욕보이고 목숨까지 위태롭게 몰아대 크게 미움을 샀다. 그런데 항우가 죽은 뒤 여러 달이 지나도록 잡히지 않자 고제는 천금을 걸고 그 두 사람을 찾았다. 따로 감히 그들을 숨겨 주는 사람이 있으면 그 삼족까지 모두 죽여 없애리란 으름장을 덧붙인 것은 말할 나위도 없었다.

그런데 어느 날 여음후(汝陰侯)에 오른 등공(滕公) 하후영이 입궐하여 가만히 고제에게 뵙기를 청해 왔다. 고제가 주위를 물리치고 불러들이자 하후영이 조심스레 입을 열었다.

"폐하께서는 지금 천금을 내걸고 계포를 뒤쫓게 하고 계십니다. 그를 잡아들여 어찌하시려는 것입니까?"

"그걸 몰라서 묻는가? 지난날 계포는 항우의 한 팔이 되어 여러 싸움에서 짐을 욕보이고 수많은 우리 장졸을 죽였다. 그놈을 사로잡기만 하면 수레로 사지를 찢어 죽인 뒤에 그 고기는 소금에 절여 천하에 본보기로 돌려 보일 것이다!"

고제가 아직도 가시지 않은 분기로 그렇게 소리쳤다. 하후영이 움츠러들지 않고 조용히 말했다.

"시위에 얹혀 당겨진 화살은 시위를 놓으면 날아갈 수밖에 없습니다. 남의 신하 된 자가 그러하니, 신하 된 자는 모두 각기 그 주군을 위해 충성을 다할 뿐입니다. 계포가 폐하를 욕보였던 것은 그의 죄가 아니라, 그가 섬기는 주군이 달랐기 때문입니다. 그때 그는 오직 자신의 주군인 항우에게 충성을 다했던 것입니다. 만약 그가 폐하의 신하였다면 폐하에게 맞서는 자들이 모두 폐하와 같은 일을 겪었을 것입니다."

"그 무슨 말인가? 계포는 이미 짐에게 지은 죄만으로도 열 번 죽어 마땅하다. 그를 극형으로 다스려 엄한 본보기로 삼지 않으면 앞으로 더 많은 불측한 무리가 다시 일어나 짐을 능멸하려 들 것이다."

"그렇지 않습니다. 그 주군에게 충성한 신하는 마땅히 상을 받아야 합니다. 그래야만 폐하의 신하들도 목숨을 돌아보지 않고 폐하께 충성하게 될 것입니다. 거기다가 폐하께서는 이미 천하의 주인이 되셨으니, 그 천하를 편히 다스리기 위해서는 전보다 더 많은 현능한 이들이 필요합니다. 지난날 계포가 폐하를 욕보인 것은 달리 보면 그만큼 그가 현능했다는 뜻도 됩니다. 그런데 폐하께서는 그 현능을 거두어 쓰려 하지는 않으시고, 오로지 잡아 죽이려고만 드십니까?"

하후영이 그렇게 말하자 마침내 낌새를 느낀 고제가 짐짓 엄한 표정을 지으면서 물었다.

"무슨 일이냐? 네가 갑자기 계포를 싸고도니, 혹 계포가 네 집에 숨어 있기라도 한 것이냐?"

그 말에 하후영이 펄쩍 뛰듯 하며 말을 받았다.

"그럴 리가 있겠습니까? 하지만 계포가 어디 있는 줄은 알고 있습니다."

"그게 어디냐? 어느 간 큰 역적 놈이 계포를 숨겨 주고 있단 말이냐?"

고제가 여전히 낯빛을 풀지 않고 되레 목소리를 높였다. 하후영이 조심스레 털어놓았다.

"아마도 주가(朱家)가 돌보아 주고 있는 듯합니다. 실은 일전에 주가가 신을 만나러 와서 계포가 있는 곳을 알고 있다 하였습니다."

그러자 굳어 있던 고제의 얼굴이 알아보게 풀어졌다.

"관동 대협이라 불리는 주가 말이냐?"

"그러하옵니다. 그가 신에게 계포의 일을 일러 주고 아울러 폐하의 관대하신 처분을 빌어 보게 했습니다. 폐하께서는 굽어 살피시어 현능한 이를 자신도 알지 못하고 지은 죄로 죽게 하지 마옵소서."

주가는 노군(魯郡) 사람으로서, 그곳 사람들이 모두 유가의 가르침을 힘써 익힐 때에도 그는 오히려 협행으로 이름을 떨쳤다.

주가가 숨겨 주고 돌보아 주어 목숨을 건진 호걸들은 이름 있는 이만 해도 백 명이 넘고 이름 없는 이는 헤아릴 수 없이 많았다고 한다. 고제도 일찍부터 그 이름을 들어 알 정도였다.

하지만 주가는 자신의 재능을 자랑한 적이 없고 덕행을 내세우지도 않았으며 오히려 은혜를 베풀었던 사람들 만나기를 두려워하였다. 그는 남을 어려움에서 구해 낼 때 가난하고 지체 낮은 사람들부터 먼저 구해 냈고, 또 자신이 가진 것을 아끼지 않았다.

그러다 보니 주가의 집 안에는 재산이 남아나지 않아 자신을 위해서는 쓸 것이 없었다. 그가 입은 옷은 하도 닳아 원래의 무늬를 알아볼 수 없을 지경이었고, 식사는 한꺼번에 두 가지가 넘는 음식을 상 위에 얹고 먹는 법이 없었으며, 타는 것은 소달구지가 고작이었다. 그러나 남의 위급을 보면 모든 것을 내던지고 달려가 도왔는데, 주가는 그 일을 자신의 일보다 더 귀하게 여겼다.

고제는 다름 아닌 그 주가가 계포를 숨겨 준 데다, 태복으로 자신의 수레를 몰며 언제나 함께 싸움터를 내달려 온 등공 하후영이 계포를 위해 간곡하게 빌자 이내 속이 풀렸다. 하지만 엄한 목소리를 고치지 않고 물었다.

"유자는 글로 법을 어지럽히고 협객은 힘으로 나라가 금하는 것을 어긴다[儒以文亂法 而俠以武犯禁]고 들었다. 설령 그 협행으로 이름이 높다 해도 나라가 천금을 걸고 찾는 죄인을 숨겨 준 것은 용서할 수 없는 일이다. 허나 계포가 주가에게 가서 숨었을 때는 그 경위와 곡절이 있을 터. 등공은 그 일에 관해서 들은 대로 소상히 말하라."

이에 하후영은 주가에게서 들은 대로 고제에게 전하였다.

패왕 항우가 죽고 한나라 장졸에게 초나라가 평정되자 따르던 군사를 흩고 멀리 달아난 계포는 복양 땅의 주씨(周氏) 집 안에 몸을 숨겼다. 지난날 계포에게 은덕을 입은 바 있는 주씨는 고단하여 찾아온 계포를 박절하게 물리치지는 못했으나, 천하가 한왕 유방의 것으로 굳어 가면서 뒤탈이 걱정되기 시작하였다. 어느 날 가만히 계포를 찾아보고 말하였다.

"한나라가 천금을 상으로 내걸고 장군을 찾으면서, 아울러 장군을 숨겨 주면 삼족을 멸하리라는 방문을 곳곳에 걸어 놓았습니다. 거기다가 저와 장군의 연분을 아는 사람이 적지 않으니, 관부에서 곧 장군의 발자취를 뒤쫓아 저희 집으로 들이닥칠 것입니다. 그리되면 언제 장군과 저의 삼족이 함께 죽게 될지 몰라 양쪽 모두가 살길을 궁리해 보았습니다. 이제 장군께서 제 말을 들어주시겠다면 감히 그 계책을 말씀드리겠습니다. 하오나 제 말을 들어주실 수 없다면 스스로 목숨을 끊어 장군의 위엄을 지키심과 아울러 가여운 저희 삼족을 살려 주십시오."

"그 계책이 무엇이오?"

달리 길이 없는 계포가 무거운 어조로 물었다.

"노군에 주가라는 협객이 있는데 남의 어려움을 보아 넘기는 법이 없는 사람입니다. 그가 구해 낸 호걸이 이름 있는 이만으로도 백 명이 넘는다 하니, 그라면 장군을 구할 묘책을 짜낼 수 있을 것입니다. 그에게 가서 함께 살길을 도모해 보십시오. 다만 사람의 눈을 피해 멀리 노군까지 무사히 가기는 쉽지 않을 터, 그간에 욕스러운 일이 있더라도 참아 주셔야 합니다. 한번 해 보시겠습니까?"

"그리해 보지요. 공이 시키는 대로 따르리다."

계포가 그리 말하자 주씨는 그날로 계포를 남의 눈에 띄지 않고 주가에게 보낼 채비에 들어갔다. 붙잡힌 죄인처럼 계포의 머리를 깎고 허름한 베옷을 입힌 뒤 목에 칼을 씌웠다. 그리고 짐을 나르는 수레[廣柳車]에 실어 수십 명의 노비들과 함께 주가에게 보냈다. 주가에게 노비를 판 것처럼 꾸며 사람들의 눈을 속인 셈이었다.

평소 알고 지내던 복양의 부호 주씨가 헐값으로 많은 노비들을 보내 주자 주가는 내심으로 의아하게 여겼다. 두말없이 값을 치르고 그 노비들을 하인으로 받아들이면서도 하나하나 그들을 불러들여 유심히 살폈다. 곧 알 만한 얼굴이 눈에 띄었고 주씨가 왜 그를 노비들 사이에 감추어 자신에게 보냈는지도 짐작이 갔다.

주가는 계포를 알아보고도 전혀 내색하지 않고 다른 노비들과 함께 논밭으로 보내 일하게 했다. 다만 아들을 불러 가만히 일렀다.

"내 며칠 낙양에 다녀올 터이니 네가 장원을 잘 돌보아라. 노비들과 더불어 농사를 돌보되 밭일은 칼을 쓰고 왔던 그 하인의 말을 따르도록 하라. 비록 그의 지체가 낮더라도 대접이 소홀해서는 아니 되며, 식사는 반드시 그와 함께하도록 해야 한다."

그러고는 다음 날로 가벼운 수레를 구해 타고 낙양으로 달려갔다.

주가는 일찍부터 등공 하후영과 잘 알고 지냈다. 하후영이 보잘것없는 현리로 지낼 때부터 교분을 터 왔고, 패공이 된 유방을 따라나선 뒤에도 여러 번 협기(俠氣)를 내어 도와준 적이 있었다. 하지만 패공이 한왕이 되고 또 천자의 자리에 오름에 따라, 하후영 또한 등공에 여음후로 높아지면서부터, 주가는 하후영 근처에 얼씬도 하지 않았다. 오히려 하후영 쪽이 궁금해하고 있던 차에 주가가 제 발로 찾아오니 반갑지 않을 수 없었다. 이에 하후영은 주가를 자기 집에 머물게 하고 연일 크게 술자리를 벌여 그를 대접했다.

며칠이나 말없이 술잔을 비우던 주가가 어느 날 자리가 호젓해진 틈을 타서 하후영에게 물었다.

"계포가 무슨 큰 죄를 지었기에 황상께서 저토록 큰 상을 걸고 급하게 그를 찾고 계십니까?"

"제가 폐하의 수레를 몰고 늘 가까이 모셔 잘 아는데, 계포는 지난날 여러 차례 폐하를 곤경에 빠뜨렸소이다. 때로는 바로 폐하께 칼끝을 겨누고 그 목숨까지 노렸으니 폐하의 진노가 오죽하셨겠습니까? 그때의 진노 때문에 반드시 그를 잡아들이시려는 것이외다."

하후영이 이맛살을 찌푸리면서 그렇게 대답했다. 주가가 그 말에는 대꾸하지 않고 다시 남의 일처럼 물었다.

"등공께서는 계포가 어떤 인물이라고 보십니까?"

"오래 적장으로 싸워 왔지만, 매우 현능하다 들었소."

그러자 주가가 정색을 하고 말했다.

"무릇 남의 신하 된 자는 각기 자신이 임금으로 섬기는 이에게 충성을 다해야 합니다. 계포 또한 그러하니, 그가 항우를 위해 충성을 다한 것은 다만 그의 직분을 성심껏 따른 것뿐입니다. 그런데 황상께서는 자기의 직분을 다하느라 폐하께 맞선 죄로 항우의 신하를 모두 죽이실 작정이십니까? 지금 황상께서는 천하를 얻으신 지 얼마 되지 않는데, 널리 인재를 모아 천하를 경영할 생각은 않으시고, 어찌하여 사사로운 원한으로 남의 충신을 뒤쫓게 하고 계십니까? 이는 황상의 도량이 좁음을 스스로 만천하에 드러내 보이심에 지나지 않습니다. 거기다가 계포와 같이 현능한 이에게 천금을 걸고 급하게 뒤쫓으시면, 계포는 북쪽 흉노에게로 달아나거나 남월(南越) 오랑캐에게로 가서 숨게 되고 말 것이니, 이는 바로 장수감을 미워해 내쫓아 적국을 이롭게 만드는 일이 될 뿐입니다. 옛적 초나라 평왕(平王)은 오자서(伍子胥)를 미워해 내쫓았다가, 오나라의 장수가 된 자서에게 초나라는 도읍이 짓밟히고 자신은 무덤이 파헤쳐져 그 시체가 매질을 당했습니다. 등공께서는 어찌하여 황상께 이 일을 바로 말하지 않고 남의 일처럼 보고만 계십니까?"

주가가 대협인 것을 잘 알고 있는 여음후 등공은 그가 자신을 찾아와 그렇게 말하는 까닭을 짐작하였다. 계포가 주가의 집에 숨어 있으리라 짐작하면서도 별로 내색하지 않고 대답했다.

"알겠습니다. 때를 보아 황상께 그 일을 아뢰어 보겠습니다."

그리고 정말로 때를 기다렸다가 그제야 고제에게 계포의 일을 말했다.

고제는 아직도 분이 풀리지 않아 달아나 숨은 자와 그를 숨겨준 자를 한참이나 함께 소리 높여 꾸짖었으나 곧 계포를 용서하였다. 여러 공경(公卿)들도 계포가 시세의 흐름을 좇아 자신의 강직한 성품을 억누르고 한나라에 귀순한 것을 칭찬하였고, 주가는 그 일로 다시 한번 협객으로서의 이름을 떨쳤다.

오래잖아 계포가 고제를 알현하고 지난 일을 사죄하자 고제는 그를 우선 낭중(郎中)으로 썼다. 계포는 효혜제 때 중랑장(中朗將)이 되었고, 효문제 때는 하동(河東) 군수로서 벼슬이 크게 높지는 않았으나, '계포일락(季布一諾)'이라는 말이 생겼을 만큼 신의로 널리 이름을 떨쳤다.

하지만 계포와는 달리 항우의 장수로 있다가 끝내 험한 꼴을 본 사람도 있었다. 계포의 외삼촌인 정고(丁固)가 그랬다. 정고는 흔히 정공(丁公)으로 기록되어 있는데, 설(薛) 땅에서 나고 자랐으며 일찍부터 계포와 함께 항우의 장수로 싸웠다. 한 2년 5월에 56만 제후군을 이끌고 팽성으로 쳐들어갔던 한왕이 항우의 3만 군사에게 크게 낭패를 당했을 때, 정공이 군사를 이끌고 한왕을 뒤쫓았다. 수수(睢水)를 따라 고단하게 달아나다 정공에게 따라잡힌 한왕은 단병(短兵)으로 접전하게 되었는데, 일이 다급해지자 정공을 바라보며 간곡하게 소리쳤다.

"우리 모두 어진 사람들인데 어찌하여 서로 고단하게 몰아대는 것이오?"

패공 시절에 항량(項梁) 밑에 들어 함께 싸우면서 익히게 된 안면에 호소해 본 것이었다. 정공이 모질지 못해 그 소리를 듣고 한왕을 슬며시 놓아 보냈다. 만약 그때 힘껏 싸워 한왕을 사로잡았으면 천하의 형세는 어김없이 항우 쪽으로 기울었을 것이다.

항우가 해하에서 패망한 뒤 정공도 한군의 무자비한 소탕전에 겁을 먹고 다른 초나라 장수들과 함께 몸을 숨겼다. 그러다가 계포가 용서를 받았다는 소문을 듣고서야 숨어 있던 곳에서 나와 고제를 찾아갔다. 정공은 지난날 살려 준 은공을 믿고 찾아갔으나, 고제가 계포를 용서한 그 이치가 이번에는 정공을 죽게 만들었다.

"정공은 항왕의 신하가 되어 충성을 다하지 않았다. (짐을 몰래 살려 보내) 항왕으로 하여금 천하를 잃게 만든 자는 바로 정공이다."

고제는 정공을 끌고 나가 군중에 조리돌리게 하면서 모두에게 큰 소리로 그렇게 일러 주게 하였다. 그리고 마침내 정공의 목을 베게 한 뒤 덧붙였다.

"이는 후세에 신하 된 사람으로 정공을 본받지 못하게 하려 함이다!"

도성을 장안으로

제왕 전횡의 죽음에 이어 계포와 정공이 차례로 귀순하면서 한나라의 천하는 한층 흔들림 없이 자리 잡아 가는 듯했다. 항우의 또 다른 맹장 종리매가 아직 사로잡히지 않고 있었으나, 그가 다시 들고일어난다 해도 대세의 흐름을 거스를 만한 힘은 없어 보였다. 그래서인지 그해 한(漢) 5년의 보릿가을[麥秋]도 평온하게 익어 가고 있었다.

제나라 사람으로 누경(婁敬)이란 선비가 있었다. 널리 듣고 오래 학문을 익혔으나 어지러운 시절을 만나 쓰일 데를 찾지 못했다. 날 맑으면 들에 나가 일하고 비 오면 책 읽으며[晴耕雨讀] 나이 들어 가다가 종당에는 멀리 농서(隴西)로 수자리를 살러 가야 하는 신세가 되었다.

고향 산동을 떠나 농서로 가던 누경은 보름 만에 고제가 도읍 삼고 있던 낙양에 이르렀다. 넉넉하지 못한 노자로 천 리를 가다 보니 차림은 남루해지고 몸은 지쳐 누경의 꼴은 말이 아니었으나 그래도 새 도성이 궁금하여 구경을 한답시고 낙양 거리를 돌아보다가 우연히 황제가 거처하는 행궁을 지나가게 되었다.

궁궐 앞에 황제의 수레가 매여 있고 그 곁에 한 장수가 군사 약간을 거느리고 서 있었다. 누경이 보니 같은 제나라 사람인 우씨 성을 쓰는 장군이었다. 그를 알아보자 누경은 갑자기 황제를 알현하고 그 하루 안팎을 돌아본 도성에 관해 진언을 드리고 싶어졌다. 누경이 치솟는 열정을 억누르지 못하고 우 장군에게 다가가 말하였다.

"신은 폐하를 뵙고 나라에 이로운 말씀을 올리고자 합니다. 폐하께 아뢰어 주십시오."

우 장군이 보니 어디서 본 듯한 얼굴인 데다 말솜씨나 몸가짐이 범상치 않은 데가 있었다. 그러나 그 행색이 너무 추레하여 좋은 말로 권했다.

"폐하를 뵙게 해 드리겠소만 먼저 차림부터 가다듬는 게 어떻겠소? 내 새 옷 한 벌을 구해 드릴 테니 갈아입으시오."

그러나 자신의 진언이 천 년 사직을 이어 가는 대계와 닿아 있음을 믿는 누경은 당당하기만 했다.

"저는 비단옷을 입었으면 비단옷을 입은 대로, 털옷을 입었으면 털옷을 입은 대로 폐하를 뵈올 것입니다. 결코 폐하를 뵙기 위해 새 옷으로 바꿔 입지는 않겠습니다."

이에 우 장군은 안으로 들어가 고제에게 누경의 일을 전했다. 한낱 수자리 살러 가는 뜨내기의 말을 황제에게 전해 준 우 장군도 어지간한 사람이지만, 그 말을 듣고 누경을 불러들이게 한 고제도 천하를 품을 만한 도량이 있었음을 보여 준다.

누경을 불러들인 고제가 먼저 술과 밥부터 대접한 뒤 물었다.

"그대는 짐에게 무슨 말을 하여 나라에 이롭게 하려는가?"

"폐하께서는 낙양에 도읍하셨는데, 이는 주(周)나라 왕실과 융성함을 다투어 보려고 하시는 일이십니까?"

누경이 머뭇거리지 않고 그렇게 묻자 황제도 한 마디로 대답했다.

"그러하다."

그러자 누경이 목소리를 가다듬어 말했다.

"하오나 폐하께서 천하를 얻으신 것은 주나라 왕실과는 다릅니다. 주나라의 선조는 후직(后稷)인데 요임금이 그를 태(邰) 땅에 봉하여 그 자손은 그곳에서 10대나 덕을 쌓고 선정을 베풀었습니다. 그 뒤 공류(公劉)는 하나라의 걸왕을 피하여 빈(豳) 땅으로 옮겨 살았고, 태왕 고공단보(古公亶父)는 융적(戎狄)의 침노를 받아 다시 빈 땅에서 기산(岐山) 아래의 주(周) 땅으로 옮겨 살게 되었습니다.

태왕이 말채찍을 휘둘러 기산 아래로 갈 때 빈 땅 사람들이 모두 앞을 다투어 그를 따라나섰습니다. 그러다가 태왕의 손자 문왕(文王) 때에 이르러 서백(西伯)이 되고, 우(虞)나라와 예(芮)나라의 다툼을 풀어 주어 천명을 받자, 여망(呂望)과 백이(伯夷)같이 현능한 사람들이 멀리 바닷가에서 찾아와 문왕께 귀의하였습니다. 그 뒤를 이은 무왕이 은나라 주왕(紂王)을 정벌할 때 미리 약조를 하지 않았는데도 천하의 제후들이 맹진(孟津) 물가에 모이니 그 머릿수가 8백이나 되었습니다. 그들 제후들은 한결같이 포악한 주왕을 쳐 없애야 한다며 앞장서 마침내 은나라를 멸망시켰습니다.

무왕이 죽고 어린 성왕(成王)이 즉위하자 주공(周公)이 성왕을 보좌하여 성주(成周)의 도읍으로 낙읍을 건설하였습니다. 이는 낙읍이 천하의 한가운데로서, 각지의 제후들이 조공을 바치고 부역을 대는데 그 거리가 비슷한 곳이라고 생각하였기 때문입니다. 또 낙읍은 덕이 있는 사람이면 왕 노릇을 하기가 쉽고 덕이 없는 사람이면 쉽게 망해 버릴 곳이기도 합니다. 무릇 낙읍에 도읍을 정한 것은 주나라가 덕으로써 천하를 다스리게 한 것으로서, 험준한 지형을 믿고 후세의 자손들이 교만과 사치로 백성들을 학대하는 일이 없게 하고자 했기 때문입니다.

주나라가 흥성할 때는 천하가 화합하였고, 사방의 오랑캐들은 교화(敎化)에 이끌리어 주나라의 위의와 덕치(德治)를 사모하였으며, 모두가 다 같이 천자를 섬겼습니다. 그리하여 단 한 명의 군사도 도성 안에 머물게 함이 없고 또한 단 한 사람의 병사도 나가 싸우는 일이 없어도, 팔방의 이민족들이 복종하지 않은 법이 없었고 주나라 왕실에 조공이나 부역을 바치지 않으려 하는 제후도 없었습니다. 하지만 주나라가 쇠퇴해지자 땅은 서주(西周)와 동주(東周)로 나뉘었으며, 천하에 입조(入朝)하는 제후가 없어도 주나라 왕실은 그들을 어찌하지 못하게 되었습니다. 그것은 주실(周室)의 덕이 엷어져서가 아니라 그들의 형세가 쇠약해졌기 때문입니다.

폐하께서는 풍(豊), 패(沛)의 땅에서 일어나시어 겨우 3천 명의 군사로 진격하신 뒤에, 무관을 깨뜨리시고 함양을 떨어뜨려 촉(蜀)과 한(漢)을 차지하셨습니다. 그러나 항우가 삼진(三秦)을 두어 한중을 에워싸듯 하자 다시 진창 고도(古道)로 나와 삼진을 멍석 말듯 하셨으며, 형양(滎陽)에서 항우와 맞서시고 성고(成皐)의 요충을 붙들기 위해 일흔 번의 큰 싸움과 마흔 번의 작은 싸움을 치르셔야 했습니다. 그 바람에 천하 뭇 백성들의 간과 뇌가 땅을 덮고 아비와 자식의 뼈가 함께 들판을 뒹굴게 만든 것이 이루 다 헤아리기 어려울 지경입니다. 그리하여 슬피 울부짖는 소리가 끊이지 아니하고 싸움에 다친 사람들이 아직 자리를 털고 일어나지도 못한 때에 폐하께서는 낙읍을 도읍으로 삼으셨습니다. 이는 방금 터를 잡은 한나라의 융성함을 주나라 성왕(成王)이나 강왕(康王) 때의 융성함과 견주려 드심이니 참으로 두렵고 걱정스럽지 않을 수가 없습니다. 신이 헤아리기에, 우리 한나라의 융성은 아직 주나라의 성강지치(成康之治, 성왕과 강왕의 치세)에 견줄 수 없을 듯합니다."

누경은 거기서 잠시 한숨을 돌린 뒤에 한층 힘찬 목소리로 말을 맺었다.

"그런데 진나라의 땅은 험준한 산악으로 에워싸여 있고, 또 동으로 하수를 끼고 있어 사방이 천험의 요해처(要害處)로 막혀 있는 것이나 다름이 없습니다. 설령 갑자기 위급한 사태가 벌어진다 하더라도 10만 군사를 끌어내어 막을 수가 있습니다. 또 진나라의 옛 터전을 차지하여 그 기름진 땅을 오로지하신다면 이는 곧 하늘이 내리신 곳간을 얻으신 것이 됩니다. 따라서 폐하께서 함곡관 안으로 들어가시어 그곳에 도읍하신다면 비록 관동이 어지러워도 진나라의 옛 땅은 온전히 보존하실 수 있을 것입니다. 무릇 사람과 싸울 때는 그 목을 조르고 등 뒤를 후려쳐야 제대로 이길 수가 있습니다. 지금은 폐하께서 함곡관 안으로 드시어 진나라의 옛 땅을 차지하시는 것이 바로 천하의 목을 조르고 등짝을 후려치는 일이 될 것입니다."

그런 누경의 말을 들은 고제는 적지 아니 마음이 흔들렸다. 그러나 도읍을 옮기는 것은 큰일이라, 바로 결정하지 못하고 여러 신하들을 불러 의견을 물었다. 고제의 가까운 신하들은 모두 산동 사람들이라 관중으로 돌아가기를 좋아하지 않았다.

"그래도 주나라가 천하의 주인 노릇을 한 것은 몇 백 년이 넘지만, 진나라는 천하를 아우른 지 2대 만에 망하고 말았습니다. 진나라의 옛 땅에 도읍하는 것보다는 주나라의 도읍이었던 낙양이 낫겠습니다. 낙양 동쪽에는 성고가 있고, 서쪽에는 효산(殽山)과 민지(澠池)가 있으며, 하수를 등진 데다 이수(伊水)와 낙수(雒水)를 마주하고 있어 그 견고함이 안심해도 좋을 만한 땅입니다."

입을 모아 그렇게 말하며 낙양에 머물기를 권했다. 그 바람에 고제가 마음을 정하지 못하고 머뭇거리는데 장량이 홀로 나서서 말했다.

"낙양이 비록 그와 같이 견고한 땅이라고는 하나 끼고 있는 지역이 협소하여 기껏해야 몇 백 리를 넘지 못합니다. 거기다가 땅이 척박하고 사방으로 적을 받게 되어 있는 형세라, 크게 세력을 떨칠 수 있는 도읍지가 될 수 없습니다. 하오나 관중은 동쪽으로 효산과 함곡관의 천험(天險)이 있고, 서쪽으로는 농산(隴山)과 촉산(蜀山)이 있으며 그 가운데는 잘 손질된 들판이 천 리에 펼쳐져 있습니다. 남으로는 파촉(巴蜀) 땅의 넉넉함이 있으며, 북으로는 또 호(胡) 땅의 목축이 주는 이로움을 기대할 수 있습니다. 험한 삼면(三面)에 의지해 지키고 오직 한 면 동쪽으로 제후들을 제압하는데, 제후들이 안정되어 있을 때는 하수와 위수(渭水)를 통해 천하가 배나 수레로 물품을 실어 날라[漕輓] 서쪽으로 우리 도성에 대어 주고, 제후들에게 변고가 있으면 물결을 타고 내려가 우리 군사나 물자를 넉넉히 그곳으로 보낼[委輸] 수 있습니다. 이것이 이른바 쇠로 두른 성 천 리[金城千里]에 하늘이 내린 곳간 같은 땅[天府之國]이니 바로 누경이 말한 대로입니다."

그 말을 들은 고제는 비로소 도읍을 관중으로 옮길 마음을 굳히고 그날로 수레를 서쪽으로 몰아 함양 가까운 장안(長安)에 도읍하기로 하였다. 그 모든 논의가 정해진 뒤에 고제가 문득 말하였다.

"본래 짐에게 관중에 도읍하자고 한 것은 누경이다. 따라서 도읍을 낙양에서 관중으로 옮기는 일이 옳다면 누경이 먼저 상을 받아야 한다. 누(婁)와 유(劉)는 음이 비슷하니, 누경에게 유씨 성을 내리고 낭중으로 삼는다. 또 따로 봉춘군(奉春君)이란 칭호를 내리니 이제부터 누경을 그리 부르도록 하라."

그리하여 한나라의 도읍은 함곡관 서쪽 장안으로 정해지는데, 나중에 동쪽 낙양에 도읍하게 되는 동한(東漢)과 구별해 그때의 한나라를 서한(西漢)이라 부르기도 한다.

한나라 제실(帝室)이 장안으로 옮겨 앉으면서 논공행상을 둘러싼 쟁론이 다시 불붙었다. 낙양에 도읍하고 있을 때 시작되었으나 여러 신하들이 서로 공을 다투는 바람에 한 해가 다 가도록 매듭짓지 못한 시비였다.

더는 논공행상을 미룰 수 없게 된 고제는 먼저 승상 소하부터 열후로 세웠다. 그의 공이 가장 크다고 보아 차후(酇侯)로 봉하면서 가장 많은 식읍을 내렸다. 그러자 여러 공신들이 들고일어나 입이 벌게져 떠들었다.

"신 등은 폐하를 따라나선 이래 몸에는 무거운 갑옷을 입고 손에는 날카로운 창칼을 잡아, 많게는 백여 차례 큰 싸움을 치렀고 적어도 수십 합(合)을 싸웠습니다. 성을 치고 땅을 빼앗음에 있어 당연히 공로의 크고 작음이 있을 것입니다. 하오나 소하에게 어찌 피 흘려 싸운 공로가 있다 할 수 있겠습니까? 소하는 다만 붓을 잡고 말만 하였을 뿐 한 번도 싸움에 나선 적이 없는데, 받은 상은 우리보다 크니 어찌 된 일입니까?"

하지만 고제는 아무런 흔들림 없이 공신들에게 되물었다.

"그대들은 사냥을 아는가?"

"예, 압니다."

신하들이 영문 몰라 하며 그렇게 대답했다. 고제가 가만히 타이르듯 말했다.

"사냥에서 짐승이나 토끼를 쫓아가 잡는 것은 사냥개지만, 개의 줄을 놓아주며 사냥감이 있는 곳을 일러 주는 것은 사냥꾼이다. 지금 그대들은 억센 이빨과 날카로운 발톱으로 내달아 다만 짐승을 잡아 왔을 뿐이니 그 공로는 사냥개와 같다. 그러나 소하는 개의 줄을 놓아주며 짐승이 있는 곳을 가리켜 준 것과 같은 일을 했으니 그 공로는 사냥꾼과 같다. 더군다나 그대들은 혼자거나 많아야 두세 명이 짐을 따라 싸웠으나 소하는 집안사람 수십 명이 모두 나를 따라서 싸움터를 누볐다. 그러한 일도 잊어서는 안 될 것이다."

그 말을 듣자 군신들도 더는 딴소리를 하지 못했다.

소하에 이어 열후들이 모두 봉해지자 신하들은 또 그들에게 위계를 정해 줄 것을 고제에게 청하면서 말하였다.

"평양후(平陽侯) 조참은 몸에 70여 군데나 상처를 입어 가며 성을 떨어뜨리고 땅을 빼앗는 데 가장 큰 공을 세웠습니다. 마땅히 가장 으뜸에 두셔야 할 것입니다."

그런 신하들의 주청에 고제는 잠시 말문이 막혔다. 공신들에게 무안을 주어 가며 이미 소하를 크게 봉하였으므로, 위계를 정하는 데까지 그들을 난감하게 만들고 싶지는 않았다. 하지만 고제의 속마음은 위계마저도 소하를 으뜸으로 세우고 싶었다. 그때 관내후(關內侯, 열후 아래 등급으로, 도성이나 도성 교외에 살며 봉호는 있으나 봉읍은 없다.) 악천추(鄂千秋)가 일어나 말하였다.

"그렇지 않습니다. 여러 대신들의 말은 틀렸습니다. 조참이 비록 싸움터에서 땅을 많이 빼앗은 공은 있지만 그것은 한때의 일일 뿐입니다. 폐하께서 초나라 군사들과 5년이나 맞서 싸우시는 동안 자주 져서 많은 군사를 잃으셨고, 때로는 몸만 겨우 빠져나가 피신하신 적도 여러 번이 됩니다. 그때 소하는 늘 관중에서 장정들을 모아 보내 잃은 군사를 채우게 하였는데 이는 폐하께서 명을 내리셔서 한 일이 아닙니다. 그것도 소하가 관중으로부터 수만의 대군을 모아 보낸 것은 언제나 폐하께서 지극히 위태로우실 때였는데, 그런 일이 몇 번이나 거듭되었습니다.

저 형양에서의 일을 돌이켜 보십시오. 그때 우리 한나라와 초나라의 군대는 몇 년이나 그곳에서 맞서고 있었는데 소하는 뭍길, 물길을 가리지 않고 관중의 곡식을 날라 우리 군사들이 굶주리지 않게 하였습니다. 폐하께서는 여러 차례 효산 동쪽의 땅을 잃기도 하셨으나, 소하는 언제나 관중을 잘 보전함으로써 폐하를 기다렸으니 이는 만세에 빛날 공입니다. 설령 한나라에 지금 조참과 같은 사람 백여 명이 없었다고 해도 한나라 황실이 무너지고 부서지기야 했겠습니까? 한나라가 반드시 그들을 얻어서 보존될 수 있었던 것은 아니라고 봅니다. 어떻게 하루아침의 공으로 만세의 공을 넘어설 수 있겠습니까? 마땅히 소하를 으뜸으로, 조참을 버금으로 세워야 할 것입니다."

그 말을 듣자 고제의 얼굴이 활짝 펴졌다.

"좋소. 경의 말이 곧 짐이 속으로 뜻하던 바요. 그리하겠소."

그리고 소하의 위계를 으뜸으로 하면서 아울러 여러 특전을 내렸다. 칼을 차고 신발을 신은 채 전상(殿上)에 오를 수 있고, 황제를 배알할 때도 걸음나비를 좁게 하여 총총히 걷지 않아도 되는 것 따위였다. 뒷날의 구석(九錫, 공이 많은 제후에게 허락한 아홉 가지 특전)은 거기서 비롯되었다 한다.

고제는 소하에게뿐만 아니라 그 부자 형제 10여 명에게도 식읍을 내렸다. 거기다가 나중에 따로 소하에게 2천 호의 식읍을 더해 주었는데, 그것은 고제가 그 옛날 함양으로 부역 나갔을 때 소하가 다른 사람보다 노자 2백 전을 더 준 까닭이라는 말도 있다.

고제는 또 스스로 궁색한 소리를 하지 않아도 되게 해 준 악천추의 공도 잊지 않았다.

"짐은 현명한 이를 천거해 준 사람도 상을 받아야 한다고 들었소. 비록 소하의 공이 크다 하나 악천추의 논변을 거치니 더욱 빛나는구려."

그러면서 원래 봉하였던 관내후의 작위에다 안평후(安平侯)의 식읍을 더하였다.

장량이 유후(留侯)에 봉해진 것도 그때의 일이었다. 싸움터에서의 두드러진 공이 없기로는 장량도 소하와 비슷했으나, 고제는 장량을 잊지 않았다.

"진중의 장막[帷幄] 안에서 계책을 짜내 천 리 밖에서 승부를 결정짓는 공은 자방의 것이다. 자방은 제나라 땅에서 3만 호를 고르라. 짐은 그 땅을 식읍으로 내리리라."

그렇게 말하면서 장량의 공로를 치켜세웠다. 장량이 사양하며 말하였다.

"신은 처음 하비에서 일어나 폐하와 유(留) 땅에서 만났는데 이는 하늘이 신을 폐하께 내리신 것입니다. 폐하께서는 신의 계책을 믿고 따라 주셨고, 요행히도 그 계책은 번번이 맞아떨어졌습니다. 바라건대 신을 유후로 봉해 주옵소서. 하오나 식읍 3만 호는 아무래도 감당하지 못하겠습니다."

이에 고제는 장량이 바라는 대로 해 주었다.

그럭저럭 공이 큰 대신 스무남은 명은 열후에 봉하였으나 그 나머지 사람들은 밤낮으로 공을 다투어 결정을 내릴 수가 없었다. 그 바람에 나머지 공신을 봉하는 일은 자꾸 뒤로 밀려 끝날 줄 몰랐다. 그러던 어느 날이었다. 하루는 고제가 남궁의 다락 위 복도(複道)를 따라 걷다가 여러 장수들이 모래밭에 모여 앉아 저희끼리 수군거리는 것을 보았다.

"저들이 저기 모여 앉아 무슨 말들을 하고 있는 것인가?"

고제가 마침 곁에 있던 유후 장량에게 물었다. 장량이 장수들 쪽을 바라보지도 않고 바로 대답했다.

"폐하께서는 모르고 계셨습니까? 저들은 모반을 꾸미고 있는 것입니다."

"천하가 이제 막 안정되려 하는데 무슨 까닭으로 모반을 하려든단 말인가?"

고제가 놀라 물었다. 장량이 이번에도 한번 머뭇거리는 법조차 없이 말했다.

"폐하께서는 포의로 일어나시어 저들을 데리고 천하를 차지하셨습니다. 그런데 이제 폐하께서 천자가 되시어 관작을 내리시고 제후로 세운 이들은 모두가 소하나 조참같이 곁에 두고 아끼시는 옛 친구들이고, 죽임을 당한 것은 모두 폐하께서 평생 미워하고 원수로 여기시던 사람들이었습니다. 거기다가 이제 군리가 상을 내려야 할 공을 따져 보니, 천하를 모두 나눠 주어도 그 모두에게 상을 주기에는 모자란다고 합니다. 따라서 저들은 한편으로는 폐하께서 모두에게 땅을 봉해 주시지 못할까 걱정되고, 다른 한편으로는 지난날의 잘못이나 허물 때문에 의심받아 죽게 될까 두려워, 저렇게 수군거리며 반역을 꾀하고 있는 것입니다."

한둘도 아니고 모든 장수들이 모여 모반을 꾸미고 있다는 말을 듣자 고제는 덜컥 걱정이 되었다.

"그렇다면 큰일이 아닌가? 짐이 어떻게 해야 저들을 달랠 수 있겠는가?"

"폐하께서 미워하시는 줄 모두가 다 아는 사람들 가운데 가장 미운 사람이 누굽니까?"

장량이 대답 대신 그렇게 되물었다. 고제가 한번 멈춰 생각해 보는 법도 없이 말했다.

"옹치와 묵은 원한이 가장 많소. 그놈은 일찍이 짐을 저버리고 떠나 여러 번 욕보이고 오래 애를 먹여 죽여 버리고 싶으나, 짐에게 돌아온 뒤로 세운 공이 많아 차마 그러지 못하고 참고 있는 중이오."

그러자 장량이 미리 생각해 둔 듯 말했다.

"지금 당장 옹치를 열후에 봉하고 여러 신하들에게 널리 알리십시오. 폐하께서 가장 미워하시는 옹치가 봉작을 얻는 걸 보면,

자신들도 반드시 봉작을 얻게 되리라고 굳게 믿게 될 것입니다."

이에 고제는 곧 크게 잔치를 벌이고 여럿이 보는 앞에서 옹치를 십방후(什方侯)에 봉했다. 그리고 그 자리에서 승상과 어사를 재촉하여 봉후(封侯)의 의례를 갖추게 했다. 잔치가 끝나자 여러 신하들이 모두 기뻐하면서 말하였다.

"옹치같이 폐하의 미움을 받는 이도 후에 봉해졌으니 우리들은 더욱 걱정할 게 없다."

그리고 다음 날부터는 저희끼리 모여 수군대는 일이 없어졌다.

장량은 평소 몸이 허약하고 잔병이 많았다. 관중으로 든 뒤에는 유후가 되고 무겁게 쓰였으나 늘 선가(仙家)의 가르침에 따라 섭생에 힘썼다. 도인(道引)을 하며 곡식을 먹지 않고 한 해가 차도록 집 밖으로 나오지 않았다. 이상하게 여긴 사람들이 장량에게 까닭을 묻자 장량이 말했다.

"나는 대대로 한(韓)나라의 재상을 지낸 집안에서 태어났다. 한나라가 진나라에게 멸망당하자 나는 만금을 아끼지 않고 한나라를 위해 강포한 진나라에 원수를 갚으려 했다. 허나 천하를 돌며 장사를 구해 시황제를 쳤으되, 세상만 시끄럽게 하였을 뿐 뜻을 이루지는 못했다. 그런데도 이제 세 치 혀로 황제의 스승이 되고 만호후에 올랐으니, 이는 한낱 포의로서 더할 나위 없이 귀해진 것이라 더 이상 바랄 게 없어졌다. 바라건대 인간 세상을 떠나 적송자(赤松子)를 따르며 세상 밖을 노닐고자 한다."

적송자는 신농씨(神農氏) 시절에 우사(雨師)를 지냈다는 전설상의 선인이다. 장량이 한 말로 미루어 그때 그는 자못 세속을 초탈할 뜻을 품었던 듯하다. 속설에는 벼슬에서 물러난 그가 산곡간에 숨어 살며 무위자족(無爲自足)했다는 말이 있는데, 그곳이 바로 장가계(張家界)라고 불리는 곳이라고도 한다. 하지만 적어도 『사기』 「유후세가(留侯世家)」의 기록을 믿는다면 그는 끝내 속세에서 벗어나지 못했다. 고제가 죽은 뒤로도 여러 해를 장안에 머물며 천수(天壽)를 누리다가, 아들 장불의(張不疑)에게 만호후를 물려주고 세상을 떠난 것으로 되어 있다.

고제가 도읍을 장안으로 옮긴 그해 가을 7월에 연나라 왕 장도(臧荼)가 모반했다. 장도는 원래 연나라 장수였으나 항우가 조나라를 구원할 때 그를 도와 거록에서 싸웠고, 또 항우를 종장(縱長)으로 하는 제후군과 함께 관중으로 들어가 진나라를 쳐 없애는 데 크고 작은 공을 세웠다. 나중에 항우가 패왕이 되어 천하를 나눠 줄 때 연왕(燕王)으로 봉해지고 계(薊, 지금의 북경 부근)를 도읍으로 삼게 되었다.

원래 연나라 왕이었던 한광(韓廣)은 제 땅을 지키느라 제후군과 함께 관중으로 들어가 공을 세울 기회가 없었다. 그 바람에 항우의 눈 밖에 나서 연나라를 뺏기고 멀리 요동왕(遼東王)으로 밀려나게 되었다. 하지만 아직도 장도를 자기 신하로만 여기고 있는 한광으로서는 그렇게 된 게 억울하기 짝이 없었다. 새로운 봉지인 요동으로 옮겨 가지 않고 무종(無終)에서 버티니 장도와의 한 싸움은 피할 수 없었다.

장도는 패왕에게서 연나라를 갈라 받은 데다, 그가 이끈 군사들은 여러 해 진나라와 싸우면서 단련된 정병이었다. 연나라와 요동에서 대군을 긁어모은 한광은 무종의 들판에 진세를 펼치고 장도의 군사를 막아 보려 했으나 새로 이는 그 기세를 당해 내지 못했다. 한나절 싸움으로 한광의 군사는 여지없이 져서 흩어지고, 싸움터에 나와 있던 한광도 난군 속에서 죽고 말았다.

먼저 패왕의 명을 거스른 것은 한광이라지만 장도가 제멋대로 한광을 죽이고 요동 땅까지 차지해 버린 것 또한 작은 죄가 아니었다. 하지만 그때 항우는 제나라의 전영과 싸우느라 장도의 죄를 묻지 못했다. 그리고 어렵게 전영을 죽인 뒤에는 다시 유방과 오랜 대전을 치르느라 장도의 묵은 죄를 돌아볼 겨를이 없었다.

그러던 중에 대장군 한신이 동북을 평정하러 왔다. 한신은 먼저 대(代)나라를 쳐 상국 하열(何說)을 잡아 죽이고 다시 정형에서 진여를 죽인 뒤 조나라까지 멍석 말듯 둘러엎었다. 그런 다음 광무군 이좌거의 가르침에 따라 연왕 장도에게 항복을 권해 왔다.

그때 장도는 연나라와 요동 두 땅을 합쳐 세력이 커져 있었으나 밀고 드는 한신의 기세가 워낙 날카로웠다. 감히 맞설 엄두를 못 내고 한나라에 귀부하는 척하다가, 항우가 죽고 세상이 어수선해지자 다시 간 큰 짓을 저질렀다. 도읍을 멀리 장안으로 옮긴 고제가 대군과 함께 관중으로 돌아가는 걸 보고 크게 군사를 일으켜 이웃 조나라를 쳤다. 조왕(趙王) 장이가 그리 만만한 사람이 아니었으나, 그때는 늙고 병들어 자리보전을 하고 있을 때였다. 싸움에 져 밀리면서 대 땅을 뺏기고 말았다.

장이의 아들 장오(張敖)는 노원공주와 혼인해 고제의 부마(駙馬)가 되었다. 싸움에 진 장이는 다시 사돈 간이 되는 황실의 위엄을 빌어 장도를 나무라고 뺏긴 땅을 되찾으려 했으나 소용없었다. 지난번 요동을 차지할 때처럼 이번에도 버티면 될 줄 믿고 그대로 대 땅을 깔고 앉은 채 꿈쩍도 하지 않았다. 거기다가 가까운 제후국인 제나라는 그 왕 한신이 초왕으로 옮겨 앉아 비어 있는 것이나 다름없었고, 그렇다고 이제 막 양왕에 오른 팽월이 달려와 구해 줄 것 같지도 않았다. 이에 조나라는 하는 수 없이 제도(帝都)인 장안에 장도의 반역을 알리고 토벌해 주기를 청했다.

"장도 그 천한 역적 놈이 죽으려고 환장을 했구나. 제 발로 조회에 들어와 지난 죄를 빌어도 시원치 않은데, 도리어 조나라를 치고 대 땅을 뺏어 가? 아니 되겠다. 내 친히 연나라로 가서 장도를 사로잡고 대한(大漢) 제실의 위엄을 천하에 떨쳐 보이리라!"

장이가 보내온 글을 읽은 고제가 옥좌에서 벌떡 몸을 일으키며 그렇게 소리쳤다. 그러고는 다음 날로 군사 5만을 일으킨 뒤 태위 노관을 상장군으로 삼아 장안을 떠났다. 고제가 특히 노관을 으뜸가는 장수로 세워 데려간 데는 나름의 까닭이 있었다.

그때 한나라에는 유씨 아닌 제후 왕이 일곱이었다. 초왕 한신, 회남왕 영포, 조왕 장이, 양왕 팽월, 한왕(韓王) 한신, 형산왕 오예, 연왕 장도가 그들이었다. 하지만 그들 가운데 고제의 고향인 풍, 패의 용사는 하나도 없었는데, 고제는 늘 그 일을 마음에 걸려 하였다.

고제는 풍, 패의 땅에서 따라나선 용사들 가운데도 특히 노관을 곁에 두고 아꼈다. 윗대부터의 세의(世誼)가 있고, 같은 마을에서 같은 날에 태어난 데다, 코흘리개로 글 배우러 다닐 때부터 함께 자라 온 노관이었다. 조금 자라 저잣거리를 출입할 때부터는 스스로 고제의 손발 노릇을 해 주었고, 패공으로 몸을 일으킨 뒤에는 태위로서 그림자처럼 따르면서 받들고 지켰다. 그런데도 노관을 왕으로 올려 주지 못한 걸 못내 아쉬워하던 고제는 그렇게 노관을 으뜸가는 장수로 세워 공을 이룰 기회를 만들어 주었다.

여러 달 전쟁 없이 쉰 다음이라 그런지 장안을 떠나는 인마는 모두 강건했고, 군량과 말먹이를 비롯한 병참도 넉넉했다. 8년 동안의 전란을 통해 장수들의 기량과 고제의 병법도 한창 무르익어 있었다. 그런 것들로 어우러진 정병이 기세 좋게 달려가니 관중과 조나라 땅이 그리 멀지 않았다. 고제가 몸소 이끄는 5만 한군은 장안성을 떠난 지 스무날이 안 돼 평성(平城)에 이르렀다.

그때 연왕 장도는 아직도 대 땅에 머무르고 있었다. 요동을 차지할 때처럼 힘으로 아우르고 배짱으로 버티면 될 줄 알았던 장도는 고제 유방이 친히 군사를 이끌고 왔다는 말을 듣자 그 좋던 기세가 벌써 반나마 꺾였다. 얼른 연나라로 돌아갈까 하다가 모질게 마음을 먹고 평성에서 버텨 보기로 했다.

'장안에서 여기까지는 2천 리가 넘는 길이다. 그 먼 길을 늙은 황제가 친히 군사를 몰고 왔으니, 찾아보면 파고들 틈이 있을 것이다. 그곳을 파고들어 한 번만이라도 한군을 꺾어 버린다면, 이

대로 천하의 동북쪽 모퉁이에 눌러앉아 어떻게 버텨 볼 길도 있지 않겠는가.'

장도의 속셈은 그랬지만, 그것은 혼자 꾸어 본 개꿈에 지나지 않았다. 대군으로 평성을 에워싼 한왕은 기세 오른 사냥개를 풀어놓듯, 모처럼 장수로서 싸움에 앞서게 된 노관을 풀어 연일 성을 공격했다. 성벽에 의지해 지키는 쪽이라 억지로 버티고는 있었지만 장도는 사흘도 안 돼 후회하기 시작했다.

'여기서 미련을 떠는 게 아니었다. 연나라로 돌아가 힘을 다해 지켜도 어려울 일을 새로 얻은 땅이 아깝다고 너무 억지를 부렸다. 많지 않은 군사로 멀리 나와 있다가 대군에게 에워싸이고 말았으니, 자칫 큰 낭패를 당하겠구나.'

그러면서 연일 사람을 연나라로 보내 구원을 청했다. 하지만 먼저 온 것은 연나라의 구원병이 아니라 조나라가 한군을 도우러 보낸 군사였다. 조왕 장이는 그때 병이 깊어 사경을 헤매고 있었으나, 그 아들 장오가 신하들의 도움을 받아 3만 군사를 모아 보냈다.

조나라에서 생각지 않은 원병이 오자 한군의 기세는 한층 드높아졌다. 거기다가 다시 무르익은 고제의 용병법이 보태져 성안에 에워싸인 장도를 더 급하게 몰아댔다.

"우리 원병이 이르렀다면 적의 구원군도 가까웠을 것이다. 태위는 오늘 밤 삼경에 3만 군사를 이끌고 몰래 동쪽으로 가서 연나라로부터 오는 길목을 막고 기다리라. 길어도 이틀만 기다리면 연나라에서 보내온 구원군을 쳐부순 공은 태위가 오로지할 수 있을 것이다."

그날 밤 가만히 노관을 부른 황제가 그렇게 일러 주면서 3만 정병을 떼어 주었다. 군사들을 이끌고 진중을 빠져나간 노관은 밤중에 가만히 평성을 돌아 수십 리 동쪽 당성(當城)에서 오는 길목에 숨었다. 군사들에게 하무를 물리고 말발굽까지 헝겊으로 싸고 한 이동이라 가을걷이 나온 인근 농부들도 그와 같은 대군이 그곳에 숨어 있는 줄 알지 못했다.

고제가 헤아린 대로 연나라의 구원군은 다음 날로 노관이 매복해 있는 곳에 이르렀다. 제법 몇 만을 헤아리는 군사였으나 저희 임금 장도의 다급한 재촉을 받고 정신없이 달려오다 보니 두서가 없었다. 척후도 제대로 내보내지 않고 행군을 재촉하다 불시에 들이치는 복병을 만나자 싸움 한번 제대로 못하고 흩어졌다. 노관이 그들을 멀리 쫓아 버리고 돌아와 공을 알리자 황제가 다시 그에게 공을 세울 기회를 몰아주었다.

"이제 당분간은 구원군이 없을 것이니 마음 놓고 적을 쳐도 된다. 내일부터 전군을 들어 평성을 친다. 사졸이라도 먼저 성벽 위에 오르면 장수로 삼을 것이고, 장수는 식읍 만호의 제후에 봉할 것이다. 모두 힘을 다해 성을 치고 반적 장도를 반드시 사로잡도록 하라!"

고제는 먼저 그렇게 장졸들을 몰아댄 뒤 사흘이 지나자 다시 명을 바꾸었다.

"이제부터는 동서남 세 성문만 치고 북문 쪽은 비워 두어라. 대신 나머지 세 곳 성문과 성벽은 전보다 열 배 무섭게 짓두들겨야 한다!"

그래 놓고는 또 가만히 노관을 불러 말했다.

"태위는 오늘 밤 몰래 평성을 돌아 북쪽 길목에 매복해 기다리라. 며칠만 조용히 기다리면 그리로 달아나는 장도를 사로잡을 수 있을 것이다. 이끌고 갈 군사는 가볍게 차린 만 명이면 넉넉하다."

모두가 몇 년 전 대장군 한신이 연여(閼與)에서 농성하던 재상 하열을 밖으로 몰아내 잡던 수법 그대로였다.

노관이 떠난 다음 날부터 한군과 조군은 그 어느 때보다 무섭게 평성을 들이쳤다. 연나라에서 구원을 오던 군사들이 한군의 매복을 만나 모두 흩어졌다는 말에 낙담하고 있던 장도는 갑자기 사나워진 한군의 기세에 얼이 빠졌다. 빈틈을 엿보기는커녕 어떻게든 성을 빠져나가 연나라로 돌아갈 길만 찾았다. 그런데 어느 날 장도가 가만히 살피니 북문 쪽의 에움이 전에 없이 느슨해져 있었다.

'북쪽으로는 오랑캐 땅이라고 마음을 놓고 있는 모양이구나. 하지만 길을 좀 돌게 된들 어떠랴. 저기로 빠져나가 길을 좀 돌면 연나라로 돌아갈 수도 있을 것이다.'

그렇게 중얼거린 장도는 한나절을 준비한 끝에 날랜 기마를 앞세운 보졸 5천과 함께 북문으로 뛰쳐나갔다. 북쪽으로 한 30리 길은 장도의 뜻대로 되는 듯했다. 그러나 길을 틀어 동쪽 연나라 쪽으로 잡으려 할 무렵, 갑자기 가까운 숲속에서 벌 떼같이 복병이 일어 앞을 가로막았다. 부근에서 며칠째 숨어 기다리던 노관의 군사들이었다.

장도가 어떻게 군사를 몰아 빠져나가 보려 했으나 군신이 워낙 오래 시달린 끝이었다. 먼저 녹각(鹿角)으로 길이 막힌 기병들이 하나 둘 말에서 뛰어내려 항복을 하고 복병에게 두텁게 에워싸인 채 허둥대던 보졸들도 그들을 뒤따랐다. 마지막까지 박차로 말 배를 차며 녹각을 헤치고 빠져나가 보려던 장도도 마침내는 노관의 군사들이 던진 갈고리와 밧줄에 걸려 사로잡히고 말았다.

노관이 장도를 사로잡아 오자 고제는 여럿 앞에서 노관의 공을 치하하고 장도를 연나라로 끌고 가게 했다. 그리고 도읍인 계성(薊城) 저잣거리에서 장도를 목 벤 뒤에 여러 신하들에게 말했다.

"장도가 모반하다 죽어 연나라는 왕이 없어졌다. 이제 새로 연왕(燕王)을 세우려 하는 바 공이 큰 사람을 고르고 싶다. 누구를 연왕으로 세우면 좋겠는가?"

신하들은 모두 황제가 노관을 연왕으로 삼고 싶어 하는 줄 이미 알고 있어 감히 딴소리를 내지 못하고 입을 모아 말했다.

"태위 장안후(長安侯) 노관이 늘 황상을 곁에서 모시면서 천하를 평정하는 데 공이 많았으니 그를 연왕으로 삼는 것이 좋겠습니다."

그러자 노관이 점잖게 사양했다.

"저는 다만 파리가 준마의 꼬리에 붙어 하룻밤에 천 리를 가듯, 황상을 따라다니다 보니 여기까지 왔을 뿐입니다. 왕위는 감당하기 어렵습니다."

하지만 고제는 신하들의 주청에 못 이긴 척 노관을 연왕에 봉하였다.

노관은 연왕이 된 뒤로도 그 어떤 제후나 왕보다 고제의 총애를 받았다. 그런데 뒷날로 보면 그렇게 받은 왕위와 유별난 고제의 총애가 오히려 독이 되었다. 몇 해 뒤 노관은 봉지인 연나라의 지리 탓에 진희(陳豨)의 모반에 연루되어 쫓기다가, 끝내는 그 죄를 벗지 못하고 흉노 땅에서 죽었다. 노관은 풍, 패에서 따라나선 장수들 가운데 유일하게 왕이 되었으나, 또한 유일하게 반역의 죄명을 쓰고 이국땅을 떠도는 원혼이 되었다.

모반이 모반을 부른 것인지 그해 9월에는 또 다른 모반이 있었다. 영천후(穎川侯) 이기(利幾)가 황제의 부름을 마다하고 자립한 일이 그랬다.

이기는 원래 항우의 장수로서 진(陳)의 현령이었다. 한왕 유방과 패왕 항우가 광무산에서 군대를 물린 뒤 한왕이 약조를 어기고 항우를 추격할 때, 이기는 한왕에게 항복하여 영천후가 되었다. 그러나 연왕 장도를 잡아 죽이고 장안으로 돌아가던 고제가 낙양에서 제후들을 불러 모으자 겁을 먹은 이기는 봉지를 근거로 하여 모반을 일으켰다. 이에 고제는 연나라를 정벌한 군사를 그대로 몰고 가 그 땅을 평정하고 이기를 잡아 죽였다.

모반으로 뒤숭숭하던 그 몇 달 사이에 충성스러웠던 제후 왕도 둘이나 죽었다. 하나는 조왕(趙王) 장이였다. 고제는 죽은 장이에게 경왕(景王)이란 시호를 내리고 그 아들 장오에게 왕위와 봉지를 잇게 하였다. 또 장사왕(長沙王) 오예가 죽었는데, 그에게는 문왕(文王)이란 시호가 내려지고 왕위와 봉지는 그 아들 오신(吳臣)에게 이어졌다.

한(漢) 5년 9월 하순에 장락궁(長樂宮)이 쓸 수 있게 고쳐졌다. 장락궁은 원래 진나라의 흥락궁(興樂宮)으로 둘레가 20리나 되는 큰 궁궐이었다. 장안성 동쪽에 있었는데 진나라가 망하면서 여러 해나 황폐하게 버려져 있었다. 고제는 그 궁궐을 고쳐 장락궁이라 이름 붙인 뒤 한 9년 미앙궁(未央宮)이 새로 지어질 때까지 거처로 썼다.

황제가 장락궁에 자리 잡자 황실의 측근과 시위들도 빈 전각을 차지하였다. 거기다가 승상을 비롯한 모든 대신들도 가까운 곳에 관부를 두고 황제를 알현하러 드나드니 장락궁은 곧 한실(漢室)의 정궁처럼 되었다. 한 6년 아직 진나라 달력을 쓰던 그때로는 정월인 겨울 10월[冬十月], 모든 신하들이 신년 조회에 나왔을 때 숙손통이 공들여 마련한 의식이 처음으로 시행되었다. 그 의식은 다음과 같았다.

날이 밝기 전에 알자(謁者)가 식전(式典)을 맡아, 조회하는 사람들을 인도하여 순서에 따라 대궐 안으로 들게 하였다. 대궐 뜰 가운데에는 전거와 기병에다 갑병과 위사가 늘어서고 깃발과 무기를 갖춰 행진하며 위의를 갖추도록 했다. 또 궁궐 아래 계단을 끼고 낭중들을 양쪽에 도열시켰는데, 그 머릿수가 계단마다 수백 명이 되었다. 공신과 열후, 여러 장군과 군리들은 서열에 따라 서쪽에서 줄을 지어 동쪽을 바라보고, 승상 아래 모든 문관은 동쪽에 줄을 지어 서쪽을 바라보게 하였다. 전객(典客)은 아홉 명의 의전을 맡은 관리[儐相]를 배치하여 황제의 명을 구석구석 전달하였다.

황제가 봉련(鳳輦)을 타고 나타나자 깃발을 들어 백관들을 정숙하게 하고 제후 왕 밑으로 봉록이 6백 석인 관리들까지 차례로 인도하여 황제께 하례를 올리게 하였다. 그 예식이 얼마나 엄중한지 제후 왕을 비롯해 누구도 두려워 떨며 공경하지 않은 이가 없었다. 의식이 끝나고 법주(法酒, 조정의 정식 연회)가 거행되었는데, 전각 위에서 황제를 모시고 있던 사람들은 모두 머리를 조아리고 있다가 서열에 따라 일어나서 황제에게 축수하였다. 술잔이 아홉 순배가 돈 뒤에 알자가 큰 소리로 술자리가 끝났음을 알려 법주를 끝냈다. 그동안에도 어사는 법을 집행하여 의식을 제대로 따르지 않는 자는 즉시 자리에서 끌어냈다. 따라서 의식이 끝나고 술자리가 베풀어지는 동안에도 어느 한 사람 감히 소란을 피우거나 예를 어기는 사람이 없었다. 의식이 끝난 뒤 고제가 말하였다.

"짐은 오늘에야 비로소 황제의 고귀함을 알았다!"

그러고는 그 모든 의식을 제정한 숙손통을 태상(太常)으로 삼고 황금 5백 근을 내렸다.

그런데 숙손통에게는 이전부터 따라다니는 여러 제자들에게 진 빚이 있었다. 곧 창칼을 다룰 줄 아는 무골이나 주먹 쓰는 역사들은 진작부터 황제에게 추천하여 쓰게 하면서도, 제자인 선비들은 다만 자신을 따르며 돕게 할 뿐 아무도 벼슬길에 올려 주지 못한 일이 그랬다. 여러 해 공들인 끝에 황제의 신임과 총애를 받게 되자 숙손통이 때를 놓치지 않고 말했다.

"신에게는 오랫동안 신을 따르며 도와 온 제자들이 여럿 있사옵니다. 그들은 모두 선비로서 신과 함께 이 나라의 의례와 법제를 제정해 왔습니다만 나라에서는 아직 아무것도 내리신 바 없습니다. 바라건대 그들에게도 벼슬을 내려 주시옵소서."

그러자 고조는 그 자리에서 숙손통의 제자들을 모두 낭관으로 삼게 했다. 궁궐을 나온 숙손통은 모든 제자들을 불러 모아 황제에게서 받은 황금 5백 근을 나누어 주면서 말했다.

"지난날 황상께서 화살과 돌을 무릅쓰고 싸우실 때는 적장을 베고 적기(敵旗)를 빼앗아 올 수 있는 사람들만 천거할 수밖에 없었다. 그러나 이제 전란이 끝나고 천하가 안정되어 크게 문물을 펼쳐야 할 때가 되었으므로 너희를 천거하였더니 다행히 황상께서 너희를 모두 써 주셨다."

그 말을 들은 제자들은 감격하여 말하였다.

"숙손 선생님은 참으로 성인이시다. 어느 때에 무엇이 중요한지를 다 알고 계신다."

이는 얼른 보면 숙손통을 얘기하고 있는 것 같지만, 달리 보면 이제 피투성이 쟁패를 끝내고 천하를 다스리는 황제가 되어 문치에 눈떠 가는 고제의 모습을 잘 보여 주는 일화이기도 하다. 또 이런 얘기도 있다.

그 무렵 고제는 장락궁의 한 전각을 비워 홀로 된 태공을 옮겨 살게 하고 닷새에 한 번씩 찾아가 문안을 드렸다. 고제는 태공을 찾아 뵐 때 대신들을 거느리지 않았을 뿐만 아니라 시중드는 근시들도 수를 줄여 태공을 번거롭게 하지 않으려 했다. 그러다 보니 고제와 태공이 만나 보는 의례도 평민들의 부자지간에서 보는 소박한 예절을 따르게 되었다.

그런데 어느 날 고제가 닷새 만에 태공이 거처하는 전각을 찾아가니 태공이 빗자루를 들고 문 앞에서 맞이하여 뒤로 물러났다. 당시에는 그렇게 하여 미천한 사람이 존귀한 사람에게 공경의 뜻을 드러냈다. 크게 놀라 어가에서 뛰어내린 고제가 머리를 숙이고 뒤로 물러나는 태공을 부축하며 말하였다.

"아버님께서 이게 도대체 어인 일이십니까?"

그러자 태공이 전에 없이 공손한 어조로 받았다.

"황제는 천하 뭇 백성들의 군주이시니 마땅히 존숭(尊崇)을 받아야 합니다. 어찌 나로 말미암아 천하의 법도를 어지럽힐 수 있겠습니까?"

그 말에 고제는 숙손통의 엄중한 예절이 드디어 그들 부자 사이에도 미친 줄 알았다. 황제의 위엄을 위해서라지만 난감하기 짝이 없었다. 이에 고제는 그날부터 아비가 자식의 신하가 되어 머리를 조아리는 군색함을 없이하기 위해 여러 가지로 궁리했다. 그러다가 어렵사리 찾아낸 게 진나라 때 만들어졌다는 태상황(太上皇)이란 칭호였다. 고제는 태공을 태상황으로 높여 자식인 황제에게 머리 조아리지 않을 수 있게 했다.

그런데 며칠 뒤 태상황이 거처하는 전각을 드나드는 근시 하나가 고제에게 알렸다.

"일전 태상황의 일은 태상(太常, 숙손통)의 엄중한 의례가 거기까지 미친 게 아니라 한 가신의 정성이었습니다."

"그게 무슨 소리냐?"

"며칠 전 태상황을 모시는 가신이 태상황께 가만히 아뢰었다고 합니다. '하늘에는 해가 오직 하나뿐이고, 땅에는 두 명의 임금이 있을 수 없습니다. 지금 황제께서는 비록 태공의 자식이지만 천하 만백성의 임금이시며, 태공께서는 비록 황제의 아버님이시지만 또한 그 신하이기도 한데 어찌 임금으로 하여금 신하에게 절하며 뵙게 할 수 있습니까? 그렇게 하시면 결코 황제의 위엄이 설 수 없습니다.' 그러자 태상황께서도 그 말을 옳게 여기시고 지난번에 그와 같이 폐하를 맞으신 것입니다."

그 말을 듣자 고제는 그 가신의 지나친 의례를 답답해하기는커녕 오히려 가상하게 여겨 그에게도 금 5백 근을 내렸다. 유자들을 우습게 여기고 소소한 예절을 아랑곳하지 않던 건달 시절이나 패공(沛公) 때는 말할 것도 없고, 한왕(漢王)으로 있을 때의 유방에게조차도 바라기 어려웠던 변화였다.

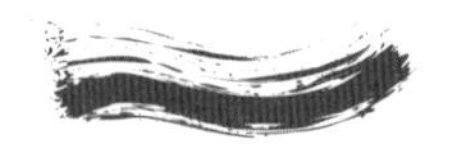

초왕에서 회음후로

한(漢) 6년으로 접어드는 10월 중순이었다. 그해따라 추위가 일찍 찾아온 하비성 밖 들판 응달에는 이미 해가 높이 돋았는데도 군데군데 무서리가 번쩍였다. 그런 들판의 한쪽 하상으로 난 관도로 한 떼의 인마가 긴 뱀 같은 진형[長蛇陣]을 이루며 나아가고 있었다. 어림잡아 만 명 남짓이나 될까? 그러나 앞선 3천가량은 기마대와 갑사(甲士)로 이루어져 있어 창칼과 갑주가 정연한 기치와 어울려 빚어내는 그들의 위세는 수십만 대군이 겨울 들판을 휩쓸며 지나가는 듯했다.

그 행렬 선두에는 초왕(楚王) 한신이 수백 철기의 옹위를 받으며 잡털 한 오라기 섞이지 않은 부루말[白馬] 위에 높이 올라앉아 가고 있었다. 은빛 융장(戎裝)을 걸친 크고 멀쑥한 허우대에 길게 보검을 늘어뜨리고 있으니, 머리 위에 펄럭이는 용봉기(龍鳳旗)가 아니라도 군왕의 위엄이 넘쳐흘렀다. 하지만 연신 척후를 내보내 앞길을 살피는 조심성은 봉지에 속한 현읍을 돌아보는 왕이라기보다는 다가오는 적을 맞으러 가는 장수의 그것에 가까웠다.

"아뢰옵니다. 앞으로 30리 안에는 별다른 움직임이 없다고 합니다."

앞서 달려 나간 탐마가 되돌아와 그렇게 알려도 한신은 쉽게 긴장을 푸는 기색이 아니었다.

"하상까지 계속 척후를 내고 30리마다 동정을 알리도록 하라. 하상은 항씨들이 여러 대 근거해 살던 땅이다. 결코 경계를 게을리 해서는 안 된다."

그러면서 장졸들에게 잇달아 척후를 내보내고 경계를 게을리 하지 않도록 다그쳤다.

한신은 전에도 나들이 때의 지나친 호위 때문에 걱정하는 말을 들은 적이 있었다. 도성 안을 돌아볼 때도 사(師, 2천5백 명)는 거느리고 다녔고, 도성을 나서면 적어도 군(軍, 1만 2천5백 명)은 넘었다. 항우가 처음 군사를 일으켰던 오군이나 회계군을 돌아볼 때는 정병으로 3만이 넘는 군사를 거느리고 나서기도 했다. 오래 한신을 따라다닌 부장 하나가 가만히 일깨워 주었다.

"지난달 조정은 거느리고 있던 군사까지도 모두 흩어 각기 제 고향으로 돌아가게 하였습니다. 그런데 대왕께서는 오히려 새로 군사를 모으실 뿐만 아니라 도성을 드나들 때마다 그들을 앞세워 무위(武威)를 드러내 보이고 계십니다. 대왕을 위해 결코 이로운 일이 못 될 듯합니다. 대왕께서는 벌써 정도(定陶)에서의 일을 잊으셨습니까? 또다시 황상(皇上)의 의심을 사게 되는 날이면 이번에는 무슨 일을 당하실지 모릅니다."

그러나 한신은 별로 걱정하지 않았다.

"폐하께서 과인을 다시 초왕으로 보내신 것은 정도에서 품으셨던 의심이 다 풀렸다는 뜻 아니겠느냐? 다른 곳과 달리 초나라는 패왕이 근거했던 곳이라 아직 민심이 안정치 못했다. 폐하께서도 그걸 아시고 과인을 이리로 보낸 것이니 이런 일로 의심받을 일은 걱정하지 않아도 된다. 무위를 떨쳐 불온한 세력의 준동을 막고 천하의 남쪽 모퉁이를 평안케 하면 폐하께서도 오히려 기뻐하실 것이다."

그리고 그 뒤로도 도성을 나설 때는 언제나 정예한 대병과 함께했다. 뿐만 아니라 척후와 경계를 곁들여 언제나 전투를 앞둔 군대와 같은 긴장감을 유지했다.

초왕 한신이 도성인 하비에 부임한 것은 한 5년 3월 초순이었다. 정월에 초왕에 봉해졌으나, 2월 갑오일에 한왕 유방이 천자의 자리에 오른 뒤에야 부절(符節)을 쪼개 받고 옥새와 관인을 얻어 초나라로 내려오다 보니, 그렇게 늦어질 수밖에 없었다.

석 달 전 한왕 유방이 불시에 정도로 치고 들어 한신으로부터 제나라 왕위와 거느리고 있던 10여 만 대군을 하루아침에 빼앗아 간 일은 틀림없이 야속하고 서운한 일이었다. 하지만 오래잖아 한 고제(高帝)가 된 유방의 배려로 그때 초나라로 옮겨 앉은 한신의 마음속에는 이미 작은 원망의 그늘도 남아 있지 않았다. 한 많고 설움 많던 바로 그 고향 땅으로 왕이 되어 돌아갈 수 있게 해 준 고제의 속 깊은 헤아림에 오히려 감사할 따름이었다.

하비에 이른 한신은 행궁을 정하고 왕부(王府)와 백관을 갖추기 바쁘게 회음으로 사람을 보내 그동안 어떻게 되었는지 궁금하게 여겨 온 이들을 찾아보게 했다. 10년 전 그를 격동시키고 분발케 하여 회음을 떠나게 한 소씨녀(邵氏女)와 남의 빨래를 해 주고 사는 아낙[漂母], 그리고 또 다른 뜻으로 그의 분발을 충동질한 남창(南昌) 정장(亭長)과 자신의 가랑이 사이를 기게 한 젊은 백정 같은 이들이었다.

오래잖아 보낸 사람이 돌아와 알려 주었다.

"회빈객잔(淮濱客棧)의 소씨녀는 벌써 여러 해 전에 허로(虛勞, 결핵의 옛 이름)로 죽었다고 합니다. 가만히 헤어 보니 대왕께서 회음을 떠나신 그 이듬해 같습니다. 이에 그 혈육이라도 찾아보고자 하였지만 그 또한 헛수고가 되고 말았습니다. 소씨녀는 슬하에 소생을 두지 못한 데다, 나이 든 그녀의 남편도 오래잖아 그녀를 따라 죽고 객잔은 난리 통에 불타 없어져 달리 남은 가솔을 찾을 수가 없었습니다."

그녀가 죽은 때가 자신이 회음 저잣거리를 떠난 때로부터 그리 오래지 않다는 말을 듣자 한신은 홀연 가슴속에 쓸쓸한 바람이 불어 가는 듯하였다. 그렇다면 그때 그토록 나를 충동질해 세상으로 내몬 것은 그녀의 다정(多情)이 아니라 죽음을 예감한 병심(病心)이었던가……. 그런 애틋한 감회로 한신이 무어라 대꾸할 말을 찾지 못하고 있는데, 심부름 간 사람이 다시 말을 이었다.

"남의 빨래를 해 주고 그 삯을 받아 살았다던 아낙은 아직도 회수 가 마을 오두막에 그대로 남아 있었습니다. 그때나 지금이나 혼자 몸으로 남의 빨래를 해 주고 사는데, 요즘은 늙어 일거리가 별로 들어오지 않을뿐더러 들어와도 다 감당해 내지 못한다고 합니다. 그 때문에 하루하루 살아가는 게 매우 힘들어 보였습니다. 그 남창 정장이란 사내도 아직 남창정에 살고 있었습니다. 정장 노릇을 그만두고 농사를 짓는데, 사람이 앞뒤 꽉 막힌 주제에 눈만 높아 사는 게 언제나 제자리 장단이라고 이웃들이 비웃었습니다. 또 대왕을 욕보였다는 그 젊은 백정도 회음 저잣거리에서 어렵잖게 찾아낼 수 있었습니다. 그 뒤 서초(西楚)의 병졸로 뽑혀 나간 그는 여러 해를 이리저리 끌려다니며 싸우다가 패왕이 죽은 뒤에야 놓여나 회음 저잣거리로 돌아왔다고 합니다. 지금은 예전에 알던 푸줏간에서 짐승 잡는 일을 도와주며 입에 풀칠이나 하는 형편이었습니다."

"그들에게 과인의 말을 전했는가?"

"예. 지금 모두 그 말을 듣고 신을 따라 이곳 왕궁에 와 있습니다. 대왕께서 불러 주시기를 기다리는 중입니다."

이에 한신은 먼저 빨래하는 아낙부터 불러들였다. 아낙은 그사이에 많이 늙어 할멈이 되어 있었다. 평생을 남의 빨래나 하며 고단하게 살다가 갑자기 으리으리한 왕궁에 불려 와서 그런지

고개조차 제대로 들지 못했다.

"아주머니, 저를 알아보시겠습니까?"

한신이 그렇게 묻자 어디서 들어 본 듯한 그 목소리에 놀란 아낙이 퍼뜩 한신을 올려다보았다. 그동안 늙은 만큼 어두워진 눈에도 이내 한신을 알아본 듯했다.

"아아, 그때 그 왕손이구려……."

그렇게 알은체를 하면서도 감격 때문인지 말을 제대로 잇지 못했다. 한신이 빙긋이 웃으며 말했다.

"그렇습니다, 아주머니. 그때 그 밥과 국 참으로 달게 먹었습니다. 한 끼에 천금을 쳐도 지나치지 않을 것입니다. 제가 올리는 이 정성 부디 적다고 나무라지 마시고 거두어 주십시오."

그러고는 남의 빨래를 해 주며 사는 아낙네에게 그때로서는 엄청난 재물인 천금을 내렸다. 거기서 뒷날 '밥 한 그릇에 천 냥[一飯千金]'이란 말이 나왔다.

이어 한신은 남창 정장을 불러들였다. 그는 한눈에 한신을 알아보고 허둥대며 부끄러움으로 기어드는 시늉을 했다. 한신이 담담한 목소리로 말했다.

"그대는 소인이다. 남에게 은혜를 베풀면서 끝을 보지 못하고 중도에 끊었다. 허나 그때 내게는 그 밥도 귀했다. 늦었지만 이제라도 그 밥값은 해야겠다."

그러면서 그에게 백 전(錢)을 내렸다. 그때로서는 많지도 적지도 않은 몇 달 밥값이었다.

마지막으로 한신이 자기를 욕보인 젊은 백정을 불러들일 때는 초나라 장상들과 함께였다.

"장군과 대신들은 잘 보아 두시오. 바로 이 장사요. 그날 이 사람이 과인을 욕보이려 들 때, 과인이 그를 죽이려 했다면 왜 죽이지 못했겠소? 하지만 죽인다 하더라도 이름 얻을 일은 없고 죄만 쓸 것이라 참았기에 오늘날 이와 같은 공업을 성취할 수 있었던 것이오."

한신은 장상들에게 그렇게 말하고는 그 백정을 중위(中尉)로 뽑아 썼다.

"하찮은 일에 목숨을 걸었지만 그것도 기백이라면 기백이다. 더군다나 네 그 기백이 과인을 격동시키고 분발케 했으니 어찌 그냥 넘길 일이겠느냐? 그 기백으로 이 하비 저잣거리를 잘 지켜 보아라."

하비의 중위라면 초나라 도성의 치안을 맡은 무관이니 회음성 안 저자 바닥을 구르던 백정으로서는 실로 눈부신 출세가 아닐 수 없었다.

한신의 정감 어린 보은은 거기서 그치지 않았다. 그해 가을 7월에 남의 빨래를 해 주고 살던 아낙네가 갑자기 병들어 죽자 한신은 그녀를 어머니의 묘소 곁에 묻어 자신이 어려울 때 거두어 준 공을 기렸다. 어떤 기록에는 아주 뒷날까지도 한신의 어머니 묘소가 있던 만호(萬戶)가 들어설 만한 넓은 언덕 한편에 한신의 어머니 묘소와 비슷한 높이의 봉분으로 빨래하는 아낙네의 묘소가 들어서 있었다 한다.

초왕 한신이 하상 일대를 살펴보고 도성인 하비로 돌아온 것은 떠난 지 사흘 뒤였다. 하상은 걱정한 것보다는 평온했다. 그곳에 여러 대 뿌리내리고 살았다던 항씨들은 항연의 자손들이 망명도주할 때 벌써 태반이 없어졌고, 그 나머지도 오중에서 기병한 항량과 항우가 부근을 지나갈 때 모두 따라나선 뒤로 다시 돌아오지 않아 이제 더는 걱정거리가 되지 못했다.

저물 무렵에야 왕궁에 든 한신이 먼지 앉은 전포를 벗고 있는데, 가까이 두고 부리는 시종 하나가 다가와 나지막하게 일러 주었다.

“이려(伊廬)에서 사람이 와서 낮부터 기다리고 있습니다. 대왕께 급히 아뢰어야 할 말이 있다고 합니다.”

그 말에 한신은 가슴부터 철렁했다. 이려는 패왕 항우의 맹장이었던 종리매가 숨어 사는 곳이기 때문이었다.

해하의 싸움에 져서 몰리다 본진에서 떨어져 나온 뒤 끝내 돌아가지 못한 종리매는 패왕 항우가 오강 나루에서 죽었다는 소문을 듣자 자신도 거느리고 있던 군사를 흩어 버리고 민간에 숨어 지냈다. 그러다가 한신이 초왕이 되어 하비를 도읍으로 삼게 되었다는 말을 듣자 남몰래 고향인 이려로 돌아갔다. 여러 해 주인을 달리해 서로 싸우는 동안에도 변함이 없었던 한신과의 우의에 기대려 함이었다.

한신과 종리매는 한신이 빈털터리로 회음 저잣거리를 떠돌 때부터 알고 지냈다. 한번은 유세가를 지망하던 무섭(武涉)과 더불어 셋이서 밤을 새워 술을 마시며 젊은 기백을 불태운 적도 있었다. 그러나 정작 한신과 종리매의 우의가 두터워진 것은 한신이 종리매와 함께 항량을 섬기고 있을 때였다. 종리매는 벌써 장수로 중용되고 있었으나, 한신은 범증의 천거에도 한낱 집극랑으로 항량의 군막이나 지키게 되자 불평이 없을 수 없었다. 그때마다 종리매가 한신을 위로했다.

"주머니 속의 송곳[囊中之錐]은 마침내 그 날카로운 끝이 비어져 나오기 마련이오. 공의 큰 재주도 언젠가는 무신군(武信君)과 항 장군께 알려질 것이오."

항량이 정도에서 장함의 야습으로 죽고 그 일로 한신이 항우에게 구박당할 때도 종리매는 한신을 믿어 주었다.

"송의(宋義) 같은 책상물림도 한눈에 그 위험을 알아챌 만큼 무신군은 장함을 얕보고 있었소. 적을 가볍게 여기면 반드시 지는 법[輕敵必敗], 정도의 패전은 한낱 집극랑에 지나지 않은 공의 죄가 아니외다."

그러다가 패왕이 되어서도 자신을 무겁게 써 줄 줄 모르는 항우에게 실망한 한신이 마침내 초나라를 버리고 떠날 때조차 그를 이해하려 애썼다.

"장부는 자신을 알아주는 사람을 위해 죽는다는 말도 있소. 내 서초의 대장이 되어 공 같은 대재(大才)조차 제대로 쓰이도록 천거하지 못하니 실로 부끄럽기 그지없소이다. 어디를 가더라도 지난 정리는 서로 잊지 맙시다."

그러면서 한신이 군진을 빠져나가는 걸 눈감아 주었다.

그 뒤 한중으로 유방을 찾아간 한신이 한나라의 대장군이 되자 둘은 각기 생사를 걸고 천하를 다투는 적국의 장수가 되었으나, 이번에는 기이한 명운이 그들을 맞붙어 싸우게 하지 않았다. 한 2년 팽성을 둘러싼 몇 차례의 큰 싸움에서도 둘은 전장에서 얼굴을 맞댄 적이 없었고, 나중 한신이 동북으로 조, 연, 제를 공략하게 되면서는 아예 전선을 달리하였다. 마지막 해하에서조차 둘은 한 싸움터를 쓰면서도 끝내 서로가 있는 곳을 알지 못한 채 승패를 나누었다.

하지만 한신과는 그렇게 옛정을 다치지 않을 수 있었던 종리매였으나 한왕 유방과는 별난 악연을 쌓아 갔다. 패왕 항우의 발톱과 이빨[爪牙]이 되어 싸우는 동안 진두에서 거친 욕설로 한왕을 수없이 욕보였을 뿐만 아니라, 때로는 단병(短兵)으로 맞붙어 그 목숨을 노리기까지 했다. 그 바람에 계포 못지않게 종리매를 미워하던 고제 유방은 항우가 패망해 죽자 종리매의 목에도 천금을 걸었다. 특히 종리매가 초나라 땅에 숨었을 거란 풍문이 돌자 바로 한신에게 조서를 내려 잡아들이도록 했다.

그런 종리매가 갑자기 이려로 돌아와 숨어 있으면서 사람을 보내 알려 오자 한신은 참으로 난감했다. 종리매를 잡아들이라는 고제의 재촉이 불같은데, 정말로 그 종리매가 초나라 땅으로 숨어들었으니 난감하고 진땀 나는 일이 아닐 수 없었다. 당장은 옛정에 못 이겨 고제에게 종리매를 잡아 보내지 못했지만, 마음이 어지러워 한동안은 일손이 제대로 잡히지 않을 지경이었다. 그러다가 등공 하후영의 주선으로 계포가 용서받았다는 소문을 듣고서야 한신도 비로소 한시름을 놓았다. 때를 보아 고제에게 용서를 빌기로 하고 종리매를 그대로 이려에 숨겨 두었다.

"이려에서 온 자를 데려오너라."

이윽고 복잡한 심사를 다스린 한신이 시종에게 그렇게 일렀다.

밖으로 나간 시종이 오래잖아 한 사람을 데려왔다. 전에 몇 번 본 적이 있는 종리매의 심부름꾼이었다. 한신이 그에게 물었다.

"무슨 일로 이렇게 과인을 찾아왔는가?"

"종리매 장군께서 반드시 전하라는 말씀이 있어 이렇게 달려 왔습니다."

"그게 무엇인지 말하라."

한신이 까닭 모르게 무거워지는 목소리로 묻자 심부름 온 사람이 외어 바치듯이 말했다.

"이 며칠 장군께서 숨어 지내시는 집을 겉돌며 염탐하는 무리가 있는 것 같다는 말씀이셨습니다. 특히 어제는 그 우두머리 되는 듯한 자가 직접 와서 호구(戶口)를 묻는다는 핑계로 집 안을 어슬렁거리다가 장군과 맞닥뜨리게 되었는데, 흠칫 놀라는 품이 변장하고 있어도 장군을 알아보는 눈치였다고 합니다. 장군께서 짐작하시기로는, 여기저기 싸움터를 돌아다니다가 장군의 얼굴을 익히게 된 한나라 사졸인 듯하니, 대왕께서는 그리 알고 앞일에 대비하라 하셨습니다."

그 말을 듣자 한신은 갑자기 으스스해졌다. 어느새 종리매가 그곳에 숨어 있다는 소문이 났고, 누군가 종리매의 얼굴을 아는 자가 확인까지 하고 갔다면 예삿일이 아니었다.

"알았다. 과인이 잘 살펴 처리할 것이니 장군께서는 너무 걱정하지 마시라고 일러라."

짐짓 목소리를 차분하게 해 그렇게 대답했으나 한신의 머릿속은 벌써 천 갈래, 만 갈래 사념으로 복잡하게 헝클어지고 있었다.

'누구일까? 누가 감히 그런 짓을 하였을까? 아마도 황상께서 나를 못 믿어 초나라로 딸려 보낸 관리들 가운데 하나일 것이다. 하지만 찾아내기도 쉽지 않을 뿐만 아니라, 찾아낸다 해도 황상께서 내 곁에 붙여 둔 자를 함부로 손 댈 수는 없다. 그보다는 종리매를 숨겨 둔 일이 황상의 귀에 들어갔을 때를 대비해야 한다. 지금 당장이라도 조회를 핑계로 황상을 찾아 뵙고 먼저 그 일을 털어놓는 것이 어떨까? 그리고 하후영처럼 종리매를 용서해 달라고 빌어 보는 게 어떨까…….'

한신은 먼저 그렇게 궁리해 보았다. 하지만 종리매가 공연히 제 발이 저려 잘못 알았을 수도 있다는 생각이 들자 다시 마음을 다잡아 먹었다.

'어쩌면 할 일 없는 하급 관리가 무슨 소리를 잘못 듣고 그곳을 기웃거렸을 수도 있다. 거기다가 설령 그가 황상께서 몰래 딸려 보낸 자였다고 해도 내가 먼저 장안으로 가서 그 일을 자복하기에는 이미 너무 늦었다. 자칫하면 쓸데없이 풀숲을 건드려 뱀을 놀라게 만드는 꼴이 날 뿐이다. 그보다는 내가 차분히 대처할 수 있는 시간을 벌어야 한다. 우선 종리매를 더 안전한 곳으로 옮겨 놓고 보자. 누구도 찾을 수 없는 곳에 숨겨 놓고 그가 초나라에 온 적이 없다고 잡아떼는 수도 있고, 정히 아니 되면 늦었더라도 그때 내 손으로 종리매를 넘기며 죄를 빌어 볼 수도 있다.'

그러고는 믿을 만한 시종을 불러 가만히 일렀다.

"지금 당장 이려로 가서 종리매 장군을 모셔 오너라. 과인의 덮개 있는 수레를 끌고 가서 휘장을 드리운 채 모셔 와야 한다. 성문을 지키는 도위에게 일러 둘 터이니, 아무도 모르게 장군을 왕궁으로 들여 후원 깊숙한 곳에 있는 전각에 숨게 하라."

그 말을 듣고 이려로 떠난 근시는 밤이 늦어서야 유자 차림을 한 종리매를 수레 안에 감춰 왕궁으로 데려왔다. 한신은 종리매를 미리 비워 둔 후원의 한 전각에 옮겨 숨게 하고 변화에 따라 대처하기로 했다.

그때 장안에 머무르고 있던 고제 유방은 숙손통이 정한 의례에 따라 한창 황제 노릇에 맛을 들여 가는 중이었다. 하루는 상소문의 수납을 관장하는 벼슬아치가 고제에게 아뢰었다.

"초나라에서 급한 상소가 올라왔습니다. 경각을 다투는 일이라기에 바로 폐하께 들고 왔습니다."

고제가 상소문을 펼쳐 보니 한신이 제왕일 적에 조참이나 관영이 한 것처럼 초왕으로 간 한신을 살피라고 초나라로 딸려 보낸 부장 하나가 써 보낸 것이었다.

초왕 한신이 모반을 꾀하고 있습니다. 한신은 천하가 이미 평정되었는데도 초나라 장정들을 긁어모아 군사를 키울 뿐만 아니라, 항우를 따라다니던 서초의 패장들까지 숨겨 주어 뒷날 자신의 장수로 쓰려고 합니다. 폐하의 엄명이 계셨음에도 종리매가 이려에 숨어 있고, 따로 크고 작은 서초의 장수들도 초나라 곳곳에 숨어 때가 오기만을 기다리고 있습니다. 거기다가 한신은 또 사사로이 정을 써서 초나라의 민심까지 거둬들이고 있습니다. 폐하께서 서둘러 대군을 내시어 일찍 화근을 뽑아버리지 않으시면 머지않아 초나라 땅은 대한(大漢)의 천하가 아니게 될 것입니다.

상소문에 담긴 내용은 대강 그랬다. 그걸 읽고 놀란 고제는 그날로 여러 대신과 장군을 불러 모아 초왕 한신의 일을 논의했다. 대신과 장군들이 입을 모아 말했다.

"하루빨리 대군을 보내 한신을 사로잡고 반역의 죄를 물어야 합니다."

그러나 고제는 왠지 그들의 주청을 바로 받아들이지 못하고 한참이나 말없이 바라보다가 좀 늦게 불려 온 진평을 보고 다시 물었다.

"초왕 한신이 모반을 꾀한다는 상소가 들어왔소. 이 일을 어찌하면 좋겠소?"

진평이 전에 없이 머뭇거리며 대답하기를 피했다.

"그같이 큰일을 신의 얕은 소견으로 어떻게 함부로 떠들 수 있겠습니까?"

그러고는 고개를 가로저으며 물러났다가 고제가 거듭 묻자 마지못한 듯 되물었다."

"여기 계신 여러 장군들은 무어라고 하셨습니까?"

"모두 하루바삐 대군을 내어 한신을 쳐야 한다고 말하였소."

고제가 그렇게 대답하자 진평이 다시 물었다.

"초나라에서 누군가 한신의 모반을 고발하는 글을 올렸다는데, 폐하와 여기 계신 장군들 말고 달리 이 일을 아는 사람이 있습니까?"

"없소."

"그럼 한신 자신은 이 일을 알고 있겠습니까?"

"아마도 모를 것이오."

고제의 그와 같은 대답에 진평이 잠시 말을 끊고 생각에 잠기더니 다시 묻기 시작했다.

"군사가 굳세고 날카롭기로는 폐하께서 거느린 군대와 한신의 초나라 군대를 견주어 볼 때 어느 쪽이 더 낫겠습니까?"

"우리 군사가 그들보다 낫기 어려울 것이오."

"폐하의 장수들이 군사를 부리는 솜씨는 한신보다 낫겠습니까?"

"어림없는 일이오. 결코 한신에게 미치지 못하오."

고제가 괴로운 한숨과 함께 그렇게 받자 비로소 진평이 정색을 하고 목소리를 가다듬어 말했다.

"방금 폐하께서는 거느리고 계신 군사도 초나라의 정예한 병사들보다 못하고, 부리시는 장수 또한 한신에게 크게 미치지 못한다고 하셨습니다. 그런데도 대군을 내어 초나라를 친다면 이는 곧 한신에게 군사를 일으켜 폐하께 맞서도록 재촉하는 것이나 다름이 없거니와 끝내 한신을 이겨 내기도 어렵습니다. 삼가 헤아리건대, 폐하께서 그리하시는 것은 실로 위태롭기 짝이 없는 일입니다."

"그럼 어찌해야 하는가?"

고제가 한층 어두워진 얼굴로 진평에게 물었다. 하지만 진평은 조금도 차분함을 잃지 않고 그런 고제의 물음을 받았다.

"옛날에는 천자가 사방을 순수(巡狩)하며 제후들을 불러 접견하였습니다. 이제 폐하께서는 천자의 자리에 오르셨으니 사방을 순수하며 제후들을 불러 모아도 이상할 게 없습니다. 남쪽으로 가면 운몽(雲夢)이라는 큰 못[大澤]이 있는데, 폐하께서는 그리로 납시는 게 어떠시겠습니까? 그리로 납시어 운몽을 순수한다고 하시면서 제후들을 진(陳) 땅으로 불러 모으도록 하십시오. 진 땅은 초나라의 서쪽 경계로서, 한신도 폐하께서 천자로서 순수를 나오셨다는 말을 들으면 별다른 의심 없이 교외로 나와 폐하를 맞이하게 될 것입니다. 그때 한신을 사로잡게 하신다면, 그 일은 오직 한 사람의 힘센 장사만으로도 넉넉할 것입니다."

그 말을 듣자 고제의 얼굴이 알아보게 환해졌다. 지난날에도 고제는 여러 번 진평의 기이한 계책을 써서 어려움을 벗어난 적이 있었다. 특히 형양에서 황금 4만 근을 써서 항우와 범증을 이간한 것은 몰릴 대로 몰려 있던 한왕 유방에게 천군만마의 구원보다 더 큰 힘이 되어 주었다.

고제 유방은 이번에도 진평의 계책을 따르기로 하고 그날로 운몽 가까운 땅의 제후들에게 사신을 보내 알리게 했다.

"짐이 장차 남쪽으로 운몽을 순수하려 하니, 인근의 제후들은 모두 진 땅에 모여 짐을 접견하도록 하라."

그리고 며칠 안 돼 고제 자신도 장안을 떠나 운몽으로 갔다.

고제 유방이 보낸 사신은 오래잖아 초왕 한신에게도 이르렀다. 한신은 처음 고제의 운몽 순수가 자신을 사로잡기 위한 계책임을 알지 못했다. 당연히 진 땅으로 가서 고제를 알현할 채비를 하고, 고제가 그곳에 이르기만을 기다렸다.

하지만 고제가 초나라 경내로 접어들 무렵 한신은 문득 의심이 들었다. 이미 두 번이나 불시에 들이닥친 고제에게 군권을 빼앗겨 본 적이 있어서인지, 그 갑작스러운 순수가 왠지 예사롭지 않게 보였다. 거기다가 얼마 전 종리매가 숨어 있던 집에서 있었다던 일이 새삼 떠오르며 고제의 숨은 뜻이 더욱 의심스러워졌다.

'어쩌면 정말로 누군가 변란이라고 일러바쳤고, 그 때문에 폐하께서 나를 사로잡기 위해 순수를 핑계 대고 있는지 모른다.'

퍼뜩 그런 생각이 들자 한신은 먼저 눈치 빠른 내관 하나를 골라 운몽으로 오고 있는 황제의 순수 행렬부터 살펴 오게 했다. 빠른 말로 달려간 내관이 사흘도 안 돼 돌아와 그동안에 보고 들은 것을 그대로 전했다.

"대왕께서 의심하신 대로 예사로운 순수는 아닌 듯했습니다. 황상께서 거느리신 군사는 그리 많지 않으나 수레를 뒤따르는 내시며 시종들은 한결같이 만만찮은 무골로 보였습니다. 거기다가 휘장을 드리운 수레에서도 은은한 살기가 뻗어 나오는 게 무언가 심상치 않은 채비를 짐작게 하였습니다. 길가에서 그 행렬을 본 백성들 가운데도 그렇게 느끼는 자들이 더러 있었습니다."

그 말을 듣자 한신은 전에 없이 울화가 치밀었다

'그렇다면 크게 군사를 일으켜 맞싸우는 수밖에 없다. 명색 병법을 배웠다면서 똑같은 계책에 어찌 세 번씩이나 당할 수 있겠는가.'

그렇게 중얼거리면서 초나라를 들어 고제에게 맞서 볼 마음을 먹었다.

하지만 막상 군사를 일으키려 하고 보니 한신의 배포로는 선뜻 엄두가 나지 않았다. 먼저 거대한 솜덩이처럼 찌르면 찔리고 베면 베이면서도 전체로서는 감당할 수 없는 무게와 부피로 억눌러 오는 고제 유방의 괴력과, 정체를 몰라 천명이라고 부를 수밖에 없는 그 억센 행운의 기억들이 한신을 자신 없게 만들었다. 제왕 때 왕비와 왕자로 얻은 소중한 처자며 초왕으로서 쌓은 재물과 누린 안락도 한신의 야성(野性)과 강단을 무디게 만들어 놓았다. 거기다가 무엇보다도 부리는 자보다는 부림을 받는 자로서 더 눈부신 그의 개성이 오래 자신을 부려 온 주군에게 반역하는 것을 주저하게 만들었다.

'지난날 두 번이나 그의 기습적인 용인술(用人術)에 당했지만, 결국은 아무 탈 없이 풀려나지 않았는가. 오히려 그때마다 나는 더 높아지고 귀해지지 않았는가. 더군다나 나는 결코 모반하지 않았다. 무슨 말을 들었는지 모르지만 그도 내 결백을 알게 되면 다시 전처럼 무겁게 써 줄 것이다. 정말이지 피할 길이 있다면 저 기이한 힘과 내력을 알 수 없는 행운에 맞서고 싶지 않구나.'

이윽고 한신은 그런 중얼거림으로 자신을 다독이며 군사 일으키기를 슬며시 뒤로 미루었다. 하지만 그리 오래가지 못할 주저였다. 이내 지난날 한왕 유방에게 사로잡혔다가 결백이 밝혀질 때까지 당한 수모와 고통이 떠오르면서 애써 가라앉혔던 울화가 다시 치밀었다. 전처럼 무력하게 사로잡혀서는 안 된다, 두 번 다시 내 명운을 남의 손에 송두리째 맡기고 싶지 않다…….

그때 어떻게 그와 같은 한신의 마음을 읽었는지 평소 헤아림이 밝다고 알려진 근신 하나가 한신을 찾아보고 가만히 말했다.

"황상께서 종리매의 목에 천금을 걸고 벌써 한 해째나 그를 찾고 있는데도, 대왕께서 종리매를 잡아 보내지 않으신 것은 사실입니다. 하오나 대왕께는 큰 죄가 없으니, 다만 오랜 옛정을 못 이겨 잠시 종리매를 돌봐 준 것뿐입니다. 이제라도 종리매의 목을 베어 그 머리를 바치시면 황상께서는 크게 기뻐하시며 대왕의 죄를 묻지 않으실 것입니다. 대왕의 무고함을 밝혀 줄 증거가 아직 대왕의 손안에 있는데 무얼 걱정하십니까?"

그 말에 한신은 문득 눈앞이 환해지는 느낌이었다. 소중한 것들을 아무것도 잃지 않고 자신을 지킬 수 있게 해 준 것을 치하하며 그 말을 따르기로 했다. 그가 지닌 비상한 재주와 능력에도 불구하고 그토록 비극적으로 삶을 마감하게 된 수수께끼를 푸는 열쇠 중의 하나가 될 결정이었다.

한신은 곧 왕궁 후원의 외진 전각에 숨어 있는 종리매를 찾아가 걱정스러운 얼굴로 말했다.

"일전에 걱정하신 대로 장군이 우리 초나라에 숨어 있다는 것을 황상께 일러바친 자가 있는 것 같소. 그리고 장군을 숨겨 준 사람으로 나를 지목하며, 내가 모반할 뜻을 갖고 있다고 고변한 것임에 틀림이 없소. 지금 황상께서는 운몽 대택을 순수한다는 핑계로 제후들을 진(陳) 땅으로 불러 모으셨소. 허나 그 참뜻은 거기서 대군을 쓰지 않고도 나를 사로잡으려는 데 있을 것이오. 실로 이 일을 어찌했으면 좋겠소?"

입으로는 그렇게 묻고 있었으나, 종리매가 기거하는 전각을 삼엄하게 둘러싸고 있는 도부수들은 종리매에게 바로 어떤 결단을 강요하고 있는 듯했다. 종리매가 돌같이 굳은 표정으로 한신을 살피다가 우렁우렁한 목소리로 말했다.

"한제(漢帝)가 바로 군사를 내어 초나라를 치지 못하고 구차하게 순수를 핑계 대어 대왕을 부르는 것은 그만큼 초나라를 두려워해서일 것이오. 그리고 지금 특히 한제가 초나라를 두려워하는 것은 바로 이 종리매가 대왕 밑에 있다는 말을 들었기 때문일 것이외다. 나와 대왕이 손잡고 힘을 합쳐 맞서 오면 홀로 감당하기 어렵다 여긴 까닭이오.

만약 대왕이 나를 잡아다 한제에게 바쳐 그 환심을 사고 싶다면 나는 오늘 이 자리에서라도 기꺼이 죽어 줄 수 있소. 하지만 내가 죽은 다음에는 대왕도 곧 망해 죽게 될 것이오. 바라건대 대왕께서는 부디 밝은 눈으로 시세(時勢)를 살펴 주시오."

하지만 한신의 마음은 이미 차게 식은 뒤였다. 낯빛 한번 변하지 않고 차분하게 받았다.

"장군의 말씀이 반드시 그른 것은 아니나, 마음에도 없는 모반의 죄를 쓰고 싶지는 않소. 지난날 황상께서는 칼 한 자루만 차고 간 나를 맞아들여 대장군으로 삼고, 일신의 재주와 역량을 마음껏 펼칠 수 있게 해 주셨소. 하찮은 공도 지나쳐 보지 않으시고 나를 존귀하게 끌어올려 마침내는 이렇게 왕위에까지 이르게 해 주셨소. 설령 이 길로 끌려가 도끼와 칼 아래 죽는다 해도 황상의 뜻을 거스를 수는 없구려."

그와 같은 한신의 말에 종리매도 드디어 자신이 가야 할 길을 깨달은 듯했다. 돌같이 굳어 있던 얼굴이 갑자기 시뻘겋게 변하며 소리 높여 한신을 꾸짖었다.

"내 너를 잘못 보았구나. 너는 장자(長者)가 아니다. 지금은 과분하게 왕관을 쓰고 있으나 머지않아 그 아둔한 머리는 유방에게 잘려 시궁창에 뒹굴게 될 것이다!"

그러고는 허리에 찼던 칼을 뽑아 스스로 목을 찔러 죽었다. 그제야 종리매의 말이 섬뜩하게 한신의 가슴에 닿아 왔지만 더 급한 일은 당장 발등에 떨어진 불이었다. 한신은 좌우를 단속해 잘린 종리매의 머리를 잘 갈무리하게 한 뒤, 혹시라도 고제가 진 땅에 이를 때까지 자신이 그곳에 닿지 못하게 될까 봐 서둘러 하비를 떠났다.

행차를 되도록 검소하게 꾸민 한신이 닫기를 재촉하여 진 땅에 이르니 아직 고제의 순수 행렬은 백 리 밖 고릉에도 이르지 못하고 있었다. 마음이 급해진 한신은 진성 안에서 기다리지 못하고 교외로 달려 나가 고제가 이르기를 기다렸다.

다음 날이 되자 황제의 순수 행렬이 진성 교외로 천천히 다가 왔다. 좌우를 물린 한신이 시중드는 근시 두엇만 거느리고 고제의 어가 앞으로 달려가 머리를 조아렸다.

"신 초왕 한신이 황제 폐하께 문후 올립니다."

그러자 어가의 발이 걷히며 고제 유방의 높은 이마와 우뚝한 콧날이 솟아오른 듯 나타났다. 뜻밖으로 성난 눈길이었다. 이어 고제의 벼락같은 외침이 들렸다.

"무사들은 어디에 있느냐? 어서 저 대역부도한 죄인을 잡아들이지 않고 무얼 하느냐?"

그 소리를 기다렸다는 듯 갑자기 수레 앞뒤에서 창칼을 들고 오라를 늘어뜨린 군사들이 우르르 달려 나와 한신을 에워쌌다. 그들을 이끄는 것은 뜻밖에도 영음후(潁陰侯) 관영과 신무후(信武侯)가 된 근흡이었다.

"초왕은 어서 포박을 받고 대죄(待罪)하라는 폐하의 뜻을 받드시오. 섣불리 맞서려 하다가는 수백 도부수들에게 바로 어육이 날 것이오!"

근흡이 두 눈을 부라리며 소리쳤다. 에워싼 무사들도 근흡의 명만 떨어지면 바로 치고 들 기세였다. 한신이 예견했던 것보다 훨씬 엄중한 상황이었다. 이에 움치고 뛸 수조차 없게 된 한신은 둘러싼 군사들보다 머리통 하나는 큰 허우대를 그대로 그들에게 맡긴 채 모두가 다 들을 수 있을 만큼 큰 소리로 탄식했다.

"참으로 사람들의 말과 같구나. 높이 나는 새가 모두 떨어지면 좋은 활은 곳간에 걸리고[飛鳥盡 良弓藏] 약아빠진 토끼가 잡혀 죽고 나면 뒤쫓아 내닫던 사냥개는 가마솥에 삶기며[狡免死 走狗

烹] 맞싸우던 나라가 부서져 없어지면 꾀 좋은 신하는 설 곳이 없어진다[敵國破 謀臣亡] 하였다. 이제 천하가 이미 평정되었으니 나는 삶겨 죽어 마땅하다!"

그 말을 들은 고제가 한신을 돌아보며 꾸짖었다.

"너는 크게 소리치지 마라. 네가 모반한 것은 이미 모두 밝혀졌다."

"폐하, 신이 미우시면 밉다 하며 죽이십시오. 하지도 않은 모반의 죄로 죽으면 신은 죽어서도 눈을 감을 수 없을 것입니다!"

한신이 지지 않고 맞받아 소리쳤다. 고제도 언성을 낮추지 않았다.

"시끄럽다. 누가 네 죄를 캐내 낱낱이 짐에게 일러바쳤다. 너는 초왕이 되어 내려간 뒤로 사사로이 인심을 써서 초나라 백성들과 장사들의 충성을 사고, 무단히 군사를 길러 한나라 조정이 허약한 틈을 엿보았다. 거기다가 너는 종리매를 비롯한 항우의 패장들을 거두어 숨겨 놓고, 네가 짐에게 맞서 군사를 일으키는 날, 억센 이빨이나 날카로운 발톱 같은 장수로 쓰려 하였으니, 이보다 더 뚜렷한 모반의 증좌가 어디 있겠느냐?"

"그것은 모두 소인들의 모함입니다. 먼저 신이 초나라 왕으로 내려와 사사로이 정을 쓴 것은 백성들의 환심을 사기 위해서가 아니라, 가난하고 외로웠던 시절에 진 빚을 조금 갚은 것뿐입니다. 또 신이 힘들여 군사를 기른 것은 초나라가 항왕의 터전이었던 땅이라 아직 민심이 안정치 못했기 때문에 무위(武威)로 불온한 기운을 눌러 천하의 남쪽 모퉁이를 평온하게 하려 함이었습니다. 더구나 신이 항왕의 패장을 거두어들였다는 것은 전혀 근거 없는 말로, 종리매라면 그 목이 여기 있습니다. 품 안으로 쫓겨든 새를 차마 쏘지 못해 며칠 말미를 주며 계포처럼 폐하께 귀복하기를 권했으나, 스스로 목을 찔러 죽었기에 이렇게 그 머리를 거두어 왔습니다. 그 밖에 따로 신이 거두어들인 항왕의 패장이 있다면 이 자리에서 오형(五刑)을 받고 죽어도 아무런 원망이 없겠습니다."

한신이 한 번 더 간곡하게 자신을 발명하며 갈무리해 간 종리매의 목까지 바쳤으나 아무런 소용이 없었다.

"어서 죄인을 압송하지 않고 무얼 하느냐?"

고제 유방의 그 한마디에 한신은 두 팔을 등 뒤로 엇갈리게 하여 묶이고 두 발에는 차꼬를 찬 채 죄수를 싣는 수레로 옮겨졌다. 이어 진 땅으로 행차를 옮겨 간 고제는 거기서 제후들을 접견하고 운몽의 순수를 마친 뒤에야 어가를 도성 장안으로 돌렸다.

장안으로 돌아가는 도중에 낙양에 이른 고제는 거기서 잠시 어가를 멈추게 했다. 낙양은 한때 한나라가 도성으로 삼았던 곳이라 황제와 황제를 따르는 관원들이 머물기에 불편함이 없었다. 이에 고제는 한동안 그곳에 머물면서 멀고 고단했던 행차의 피로를 씻음과 아울러 미뤄 두었던 일을 마무리 지었다.

초왕으로 있다가 모반의 죄를 쓰고 잡혀가던 한신이 사면을 받은 곳도 낙양이었다.

"공이 한 말이 참되다 할지라도 종리매의 일은 용서할 수 없다. 짐의 엄명을 거스르고 몇 달이나 숨겨 주었으니, 비록 종리매와 사사로운 정이 깊었다 해도 남의 신하 된 자가 지킬 바른 도리가 아니다. 공을 초왕의 자리에서 열후(列侯)로 내친다."

고제는 그렇게 한신을 풀어 주며 고향 회음을 식읍으로 내리고 회음후(淮陰侯)로 삼았다. 그리고 다시 천하에 크게 사면령을 내려 놀란 민심을 달랬다. 고제를 따라왔던 대신 전긍(田肯)이 하례(賀禮)를 올리며 진언했다.

"폐하께서는 한신을 사로잡고 또 진중(秦中, 관중)을 차지하고 계십니다. 진(秦)은 지세가 험난해 남과 싸워 이기기에 좋은 나라[形勝之國]로서, 큰 물을 끼고 험한 산을 둘러 지키기에도 편하고 이롭습니다. 제후들이 백만의 군사를 모아 와도 2만만 있으면 막아 낼 수 있으니, 비유하자면 제후들을 상대로 싸우는 것은 높은 지붕에서 기와 고랑에다 병에 가득 찬 물[瓴水]을 쏟는 것과 같습니다. 기와 고랑을 힘들여 기어오르는 개미 같은 제후들의 군사로서는 쏟아지는 물을 거슬러 오를 길이 없을 것입니다. 또 제(齊)는 동쪽으로 낭야와 즉묵의 풍요함이 있고, 남쪽으로는 태산의 험준함이 있으며, 서쪽은 하수가 가로막아 주고 북쪽은 발해(渤海)가 물고기와 소금을 넉넉하게 내놓습니다. 땅은 사방으로 2천 리나 되고 다른 제후국들은 천 리 밖에 떨어져 있으니, 제후국들이 백만 군사로 쳐들어와도 20만이면 막아 낼 수 있습니다. 따라서 진과 제 두 땅은 동진(東秦)과 서진(西秦)이라 일컬을 만하니 폐하의 친자제분이 아니면 제왕(齊王)으로 세우지 마시옵소서."

고제가 들어 보니 바른 식견이요 옳은 말이었다.

"좋소. 그대로 따르리다."

그러면서 전궁에게 황금 5백 근을 내리고, 서장자(庶長子)인 유비(劉肥)를 제왕으로 세워 그 땅 일흔 개가 넘는 성을 다스리게 했다. 조참을 상국으로 삼고 제나라 말을 할 수 있는 부근 백성들을 모두 제나라로 옮겨 살게 한 것도 그때였다.

고제는 한신이 다스리던 초나라도 둘로 쪼개 자신의 골육들을 왕으로 세웠다. 회수 동쪽 53현은 종형인 장군 유가(劉賈)를 형왕(荊王)으로 세워 다스리게 하고, 회수 서쪽의 설군과 동해, 팽성 등 36현은 아우인 문신군(文信君) 유교(劉交)를 초왕으로 삼아 다스리게 했다.

공이 있는 신하들 가운데 아직 봉지를 나눠 받지 못한 이들이 땅과 작록을 받게 된 것도 그때 낙양에서였다. 고제는 대군을 쓰지 않고 한신을 사로잡게 해 준 것을 기특하게 여겨 진평에게도 드디어 봉작을 내렸다. 고제를 찾아온 뒤로 진평이 세운 공을 기려 고향인 호유향을 식읍으로 주고 호유후(戶牖侯)에 봉했다. 그리고 부절을 쪼개 주며 대대로 그 봉작이 끊어지지 않게 했다. 그런데 알 수 없게도 진평은 그 봉작을 선뜻 받으려 들지 않았다.

"폐하, 거두어 주시옵소서. 그 모든 공은 신의 것이 아니옵니다."

진평이 그런 말로 두 번, 세 번 사양하자 고제가 이상하게 여겨 물었다.

"짐이 그대의 계책을 써서 여러 번 싸움에 이기고 모진 적을 무찔렀는데, 모두가 그대의 공이 아니라니 그 무슨 소린가?"

그러자 진평이 낯빛을 고치고 목소리에 정성을 담아 대답했다.

“위무지(魏無知)가 아니었으면 어찌 신이 폐하께 천거될 수 있었겠습니까? 또 신이 천거되지 못했다면 어떻게 그런 계책들을 폐하께 올릴 수가 있었겠습니까?”

고제가 그 말을 듣고 한참이나 말없이 진평을 내려다보다가 감탄하듯 말했다.

“그대는 근본을 잊지 않는 사람이라고 할 수 있다. 참으로 아름다운 일이다.”

그리고 따로 위무지에게도 두터운 상을 내렸다.

평성의 수모

몇 달 낙양에 머물다가 장안으로 돌아간 고제는 한(漢) 6년 봄, 한왕(韓王) 신(信)을 태원 북쪽 땅으로 옮겨 진양(晉陽)에 도읍하고 북쪽 오랑캐를 막게 하였다.

한왕 신은 횡양군 성(成)이 한왕일 때 그 사도였던 장량이 처음 한(韓)나라 장수로 세웠다. 그러나 신은 한왕 성과 달리 항우 밑에 있지 않고 장량과 함께 패공 유방을 따라 무관으로 들어가 공을 세웠다. 그 뒤 신은 한왕(漢王)이 된 유방과 함께 한중까지 들어갔다가 유방이 삼진을 평정하고 함곡관을 나올 때 다시 따라 나왔다.

패왕 항우가 성을 열후로 낮췄다가 죽이자 한왕 유방은 신을 한나라 태위로 올려 그 옛 땅을 공략하게 했다. 그러다가 신이 항우가 세운 한왕 정창(鄭昌)의 항복을 받아 내고 한나라를 평정하니 유방은 마침내 그를 한왕으로 세웠다. 그러나 신은 한왕이 된 뒤에도 봉지에 머물지 않고 한나라 군대와 더불어 유방을 따라다니며 여러 곳에서 싸웠다.

한 3년 한왕 신은 주가(周苛), 종공(樅公)과 더불어 패왕 항우로부터 형양을 지키게 되었다. 하지만 끝내 형양성이 떨어지자 주가나 종공처럼 죽지 못하고 항우에게 항복하여 목숨을 건진 허물을 지었다. 그 뒤 신은 곧 항우에게서 도망쳐 돌아와 한왕 유방의 용서를 받고, 이름뿐이나마 한(韓)나라 왕위도 돌려받았다. 그리고 한결 같은 충성으로 한왕 유방을 섬기며 항우를 쳐부수고 천하를 평정하는 데 많은 공을 세웠다. 이에 황제가 된 유방은 의례를 갖춰 부절을 쪼개 주며 그를 한왕으로 세우고 옛 한나라 땅인 영천을 다스리게 하였다.

영천은 북쪽으로는 공현과 낙읍에 가깝고 남으로는 완성과 섭성에 가까우며 동쪽으로는 회양이 있어 사방이 온통 사나운 군사들[勁兵]로 둘러싸인 형세였다. 고제는 한왕 신처럼 재주 있고 군사를 잘 부리는 장수가 그런 곳에 갇혀 있는 것을 아깝게 여겼다. 이에 조서를 내려 태원 북쪽으로 옮겨 앉아 북쪽 오랑캐를 막게 한 것인데, 한왕 신에게는 그런 황제의 보살핌이 오히려 탈이 되었다. 그 무렵 들어 갑자기 강성해진 흉노(匈奴) 때문이었다.

흉노는 융(戎)이나 적(狄), 호(胡) 따위로 싸잡아 불리는 북방 유목 민족의 한 갈래로서, 하후씨(夏后氏) 우(禹)임금의 먼 후손[苗裔]으로 알려져 있다. 곧 은 탕왕에게 쫓겨난 하나라 걸왕(桀

王)이 명조(鳴條)로 옮겨진 지 3년 만에 죽자 그 아들 훈육(獯粥)이 아비의 여러 첩들을 아내로 삼고 북쪽 벌판으로 달아나 족속을 이룬 게 그 시작이라고 한다. 다르게는, 요임금 때 훈육(葷粥)이라는 족속이 있었는데, 주나라 때는 험윤(獫狁)이 되고 진나라 때부터 흉노로 불리게 되었다는 말도 있다. 융적(戎狄), 산융(山戎), 서융(西戎), 견융(犬戎), 융적(戎翟) 등과 같은 핏줄이며 선비(鮮卑), 누번(樓煩), 동호(東胡), 임호(臨胡), 월지(月氏) 같은 별종들이 있었다.

흉노가 기르는 가축은 주로 말과 소와 양이었는데, 별난 것으로는 낙타, 나귀, 노새, 버새(암나귀와 수말 사이의 잡종, 앙제), 탄해(驒駭, 말과 비슷하나 보다 작다.) 같은 것이 있었다. 흉노는 가축을 먹일 물과 풀을 찾아 옮겨 살았기 때문에 성곽이나 한군데 붙박인 주거지가 없고 땅을 갈라 농사를 짓지도 않았으나, 각 족속의 세력 범위만은 경계가 분명하였다.

글이나 서적이 없었으므로 모든 약속은 말로 이루어졌다. 어린 아이들도 말이나 양을 타고 돌아다니며 작은 활로 새나 쥐를 쏘고, 좀 자라면 여우나 토끼 사냥을 해서 양식에 보태었다. 남자들은 이리저리 원하는 대로 활을 다룰 수 있어, 필요하면 모두가 활로 무장한 기병이 되었다. 그들은 평소에도 목축에 종사하는 한편 새나 짐승을 사냥하는 것을 또 다른 일로 삼았고, 전쟁 같은 것으로 급박해지면 모두가 싸움에 나서는 게 그들의 천성이나 다름없었다. 그들이 먼 거리에서 싸울 때 쓰는 무기는 활과 화살이었으며, 짧은 거리에서는 창과 칼을 썼다. 싸움이 유리할 때는 나아가고 불리할 때는 물러났는데, 져서 달아나는 것을 수치로 여기지 않았다. 모든 일을 오로지 이익을 얻고자 꾸밀 뿐, 예의는 조금도 무겁게 생각하지 않았다.

흉노는 임금인 선우(單于)를 비롯해서 모든 사람들이 가축의 고기를 먹고, 그 가죽이나 털로 옷을 만들어 입거나 잠잘 때 덮었다. 또 건장한 사람이 기름지고 맛난 음식을 먹고 노약자들은 그 나머지를 먹었는데, 이는 건장한 사람을 무겁게 여기고 노약한 사람을 가볍게 보기 때문이었다. 아비가 죽으면 아들이 그 후처를 아내로 맞았으며, 형제가 죽으면 살아남은 형이나 아우가 그 아내를 차지하였다. 서로 이름 부르는 것을 거리끼지 않았으며 성(姓)이나 자(字) 같은 것은 없었다.

흉노의 족속들은 한때 하수 남쪽까지 내려와 살았으나 세월이 갈수록 멀리 북쪽으로 밀려났다. 그리고 더는 목축을 할 수 없는 지역으로까지 몰리게 되자 동서로 나뉘어 길게 중국의 북변을 에워싸게 되었다. 흉노를 그렇게 내몬 것은 그 조상이 서융이었다는 말이 있을 만큼 흉노와 가까운 핏줄인 진나라였다. 장공(壯公), 양공(襄公) 이래로 진나라의 발전은 서융을 북쪽으로 내모는 것과 비례했으며, 목공(穆公) 때 서융의 땅을 모두 차지함으로써 진나라는 비로소 서북의 강국이 된다. 그러다가 시황제 시절이 되면서 흉노는 호(胡)로 싸잡아 불리며 만리장성 밖으로 쫓겨나고 만다.

흉노를 비롯하여 동호, 월지 같은 호 족속들이 다시 기운을 되찾게 되는 것은 진나라가 망한 뒤였다. 패왕 항우와 한왕 유방이 천하를 다투는 동안 흉노는 동호와 월지를 쳐부수고 북변의 세력을 하나로 아우른 뒤 하수 아래쪽으로 내려오기 시작했다. 묵돌(冒頓)이라는 효웅이 아비를 죽이고 흉노의 선우가 된 뒤의 일이었다.

묵돌은 흉노의 선우 두만(頭曼)의 아들로 일찍부터 태자로 세워졌다. 그러나 연지(閼氏)였던 어머니가 죽고 아비 두만이 새로 연지를 맞아들이면서 고난이 시작되었다. 젊고 아름다운 새 연지에 빠진 두만이 그녀가 아들을 낳자 그 어린 아들을 태자로 세우고 싶어 한 때문이었다.

그때는 동호와 월지가 아직 강성하였는데, 두만은 그중에서 월지를 골라 태자 묵돌을 죽이게 하는 일을 꾸몄다. 화평을 구실로 태자 묵돌을 월지에 볼모로 보내 놓고 갑자기 군사를 일으켜 월지를 들이쳤다. 성난 월지 사람들이 잡아 둔 흉노의 볼모를 죽여 분을 풀려 했다. 그러나 이를 미리 안 묵돌은 월지의 좋은 말을 훔쳐 타고 도망쳐 저희 땅으로 돌아갔다.

월지의 손을 빌려 죽이려 한 아들이었지만, 막상 묵돌이 살아서 돌아오자 두만의 마음은 달라졌다. 태자를 바꿀 생각을 버렸을 뿐만 아니라, 사지를 빠져나온 아들의 기지와 담대함을 장하게 여겨 만 기(騎)를 이끄는 장수로 삼았다. 하지만 묵돌은 아비 두만이 월지의 손을 빌려 자신을 죽이려 한 일을 잊지 않았다.

묵돌은 몰래 우는살(명적(鳴鏑), 끝에 속이 빈 깍지를 달아 날아갈 때 소리가 나는 화살)을 만들어 자신이 이끄는 1만 기에게 그걸 쓰는 법을 가르쳤다.

"내가 이 화살을 쏘아 날리면 너희들도 모두 이 화살이 소리를 내며 날아가 맞는 곳으로 활을 쏘아야 한다. 누구든 이를 어기면 반드시 목을 벨 것이다!"

묵돌은 그렇게 가르쳐 놓고 우는살로 먼저 자신이 아끼는 말을 쏘았다. 병사들이 멈칫거리면서도 묵돌이 아끼는 말을 향해 모두 활을 쏘았다. 그다음에 묵돌은 다시 우는살로 자신이 사랑하는 아내를 쏘았다. 그러자 차마 태자비인 묵돌의 아내를 쏠 수 없어 이번에는 활을 쏘지 않은 병사들이 더러 있었다. 묵돌은 그들을 모두 끌어내어 목을 베고 마지막으로 아비인 선우 두만이 아끼는 말을 우는살로 쏘았다. 그러자 겁을 먹은 병사들이 모두 한꺼번에 두만이 아끼는 말을 쏘았다.

이에 묵돌은 병사들이 쓸 만하게 조련되었다고 보고 때를 기다렸다. 오래잖아 묵돌과 그가 이끄는 1만 기가 두만 선우를 따라 사냥을 나가게 되었다. 묵돌은 으슥한 곳에 이르자 아비 두만에게 우는살을 쏘았다. 묵돌을 따르던 병사들이 우는살이 날아가는 소리를 듣고 그곳을 향해 일제히 활을 쏘았다. 활쏘기를 머뭇거리다가 목을 잃게 될까 봐 그쪽에 무엇이 있는지 한번 제대로 살펴볼 겨를조차 없었다. 우는살에 이어 만 개의 화살이 쏟아지자 두만은 피해 볼 엄두도 내지 못하고 온몸에 고슴도치처럼 화살이 박혀 죽었다.

그렇게 아비를 죽인 묵돌은 그 길로 달려가 계모가 되는 젊은 연지와 이복동생들을 모두 죽였다. 대신들도 자신을 따르려 하지 않는 자는 모조리 죽이고 흉노를 휘어잡은 뒤 스스로 선우 자리에 올랐다. 참으로 끔찍한 존속살해요, 찬탈이었다.

그 소문을 들은 동호(東胡)가 흉노로 사자를 보내 묵돌에게 청했다.

"두만 선우가 살아 있을 때 타던 천리마를 얻고자 하오. 새 선우께서 우리에게 내주실 수 있겠소?"

아비를 죽이고 선우가 되었다는 걸 알고 묵돌을 얕보아 하는 수작이었다. 묵돌이 아무렇지 않은 얼굴로 신하들을 모아 놓고 물었다.

"동호가 아버님의 천리마를 달라고 하는데 어찌했으면 좋겠는가?"

그러자 신하들이 화를 억누르며 입을 모아 말했다.

"그 천리마는 우리 흉노가 보배로 여기는 말입니다. 결코 내주어서는 아니 됩니다."

하지만 그런 신하들과는 달리 묵돌의 낯빛은 조금도 달라지지 않았다.

"말 한 마리를 아껴 이웃 나라와 틀어질 까닭이야 없지 않겠는가?"

그러면서 그 천리마를 동호에게 내주게 했다. 오래잖아 동호가 다시 사자를 보내 청했다.

"새 선우의 연지 가운데 한 사람을 얻었으면 하오. 누구든 하나를 골라 우리 동호로 보내 주실 수 없겠소?"

귀한 천리마를 아무 소리 없이 내놓자 묵돌을 더욱 얕보고 하는 수작이었지만 이번에도 묵돌의 표정은 별로 달라지지 않았다.

전처럼 신하들을 모두 불러 모아 놓고 속없는 사람처럼 물었다.

"동호가 연지 하나를 보내 달라는데 어찌하면 좋겠는가?"

그러자 더 참지 못한 신하들이 성난 목소리로 외쳤다.

"동호가 너무 무도합니다. 감히 우리 연지를 내놓으라니요? 저것들을 들이쳐 버르장머리를 고쳐 놓아야 합니다."

그러나 묵돌은 잘도 참았다.

"어찌 한낱 여자를 아껴 이웃 나라와 등을 지겠는가?"

그렇게 말하고는 연지들 가운데 가장 젊고 예쁜 여자를 골라 동호로 보내 주었다.

묵돌이 자기 아내까지 데려다 바치자 묵돌을 한층 얕보게 된 동호는 그만큼 더 교만해졌다. 묵돌에게서 보다 크고 값진 것을 뺏어 내려고 사방을 돌아보며 궁리했다.

동호와 흉노 사이에는 사람이 살 수 없어 버려진 땅이 천여 리 있었다. 양쪽 모두 땅은 비워 두고 자기편 경계 쪽에 파수 보는 망대 같은 것[甌脫]만 세워 상대의 침입을 감시할 뿐이었다. 앞서 두 번이나 재미를 본 동호는 다시 그 땅을 거저 얻을 작정으로 묵돌에게 사자를 보냈다.

"그대들과 우리 땅 사이에 버려져 있는 천여 리를 우리가 가졌으면 하오. 앞으로는 그곳을 동호 땅으로 여겨 그대들은 함부로 드나들지 않았으면 좋겠소."

이번에도 묵돌은 별다른 내색 없이 신하들을 불러 물었다.

"동호가 다시 사자를 보내 그들과 우리 사이에 있는 천여 리의 땅을 내놓으라고 하는데 어찌했으면 좋겠소?"

그 땅을 잘 아는 신하들은 전과 달리 별로 성을 내지 않았다.

"그 땅은 버려져 있는 것이라 아까울 것이 없습니다. 동호에게 주어 버려도 좋고, 주지 않아도 또한 좋습니다."

그렇게 말하면서 더러는 내주자고 하고 더러는 내주지 말자고 하였다. 듣고 있던 묵돌이 갑자기 불같이 화를 내며 꾸짖었다.

"땅은 나라의 바탕이 된다. 그런데 어찌 그리 쉽게 남에게 내줄 수 있단 말인가!"

그러면서 그 땅을 내주자고 한 신하들을 모조리 목 베었다. 이어 갑주를 걸치고 투구를 쓴 뒤 말에 오른 묵돌은 온 흉노 땅이 울릴 만큼 소리 높이 외쳤다.

"이제 나라의 바탕을 빼앗으려 드는 동호를 치러 간다. 모두 나를 따르라. 누구든 늦게 나서는 자는 목을 벨 것이다!"

묵돌이 앞장서 칼을 빼 들고 그와 같이 외치자 온 흉노가 저마다 창칼을 들고 말에 뛰어올라 늦지 않으려 애썼다. 묵돌은 잠깐 사이에 모여든 대군을 바람같이 휘몰아 동호로 쳐들어갔다. 묵돌을 한껏 얕보던 동호라 그런 때를 위한 대비가 있을 리 없었다. 그 덕분에 묵돌은 자기편 군사를 크게 다치지 않고 동호를 쳐 없앨 수 있었다.

동호를 무찔러 기세가 오른 묵돌은 다시 서쪽으로 월지를 쳐부수어 멀리 내쫓았다. 이어 남쪽으로 누번을 아울렀고, 하남까지 내려와 있던 백양(白羊)의 왕에게서도 항복을 받아 냈다. 그런 다음 연나라, 대나라 땅으로 밀고 내려가 진나라 장수 몽염(蒙恬)에게 빼앗겼던 흉노의 옛 땅을 모두 되찾았다.

그때 한나라 군사는 항우와 맞서느라 그런 흉노를 막아 낼 겨를이 없었다. 그 바람에 묵돌의 군사는 말을 달리면서도 활을 쏠 수 있는 병사[控弦之士]만도 20만이 넘을 만큼 강성해져 그 위력으로 북변의 여러 나라들을 떨게 했다.

한왕 신은 새 봉지인 태원 북쪽에 이르자마자 흉노의 매운맛을 톡톡히 보았다. 군사를 있는 대로 긁어모아 그들이 밀고 내려오는 것을 막는다고 막았으나 싸움마다 이롭지 못했다. 몇 싸움을 내리 내어주고 도읍인 진양성(晉陽城) 안에 갇혀 황제에게 글을 올렸다.

> 나라가 북쪽 경계에 너무 치우쳐 있어 흉노가 자주 쳐들어옵니다. 거기다가 진양은 변방의 요새와 멀리 떨어져 있어 지키기가 매우 어렵습니다. 바라건대 도성을 마읍(馬邑)으로 옮겨 나라를 다스리게 해 주시옵소서.

고제가 그 일을 허락하자 한왕 신은 곧 마읍으로 도읍을 옮겼다.

그해 가을 7월, 이번에는 흉노가 마읍까지 쳐들어와 성을 에워쌌다. 힘으로 당해 내지 못한 한왕 신은 흉노 진중에 여러 차례 사자를 보내 화해를 빌었다. 한(漢) 조정이 대군을 내어 구해 주었지만, 이미 기가 꺾인 신은 그 뒤로도 여러 차례 흉노에게 사사로이 사자를 보내 화평을 지키려 애썼다. 그걸 안 한나라는 신

(信)이 두 마음을 품은 것이 아닌가 의심하고, 사람을 보내 엄하게 꾸짖었다.

조정에서 사람까지 보내와 의심을 드러내자 한왕 신은 자칫 모반으로 몰려 죽게 될까 두려워졌다. 그해 9월, 도성인 마읍을 들어 흉노에게 항복하고, 마침내는 흉노와 손을 잡고 한나라에 맞서게 되었다. 이에 기세가 오른 흉노의 선우 묵돌은 대군을 이끌고 남쪽으로 구주산을 넘어 태원을 공격하고 진양에 이르렀다.

한 7년 겨울 동짓달에 고제가 스스로 군사를 이끌고 흉노에 붙어 모반한 한왕 신을 치러 갔다. 고제가 거느린 한군은 동제에서 한왕 신의 군대를 쳐부수고 그 장수 왕희(王喜)를 목 베었다. 신은 흉노로 달아나고, 신이 거느렸던 장수 만구신(曼丘臣)과 왕황(王黃) 등은 조나라의 먼 후손인 조리(趙利)란 자를 다시 조왕(趙王)으로 세웠다. 그리고 싸움에 져서 흩어진 신의 군사들을 끌어모은 뒤 신과 묵돌까지 불러들여 함께 한나라에 맞서려 했다.

이에 흉노는 좌현왕(左賢王)과 우현왕(右賢王)에게 각기 군사 만 기를 주고 왕황 등과 더불어 광무에 진채를 머무르게 하면서 남으로 진양까지 내려가 한나라 군사를 치게 했다. 한나라 군사가 그들을 맞받아쳐 크게 깨뜨리고 다시 이석까지 뒤따라가 쳐부수었다. 그러나 날씨가 차가워지고 눈비가 내려, 한나라 군사 열에 두셋은 손가락이나 발가락이 얼어 떨어지는 어려움을 겪었다.

흉노가 누번 서쪽에서 다시 크게 군사를 모으자 한나라도 많은 전거와 기병을 내어 그들을 쳐부수게 하였다. 흉노가 싸움마다 지고 달아나자 한나라 군대는 승세를 타고 북쪽으로 달아나는 적군을 뒤쫓았다.

진양에 와 있던 고제 유방은 흉노의 선우 묵돌이 대곡(代谷)에 진채를 내리고 있다는 소문을 듣고 군사를 내어 들이치기 전에 그들의 세력부터 알아보고 싶었다. 사자를 흉노의 진중으로 보내 한편으로는 어르고 달래면서 다른 한편으로는 가만히 그들의 실정을 살펴보게 하였다. 그러나 영악한 흉노는 진작부터 그런 고제의 속셈을 알아차렸다. 날래고 힘센 젊은이나 살찐 소와 말은 모두 숨겨 놓고 허약한 늙은이와 야윈 가축만을 한나라 사자들에게 보여 주었다.

"소문과 달리 흉노가 그리 대단한 것 같지는 않았습니다. 힘들이지 않고 정벌할 수 있을 듯합니다."

사자가 열 번이나 갔다 왔지만, 흉노에게 속은 그들은 하나같이 그렇게 말하며 흉노를 치자고 하였다. 고제는 그래도 석연찮은 데가 있어 마지막으로 유경(劉敬)을 한 번 더 보내 보았다. 유경은 장안을 한나라의 도읍으로 삼게 한 공으로 낭중 벼슬을 받고 유씨 성을 하사받은 제나라 사람 누경(婁敬)으로, 눈이 밝고 헤아림이 깊어 고제가 가까이 두고 부렸다. 그 유경이 돌아와 아뢰었다.

"두 나라가 서로 싸우고 있을 때는 마땅히 자랑할 만한 것을 크게 드러내고 좋은 것을 많이 보여 주어 상대방의 기를 죽이려 드는 법입니다. 그런데 신이 흉노에 가서는 허약한 늙은이와 여윈 가축만을 보았을 뿐입니다. 이는 필시 자기들의 약점과 단처(短處)만 보여 주고 자랑과 장점은 숨겨 두었다가 기병(奇兵)으로 이기려는 술책입니다. 신의 어리석은 헤아림으로는, 여기서 더 깊이 들어가지 않는 게 좋겠습니다. 지나치게 그 소혈 가까이 다가가 흉노를 쳐 없애려 하다가는 되레 우리 대군이 위태로운 지경에 빠질 수도 있습니다."

하지만 그때는 고제가 이미 흉노를 칠 뜻을 굳혀 20만이 넘는 한나라 대군이 구주산을 넘어 북쪽으로 올라오고 있는 중이었다. 유경을 대곡으로 보낼 때만 해도 흉노의 본진을 치는 데는 다소 망설여지는 구석이 있었으나, 이제는 호랑이 등에 올라탄 기세가 되어 있었다. 싸우러 갈 수밖에 없게 되었는데 유경이 그렇게 말하니, 오히려 그게 무슨 불길한 조짐처럼 여겨져 고제를 성나게 했다.

"이 천한 제나라 종놈아! 지난날 낙양에서는 그 미끄러운 혓바닥을 놀려 벼슬을 얻더니, 이제는 망령된 말로 내 군대의 앞길을 막으려 하느냐?"

고제는 그렇게 소리 질러 유경을 욕하면서 그 손발에 차꼬와 수갑을 채워 광무에 가둬 놓게 했다. 그런 다음 공연히 마음이 바빠져 대군이 모두 이르기를 기다리지도 않고, 거느리고 있던 군사만으로 먼저 평성(平城)으로 떠났다.

고제가 평성에 이르니 한나라 대군은 아직 몇 백 리 밖에서 오고 있는데 흉노의 수십만 기마대는 벌써 그곳에 이르러 가만히 때를 기다리고 있었다. 그러나 그들을 얕보고 적은 군사만으로 먼저 달려온 고제가 그처럼 위태로운 정황을 알 리 없었다. 아무 걱정 없이 군사를 이끌고 평성으로 들어갔다.

평성이 그리 크고 굳건한 성이 아니고 고제가 이끈 것도 대군은 못 되지만 안에서 굳게 지키면 뒤따라오고 있는 20만 대군이 그곳에 이를 때까지는 어렵지 않게 버틸 만했다. 수십만 대군이라 큰소리치고 있지만 흉노는 모두 기병이라 성을 우려빼는 싸움에는 크게 힘을 쓰지 못했다. 그런데 적을 몰라 생긴 겁 없음이 일을 더욱 그르쳤다. 고제가 적잖은 군리와 시양졸에게 치중을 맡겨 성안에 남기고 다시 평성 밖으로 나온 일이 그랬다.

기마대와 갑졸을 중심으로 한 전투 병력만 이끌고 성을 나온 고제는 그래도 높은 데서 흉노의 형세를 살핀답시고, 턱없는 호기를 부리며 가까운 산등성이 위로 올라갔다. 평성에서 동북쪽으로 10리도 안 되는 곳에 위치한 백등산(白登山)이었다. 백등산은 그리 높지는 않으나 평지 가운데 가파르게 솟아 사방을 살피기에 좋은 곳이었다. 하지만 그때 이미 흉노의 대군은 그 산발치에서 멀지 않은 벌판을 뒤덮다시피 하고 숨어 있었다.

고제가 장졸들과 함께 산등성이 위로 오르자 부근에 숨어 기다리던 흉노의 기병대가 갑자기 백등산을 에워싸며 사방에서 몰려들었다. 고제 주변의 한나라 군사들이 갖춘 의장과 기치를 보고 멀리서도 예사가 아니란 느낌이 든 듯했다. 그때 한나라 장졸 대부분은 아직 산을 오르지 않고 고제와 장수들만 정상에서 적정을 살피고 있었다. 불시에 흉노의 기병대가 사방에서 몰려오자 들판에서는 그들을 막아 낼 수가 없어 산 밑에 남아 있던 장졸들도 산등성이 위로 쫓겨 올라갔다.

고제가 거느린 한나라 군사의 머릿수는 흉노가 열이라면 그 하나에도 못 미쳤다. 그러나 다행히 백등산이 그리 높지는 않아도 사방 비탈이 가파른 데다, 흉노는 모두가 기병이라 함부로 짓쳐 올라오지 못하였다. 지키기 좋은 곳에 자리 잡은 한나라 군사들이 서둘러 바위를 굴려 오고 나무를 찍어 보루와 채책(寨柵)을 둘러치자, 흉노의 기병들은 백등산 발치를 철통같이 에워싼 채 산 위의 한나라 군사들이 추위와 굶주림에 지쳐 절로 항복해 오기만을 기다렸다.

대군이 이르기를 기다리지 않고 먼저 서둘러 떠나온 터라 원래도 한나라 군사들의 병참은 그리 충실하지 못했다. 그런데 그마저 양말(糧秣)은 시양졸과 함께 평성 안에 둔 채 갑졸과 기마대만 이끌고 백등산에 올랐으니 먹을 것과 마실 물이 당장 걱정이었다. 군마를 잡아 생고기를 나눠 씹고 산꼭대기에 쌓인 눈을 녹여 마셔도 사흘이 안 돼 굶어 죽고 얼어 죽는 사졸들이 적지 아니 생겨났다.

"이러다가는 눈 덮인 이 백등산 위에서 모두 죽고 말겠구나. 이 일을 어찌하면 좋겠는가?"

에워싸인 지 나흘째 되는 날 고제가 호군중위로 따라온 진평을 바라보며 걱정스럽게 물었다. 한왕으로 패왕 항우와 천하를 다툴 때 그의 기이한 계책으로 여러 번 어려운 고비를 넘긴 적이 있는 데다, 얼마 전 초왕 한신을 잡을 때도 그의 꾀를 빌린 터라 이번에도 기대를 걸고 물어본 것이었다. 진평이 평소의 그답지 않게 한참이나 머뭇거리다가 나지막한 목소리로 말했다.

"이 며칠 신이 한 계책을 익혀 오기는 했습니다만 그것이 비루하면서도 또한 간교한 데가 있어 차마 말씀드리기가 민망스럽습니다."

"비상한 난국에는 비상한 해결이 있을 뿐이다. 크게는 한나라 사직의 명운이 달려 있고, 작게는 몇 만 장졸의 목숨이 걸린 일인데, 여기서 송양(宋襄)의 인의라도 따지겠다는 것인가? 어서 말해 보라. 그 계책이 무엇인가?"

고제가 턱없이 반가워하며 그렇게 진평을 재촉했다. 그러자 진평이 좌우를 물리게 하고 한층 소리를 낮춰 말했다.

"흉노는 가축을 먹일 풀밭을 찾아 떠도는 족속이라 성곽이 없고 나무와 흙으로 집을 짓지 않습니다. 가축 떼를 따라 남녀 노유가 함께 몰려다니며 머물게 되는 곳에 장막을 치고 기거하는데, 전쟁을 할 때도 크게 다르지 않다고 합니다. 싸움터에서 멀지 않은 곳에 부녀자와 아이들의 장막을 몰아 놓고 나가 싸우거나 때로는 본진 안쪽에 아녀자들의 장막을 두고 에워싸 지키면서 싸우기도 한다는 것입니다. 흉노 선우의 왕비가 되는 연지도 다른 부녀들과 마찬가지로 싸움터에 가까이 와 있는데, 이번에 폐하를 따라나서면서 가만히 사람을 풀어 알아보게 하였더니, 지금 묵돌이 가장 아끼는 연지가 여기서 멀지 않은 대곡에 있다고 합니다. 그 연지에게 재물을 듬뿍 주고 묵돌에게 화평을 권하게 할 수 있으면, 그게 바로 우리가 이 어려움에서 벗어날 수 있는 가장 손쉬운 길이 될 것입니다."

그 말을 들은 고제가 어이없다는 듯 말했다.

"지금 군중에는 군사들을 먹일 낟알 한 톨이 없는데 무슨 재물을 풀어 흉노의 연지에게 뇌물을 준다는 것이냐? 또 설령 그럴 재물이 있다 해도 당장 사방이 두텁게 에워싸여 물 한 통 길어 올 군사도 내려 보내지 못하는데 누가 나가 그 일을 할 수 있단 말이냐?"

"많지는 않으나 재물은 평성 안에 부려 놓은 치중 속에 당장 쓸 만큼은 있는 줄로 압니다. 장안을 떠나면서 위급할 때 쓰려고 별도로 마련해 온 군비(軍費)도 있고, 광무와 이석에서부터 누번 서쪽의 싸움까지 잇따라 흉노를 이기고 그들이 중원에서 약탈한 재보를 뺏어 둔 것도 제법 될 것입니다. 또 연지에게 사자로 보낼 사람도 평성 안에 남아 있는 군리 가운데 신이 일찍부터 보아 둔 이가 있습니다. 헤아림이 밝은 데다 눈치가 빠르고 흉노 말을 잘해서 연지를 달래기는 어렵지 않을 것입니다.

다만 이 두터운 에움을 뚫고 평성으로 가서 폐하의 명을 전할 일이 걱정이었는데, 그것도 어제오늘 이 백등산을 찬찬히 돌아보며 살피니 전혀 길이 없는 것은 아니었습니다. 동쪽 비탈은 벼랑처럼 가파를 뿐만 아니라 눈이 두텁게 얼어붙어 사람이 오르내릴 수 없을 것 같아 보였습니다. 거기다가 평성으로 가는 길과는 반대편이라 그런지 적의 에움이 눈에 띄게 엷었습니다. 오늘 밤 삼경 무렵 군사들을 시켜 동쪽을 뺀 나머지 세 등성이에 크게 횃불을 밝히게 하고 금세라도 치고 내려갈 듯 함성을 내질러 적의 눈길을 그리로 함빡 끌어들이게 하십시오. 그런 다음 날랜 군사 하나를 밧줄에 달아 동쪽 비탈로 내려 보내면, 거기서 10리도 안 되는 평성으로 숨어들어 폐하의 명을 전하는 것이 반드시 어렵지만은 않을 것입니다. 더구나 신이 가만히 살펴보니, 어찌 된 셈인지 흉노의 기마대는 이 백등산만 바라보고 있을 뿐 평성을 에워싸고 있는 것 같지는 않았습니다."

그런 진평의 대꾸에는 그 며칠 홀로 깊이 고심한 흔적이 배어 있었다. 하지만 고제는 그래도 못 미덥다는 듯 되물었다.

"연지가 아무리 막돼먹은 흉노의 계집이라지만 그래도 한 나라의 왕비 격이다. 까짓 재물에 눈이 어두워 제 족속에게는 두 번 오기 어려운 이 호기를 묵돌이 외면하게 만들 리 있겠느냐?"

"하지만 왕비가 아니라 지엄하신 황후라도 여인네의 투기만은 어쩔 수 없을 것입니다. 예물을 보낼 때 따로 물목(物目)과 화상(畵像)을 보내 여인네의 투기를 불러일으키면 연지는 반드시 묵돌과 폐하의 화평을 성사시킬 것입니다."

"물목과 화상이라니? 어떤 물목과 화상을 말하는가?"

"만약 연지가 화평을 주선하지 못하면, 폐하께서 직접 묵돌에게 내리시며 화평을 살 예물의 물목과 그때 함께 보낼 미인의 화상입니다. 군중의 화공 중에 솜씨 좋은 자를 골라 아리따운 여인 서너 명만 그리게 한 뒤, 그걸 진기한 물목과 함께 연지에게 슬며시 보여 주게 하십시오. 그리하면 연지는 그 미인에게 묵돌의 총애를 뺏기지 않기 위해서라도 제 손으로 화평을 성사시키려고 있는 힘을 다할 것입니다."

그러자 어지간한 고제도 하릴없이 손바닥을 쓸며 탄식하듯 말했다.

"허엇 거 참, 듣고 보니 실로 구차하구나. 오랑캐 계집에게 뇌물을 주고 화평을 비는 것도 구차한데 여인네의 투기까지 충동질해야 한다니……. 내 유경의 말을 듣지 않았다가 이와 같이 욕을 보는구나."

진평도 무연한 기색을 숨기지 않고 말했다.

"그래서 이 계책은 폐하와 저만 알고 있어야 합니다. 백등산을 빠져나갈 사졸이나 사자로 가는 군리의 입은 따로 단속할 방도가 있을 것입니다."

그날 밤 삼경 무렵 백등산 위의 한나라 군사들은 산등성이의 남북서 세 곳에서 크게 횃불을 밝히고 함성을 지르며 금세라도 쳐 내려갈 듯 기세를 올렸다. 나흘이나 하릴 없이 산발치를 에워싸고 있던 흉노 기병들이 놀라 횃불과 함성이 오르는 쪽으로 몰려들었다. 그사이 원래도 에움이 엷던 동쪽 얼어붙은 벼랑 한구석으로 경장(輕裝)을 한 병사 하나가 밧줄에 매달려 내려와 어둠 속으로 사라졌다. 그리고 한 식경도 되기 전에 그 병사는 잠들어 있는 평성에 이르러 굳게 닫힌 성문을 두드리더니 스며들듯 성 안으로 들어갔다.

다음 날 흉노의 본진이 머무르고 있는 대곡으로 보화를 바리바리 실은 마소와 수레를 딸린 한나라 사자가 왔다. 사자는 기마대와 함께 나가 백등산을 에워싸고 있는 흉노 선우 묵돌은 알은체도 않고 묵돌이 총애하는 연지의 장막부터 찾았다. 본진을 지키던 흉노의 군사들이 얼결에 사자를 연지의 장막으로 데려가는 한편 백등산에 있는 묵돌에게도 전갈을 놓았다.

연지의 장막에 이른 사자가 시키지도 않았는데 마소에 싣고 온 금은보화를 척척 부려 놓으며 친숙한 흉노 말로 연지에게 찾아온 뜻을 밝혔다.

"이는 한나라 황제께서 흉노 대선우(大單于) 연지 마마께 올리는 예물입니다. 황제께서는 연지 마마께 묵돌 선우와의 화호(和好)를 주선해 달라고 당부하셨습니다."

연지는 사자가 펼쳐 보이는 진기한 예물에 벌써 마음이 흔들렸지만 당부받은 사안이 워낙 엄중했다. 싸움터 가까이 따라 나와 있어 연지도 백등산에 에워싸여 있는 한군의 일을 어느 정도 알고 있었다. 사자의 청을 선뜻 받아들이지 못하고 머뭇거리며 말했다.

"나라와 나라 사이의 일은 아녀자가 관여할 바가 아닙니다. 하물며 대군이 창칼을 맞대고 있는 싸움터의 일을 내가 어떻게 주선할 수 있겠습니까?"

"그렇지 않습니다. 지금 백등산의 일은 한나라와 흉노 양쪽 뭇 백성의 목숨이 걸린 일이니, 흉노의 국모(國母) 되시는 연지 마마께서도 반드시 알아야 될 일입니다. 불행히도 당장은 우리 황상께서 선우의 기병들에게 어려움을 겪고 계시나, 연지 마마께서는 부디 15년 전 진나라 장수 몽염이 처음 이곳에 이르렀던 때를 잊지 마십시오. 그때 시황제는 이제 막 천하를 통일한 기세로 30만 대군을 북방으로 보내 겨우 3년 만에 서북에 살던 호(胡)의 족속 여러 갈래를 모두 음산(陰山) 북쪽으로 내쫓았습니다. 또 임조에서 요동까지 만 리에 이르는 장성을 쌓아 그들이 다시는 중원으로 발을 들여놓지 못하게 했습니다.

비록 선우께서 지금 백등산에서 대병을 이끌고 우리 폐하를 에워싸고 계시다 하나, 닷새가 지나도록 산 위로는 단 한 발자국도 올라가지 못하셨습니다. 더군다나 항우를 꺾고 천하를 아우른 우리 황제 폐하의 기세는 처음 몽염을 서북으로 보낼 때의 시황제보다 결코 못하지 않습니다. 한나라의 본진 20만은 벌써 진양을 지나 백 리 밖으로 다가오고 있고, 중원에서 다시 백만의 강병이 그 뒤를 받쳐 따라오고 있습니다. 선우께서 영특하시고 흉노의 10만 대병이 사납고 날래다 해도, 하나 된 우리 화하(華夏)의 대군을 끝내 당해 낼 수 있을지 걱정입니다. 거기다가 가축을 기르며 초지를 찾아 떠도는 그대들 흉노로 보아서는 설령 중원의 땅을 지금 모두 얻게 된다 해도 거기 눌러앉아 살 수는 없는 일입니다. 그런데도 당장 소용도 없는 땅을 얻고자 이제 막 천하를 통일한 한나라와 수백만 생령의 목숨이 걸린 피투성이 싸움을 벌이려 하십니까? 천하를 남북으로 갈라 화평하게 살 수도 있는 두 임금이 어찌하여 서로를 이리 괴롭혀야 하는 것입니까?"

사자가 미리 준비해 간 말을 길게 늘어놓았다. 그러나 자기 족속의 강성함을 믿는 연지는 기죽지 않고 모든 결정을 묵돌에게 미루려 하였다.

"허나 그 모든 일은 선우께서 알아서 정할 일이오. 아녀자의 좁은 소견으로 관여할 일이 아닌 듯싶소. 이 몸보다는 먼저 선우의 마음을 움직여야 할 것이오."

그런 말로 다시 한발 물러섰다. 그러자 한나라 사자가 마치 기다렸다는 듯 흰 비단 두루마리 두 개를 연지 앞에 내놓으며 말했다.

"물론 선우께 올릴 것도 마련해 왔습니다. 정히 연지 마마 홀로 화호를 이끌어 내실 수 없으시면, 따로 묵돌 선우의 환심을 사기 위해 바칠 예물의 물목과 미인의 화상입니다."

묵돌 선우에게 바칠 미인의 화상이란 말에 벌써 연지의 눈빛이 달라졌다. 그러나 연지는 애써 태연한 낯빛을 지으며 말했다.

"그게 어떠한 것들인지 한번 펼쳐 보이시오."

그 말에 사자가 먼저 예물의 물목을 적은 두루마리를 펼쳐 보이며 흉노 말로 설명했다. 갖가지 진기한 보화가 들어 있었지만 건성으로 듣고 있던 연지는 물목이 끝나기 무섭게 미인의 화상을 펼쳐 보이라고 재촉했다. 사자가 짐짓 공손하게 미인도를 펼쳐 보였다. 군중의 솜씨 있는 화공이 있지도 않은 미인을 상상으로 그린 것이지만, 펼쳐 놓고 보니 아름답고도 기품 있는 여인이 금방이라도 비단 폭 밖으로 걸어 나올 듯했다. 그것도 하나가 아니라 셋이나 되었다.

"여기 이 미인의 화상은 대군과 함께 진양까지 와 있는 이들만을 그린 것입니다. 묵돌 선우의 후의로 우리 한나라와 귀국 사이에 화호가 이루어져 황제 폐하께서 무사히 관중으로 돌아가시게 되면 선우께 이보다 더 많은 미인을 보내 드릴 수도 있습니다."

사자가 화상을 하나하나 펼쳐 보인 뒤에 그렇게 능청스럽게 덧붙였다. 연지가 자신도 모르게 뒤틀려 오는 목소리를 억지로 가다듬으며 말했다.

"그만하면 화호를 바라는 한나라 황제의 정성을 알 만하오. 내가 선우께 힘써 아뢰어 두 나라의 화호를 주선해 보리다. 예물은 내게 가져온 것으로 넉넉하오. 그 물목과 화상은 더하지 않아도 되겠소."

그리고 한나라 사자를 돌려보냈다.

그날 저물 무렵 백등산을 에워싸고 있다가 연지의 전갈을 받은 선우 묵돌이 말을 달려 대곡의 본진으로 돌아왔다. 연지가 아리따운 얼굴 가득 수심을 띠고 묵돌에게 말하였다.

"한(漢)과 흉노 두 나라 임금께서는 서로를 고단하게 만들 까닭이 없습니다. 이제 선우께서 싸워 이기셔서 한나라 땅을 빼앗는다 하더라도 가축을 따라 떠도는 우리 족속의 임금으로서는 끝내 머무실 수가 없습니다. 그런데 당장 쓸모도 없는 땅을 다투느라 서로 피 흘리며 싸울 까닭이 어디 있겠습니까? 더군다나 신첩이 듣기로, 한나라 임금은 또한 신령한 데가 있어 쉽게 이길 수 없을 것이라 하였습니다. 그 기세가 지난날 장군 몽염을 북쪽으로 보내 우리 족속을 장성 밖으로 내쫓은 진나라 시황제에 못지않다 하니 선우께서는 밝게 살펴 처결하시옵소서."

아끼는 연지가 그렇게 말하니 철석같은 묵돌의 마음도 벌써 반나마 누그러졌다. 그러나 일껏 잡은 호기가 아까워 바로 그 말을 받아들여 주지는 못했다.

"한나라 천자라면 이미 우리 올무에 걸린 짐승이나 다름없소. 아무리 신령하다 한들 과인의 부로(俘虜)가 된 마당에야 그 신령함이 무슨 소용이 있겠소?"

"그렇지 않사옵니다. 진양을 떠난 한나라의 20만 대군은 벌써 백 리 밖에 이르렀고, 그 뒤를 다시 중원에서 뽑아 보낸 백만 강병이 뒤따르고 있다고 합니다."

"한나라 사자가 급한 김에 지어낸 말일 것이오. 한나라 본진이 이곳에 이르려면 아직 멀었고, 중원에서 온다는 강병 백만은 생판 지어낸 거짓말이오."

"하오나 선우께서 백등산을 에워싸고 계신 것만도 벌써 닷새나 되었습니다. 그사이에 변화가 생겼을 수도 있으니 탐마를 보내 알아보고 행하시옵소서. 엄연히 장성한 태자가 있고 조정과 신료들이 있는데, 늙은 임금을 사로잡았다고 해서 뒤따라오는 대군까지 절로 항복하는 일도 바랄 수 없거니와, 자칫 사로잡지도 못하고 욕만 보였다가 한나라 황제의 노여움을 사 크게 뒤탈을 볼 수도 있습니다. 오늘의 소홀한 처사로 뒷날 선우께서 홀로 온 천하에서 불려 온 한나라의 대병과 맞서시게 될까 실로 두렵습니다."

그 말을 듣자 어지간한 선우도 마음 한구석이 찜찜해졌다. 실제 한나라 대군이 어디에 있는지도 모르는 데다, 함께 백등산에 이르러 한나라 군대를 치기로 한 왕황(王黃)과 조리(趙利)의 군사들까지 도착할 날짜가 지났는데도 아직 소식이 없었다. 이에 선우 묵돌은 날이 밝는 대로 날랜 흉노 기마 몇 기를 남쪽으로 보내 급히 황제를 따라오고 있을 한나라 대군의 위치를 알아보게 했다. 그리고 왕황과 조리의 군사들도 어디쯤 오고 있는지 아울러 알아보게 했다.

보낸 지 한나절도 안 돼 탐마들이 돌아와 차례로 알렸다.

"아룁니다. 한나라 대군은 이미 평성 80리 밖에 이르렀습니다. 닫기를 재촉해 오는 중이라 내일 아침이면 평성에 들 수 있을 것 같습니다."

"왕황과 조리의 군사는 어디에 있는지 알 수가 없습니다. 적어도 인근 백 리 안에는 아직 이르지 못한 듯합니다."

그 말을 들은 묵돌은 양 갈래로 걱정이 되었다. 한나라 본진은 생각보다 빨리 오고 있는 데다 기다리던 왕황과 조리의 군사는 간 곳을 알 수 없어 엉뚱한 의심까지 들었다.

'왕황과 조리가 다시 한나라와 내통한 것이나 아닐까. 그래서 한군 본진과 한 덩어리가 되어 오고 있는 것은 아닌가.'

그런 의심이 들자 그대로 백등산을 에워싸고 있을 수가 없었다. 그날 밤 늦게 묵돌은 흉노의 부장들을 불러 가만히 명을 내렸다.

"한군 본진은 내일 아침이면 평성에 이른다는데 도우러 오겠다던 왕황과 조리는 아직 어디 있는지조차 알 수가 없다. 그것들이 다시 한나라로 돌아가 무슨 짓을 꾸미고 있는지도 모르니 모든 부대는 배치를 새롭게 하여 변고에 대비하라. 백등산을 에워싸고 있던 기마대를 세 갈래로 집결하여 그 집중된 힘으로 공수(攻守)에 아울러 임할 수 있게 하라."

그렇게 되면 절로 백등산 한 모퉁이는 에워싼 흉노의 군사가 없어지게 되고 그것은 곧 일각의 포위를 풀어 주는 것과 같은 효과를 내게 된다. 연지의 말대로 한나라와 흉노 사이에 화호가 이루어진 것은 아니지만, 어쨌든 그녀가 들어 백등산에 갇혀 있던 고제와 한나라 군사들에게 한 가닥 빠져나갈 길을 열어 준 셈이었다.

한나라 군사들이 흉노의 대군에게 에워싸여 백등산에 갇힌 지 이레째 되던 날이었다. 그날따라 때 아니게 겨울 안개가 자욱하게 끼어 지척을 분간하기 어려웠다. 산 위에서 들으니 아침 일찍부터 흉노의 진영이 술렁대다가 그들의 기마대가 세 곳으로 집중되면서 한 군데 에움이 풀리는 곳이 생겼다.

"폐하, 이제 장졸들과 함께 백등산을 내려갈 때입니다. 묵돌이 연지의 말을 들어 우리에게 한 갈래 빠져나갈 길을 열어 준 것 같습니다."

새벽부터 나가 여기저기 산등성이를 살피던 진평이 돌아와 고제에게 말했다. 그러나 고제는 흉노가 그렇게 선선히 에움을 풀어 준 게 얼른 믿어지지 않았다.

"만약 저것들이 우리를 백등산 위에서 끌어내리기 위해 술책을 부린 것이라면 그 일을 어찌하겠는가?"

"그래도 할 수 없습니다. 이제 산을 내려가지 않으면 산 위에서 모두 굶어 죽거나 얼어 죽는 수밖에 없습니다. 다행히도 오늘은 때 아니게 안개가 짙어 조용히 빠져나가면 적이 알아채지 못할 수도 있을 듯합니다. 또 흉노는 저희 병사를 아껴 되도록 다치지 않게 하려고 애쓰니, 강한 쇠뇌에 살을 두 대씩 먹이고 적 쪽을 겨눈 채 천천히 에움에서 빠져나가면, 적이 우리를 보더라도 함부로 덤벼들지 못할 것입니다."

진평이 그렇게 말하며 산에서 내려가기를 재촉했다. 고제는 장졸들에게 진평의 말대로 따르게 하여 산을 내려갔다. 다행히도 안개가 너무 짙어 산을 다 내려와 에움에서 벗어날 때까지 흉노의 군사들은 한군이 빠져나가는 걸 알지 못했다. 하지만 백등산에서 저만치 벗어나자 안개가 걷히며 평성으로 물러나는 한나라 군사들의 행렬이 뚜렷이 드러났다.

"이제 평성은 멀지 않다. 모두 힘껏 내달아 어서 평성으로 들어가자!"

흉노가 알아차린 것을 걱정한 고제가 갑자기 말 배를 차며 장졸들에게 그렇게 소리쳤다. 그때도 이전과 같이 태복으로서 수레 대신 고제가 탄 말고삐를 쥐고 있던 등공 하후영이 말고삐를 잡아당겨 말을 세우며 말했다.

"폐하, 고정하십시오. 지금 와서 장졸들을 급하게 내몰아서는 아니 됩니다. 평성까지 길은 아직 5리나 남았고, 적은 기병이라 마음만 먹으면 금세 우리를 따라잡을 수 있습니다. 지금은 차라리 걸음을 천천히 해서 우리에게 따로 믿는 바가 있는 것처럼 보여야 섣부른 추격을 막을 수가 있습니다."

다급한 가운데도 고제는 하후영의 말이 옳음을 알았다. 말 배를 조였던 두 다리를 느슨하게 풀며 짐짓 느리게 말을 몰았다. 다른 장졸들도 그런 고제를 따라 모두가 흔들림 없는 대오로 천천히 평성으로 갔다. 흉노도 곧 한나라 군사들이 백등산에서 내려온 걸 알았으나 그 침착한 행군을 보고 감히 말을 내어 쫓지는 못하였다.

퍼뜩 정신이 든 묵돌이 다시 한나라 군사들을 뒤쫓은 것은 그 선두가 평성 안으로 들어서고 있을 무렵이었다.

"아무래도 우리가 속은 것 같다. 한나라 임금을 그냥 놓아 보내서는 안 된다. 어서 뒤쫓아 가서 평성을 우려빼고 한나라 임금을 사로잡아라!"

그렇게 장졸들을 내몰았으나 이미 때는 늦은 뒤였다. 흉노의 기마대가 평성에 이르렀을 때는 이미 성안으로 들어간 한나라 군사들이 성문을 닫아걸고 있는 중이었다. 성난 묵돌이 전군을 풀어 막 평성을 에워싸려는데 흉노의 부장 하나가 멀리 남쪽을 가리키며 소리쳤다.

"대선우, 저기를 보십시오. 한나라의 대군입니다. 드디어 그 본진이 제 임금을 구하러 여기까지 달려온 듯합니다."

묵돌이 말 위에서 바라보니 안개가 걷혀 밝아 오는 하늘 아래 몇 십만인지 모를 한나라 대군이 기치와 창검을 번쩍이며 다가오고 있었다.

"분하다! 내 잠시 혼란되어 다 잡은 호랑이를 숲속으로 놓아 보냈구나."

묵돌이 그러면서 에움을 풀고 군사를 거두어 북쪽으로 물러났다. 어렵게 백등산의 위태로움에서 벗어나기는 했으나, 고제도 이레 동안 눈보라 치는 산등성이에서 떨고 굶주리는 장졸들과 함께 갇혀 지내느라 몸과 마음이 아울러 지쳐 있었다. 물러나는 묵돌을 뒤쫓을 엄두도 못 내고 평성에서 며칠 쉰 뒤 군사를 남으로 돌렸다.

광무에 이르러 고제는 먼저 그곳 옥사에 갇혀 있는 유경을 풀어 주며 위로했다.

"짐이 그대의 말을 듣지 않았다가 평성에서 그와 같은 수모를 당했다. 사자로 오가면서 오랑캐에게 속아 거짓 정황을 일러 준 자들은 이미 모두 목을 베어 벌을 주었다."

그런 다음 유경에게 2천 호의 식읍을 더해 주며 관내후로 삼고 건신후(建信侯)라 부르게 하였다. 이어 형 유중(劉仲)의 아들 유희(劉喜)를 대왕(代王)으로 삼고, 번쾌에게 대군을 딸려 주며 그를 도와 대 땅을 지키게 한 뒤 장안으로 회군하였다.

진평이 재물로 흉노의 연지를 달랜 계책은 전에도 몇 번 그랬던 것처럼 비밀에 부쳐졌다. 그러나 진평이 알고 고제가 알며, 백등산을 빠져나가 평성에 그 계책을 전한 병졸이 알고 사자로 연지를 찾아간 군리가 알아서인지, 비밀이 뒷날까지 온전하게 지켜지지는 못했다. 그 비계(秘計)는 『사기』의 「고조본기」와 「한신노관열전」 그리고 「진승상세가」에 조금씩 나뉘어 실려 있고, 흉노 연지에게 미인의 화상을 가져간 일은 『자치통감』의 한(漢) 7년 조(條)에 응소(應劭)의 주(注)로 남아 있다.

몇 년 뒤의 일이지만 말이 나온 김에 한왕 신의 얘기를 마저 하자면 대강 이러하다.

평성의 일 이후 흉노의 장수가 되어 군대를 거느리고 자주 한나라 변경을 노략질하던 한왕 신은 한 11년 봄에 다시 흉노 기병과 함께 삼합으로 쳐들어왔다. 그때 한나라 대군을 이끌던 극포후(棘蒲侯) 시무가 신에게 글을 보내 달랬다.

시무가 삼가 문후 드리며 일깨워 드립니다.

우리 폐하께서는 너그럽고 어지신 분이시라, 비록 한나라를 저버린 제후 왕이 있더라도 다시 돌아오기만 하면 옛날의 칭호와 작위를 돌려주셨고, 지난 죄를 물어 목을 베는 일이 없으셨습니다. 그 일은 아마도 대왕께서도 잘 아실 것입니다. 거기다가 지금 대왕께서는 다만 힘이 모자라 흉노에게 지고 달아난 것뿐, 큰 죄를 지은 것도 아닙니다. 한시라도 빨리 스스로 돌아오시어 달빛처럼 사사로이 비치는 법이 없는[無私照] 황은(皇恩)을 함께 누릴 수 있도록 하십시오.

한왕 신이 그 글에 답장을 보냈다.

장군께서는 내게 큰 죄가 없다 하시나, 내게는 헤아릴 만한 죄가 세 가지나 됩니다.

폐하께서는 이 종을 여항(閭巷)에서 뽑아 일으키시고, 남면(南面)하여 고(孤)를 일컬으며 왕 노릇을 하게 해 주셨습니다. 그런데도 지난날 형양이 떨어졌을 때 이 못난 종은 주가나 종공처럼 죽지 못하고 항우의 죄수가 되었으니, 이는 그 첫 번째 죄입니다. 또 오랑캐가 마읍으로 쳐들어왔을 때 이 종은 마땅히 목숨을 던져 성을 굳게 지켜 내야 했습니다. 그런데 마침내 지켜 내지 못하고 성을 들어 항복하고 말았으니, 이것이 두 번째 죄가 됩니다. 그리고 이제는 오히려 오랑캐의 군사를 이끌고 왕토로 쳐들어와 장군과 더불어 하루살이 같은 목숨[一旦之命]을 다투게 되었으니, 이것이 곧 세 번째 죄입니다.

옛적 월나라의 대부 문종(文種)과 범려(范蠡)는 죄 지은 거 하나없이도 죽임을 당했는데, 지금 이 종은 폐하께 세 가지나 되는 큰 죄를 지었으니 세상에 살아남기를 어떻게 바랄 수 있겠습니까? 만약 그렇게 한다면 오자서(伍子胥)가 바른 소리를 하다가 오나라에서 쓰러져 죽은 것이나 다름없게 될 것입니다. 지금 이 종은 산골짜기 사이로 달아나 숨어 아침저녁을 오랑캐들에게 빌어먹고 사는 처지입니다. 한나라로 돌아가기를 생각하는 마음은 앉은뱅이가 일어나 걷던 때를 잊지 못함 같고, 장님이 두 눈으로 볼 수 있던 때를 잊지 못함과 같으나, 형세가 허락하지 않으니 어찌하겠습니까.

한나라로 돌아가면 반드시 죽게 된다고 믿어, 죽지도 않은 범려를 죽었다 하고, 오자서까지 끌어들이며 억지 핑계를 대고는 있으나, 돌아가기를 생각하는 그 뜻에는 자못 애절한 데가 있었다.

글이 오고 간 지 며칠 뒤에 시(柴) 장군이 이끄는 한나라 군사와 전(前) 한왕 신이 이끄는 흉노의 군사는 삼합 부근에서 크게 부딪쳤다. 하지만 그때는 이미 한왕 신의 운이 다했는지, 승리는 한나라 군사들에게로 돌아갔다. 시 장군은 삼합을 도륙하고 신을 목 베었다. 「번쾌열전」에 그 수하 병졸이 삼합에서 신을 목 베었다는 구절이 있는 것으로 보아, 번쾌도 그때 함께 싸웠던 것 같다.

(10권에서 계속)

초한지 9

오강烏江에 지다

개정 신판 1쇄 발행 2020년 11월 5일
개정 신판 2쇄 발행 2022년 11월 15일

지은이 이문열

발행인 양원석
펴낸 곳 ㈜알에이치코리아
주소 서울시 금천구 가산디지털2로 53, 20층(가산동, 한라시그마밸리)
편집문의 02-6443-8842 **도서문의** 02-6443-8800
홈페이지 http://rhk.co.kr
등록 2004년 1월 15일 제2-3726호

ISBN 978-89-255-8965-7 (04820)
978-89-255-8974-9 (세트)